진채선, 사랑의 향기

도리화가 진채선을 홀리다

①

박태상

도서
출판 **월인**

장편소설 『사랑의 향기』(1~3권)를 상재한다. 정조 임금부터 고종임금까지 5대에 걸친 100년의 역사를 이타적 사랑·유희적 사랑·소유적 사랑의 세 가지 종류의 사랑의 무늬로 살펴보는 이야기이다. 이 시기는 우리 역사에서 매우 중요한 시간이다. 중세에서 숨 가쁘게 근대로 옮겨가는 역사적 징조와 상징들이 속살처럼 드러난다.

그 중에서도 요즈음의 연예 엔터테인먼트 회사인 SM, YG, JYP의 원조인 신재효와 진채선을 중심으로 한 '연예상단'의 형성과정을 바라보려고 한다. 1,000여 개의 장시의 번창은 보부상과 중인아전계층, 그리고 농민군들이 물고물리는 싸움을 펼치던 시기이며, '돈' 이 최고라는 인식이 팽배해지던 초기 상업자본주의가 형성되던 때이자, 신분제가 흔들리고 평등을 지향하는 물결이 출렁거리던 시기이다.

3대에 걸친 안동 김씨 세도가문에 의한 부패와 수탈정치는 대원군의 혁신정치로 한동안 혁파되지만, 거시적 시야를 갖지 못한 지배층의 근시안은 천주교와 서양 개방세력과의 단절을 가져와 종국에는 일본의 제국주의의 야심에 잡아먹히는, 커다란 우를 범하게 된다. 안타까운 역사이다.

대학시절 대학노트에 끄적거리던 단편소설이 30여 년이 지나 장편대하소설로 모습을 드러내었다. 사실 작년 모더니스트 이상의 처이자 추상표현주의의 개척자 김환기의 아내인, 변동림의 예술에 대한 열정을 다룬 장편 『무당거미』가 큰 출판사에서 편집 도중에 유산되는 아픔을 겪었다. 큰 상처를 아우르며 장편을 써내려가야 하는 내적 투쟁이 오히려 독이 아니라 약이 되어 『사랑의 향기』를 탈고하는 계기가 되었다.

장편을 처음 기획할 때, 조부님이신 기산 박헌봉 선생이 꿈에 나타나셨다. 판소리연구의 대가인 고려대학교의 유영대 교수는 「시대를 빛낸 문화 예술가-신재효와 박헌봉」이라는 논문을 학계에 발표했다. 동리가 없었다면 2011년 유네스코 지정 세계문화유산에 등재된 판소리는 사라져버렸을 것이다. 또한 기산이 없었다면, 김덕수 사물놀이와 전통예술인 국악은 약화되었을 것이다.

기산 선생의 고향인 지리산 밑 두메산골 경남 산청에서는 매년 5월, <기산국악제>가 열리고 생가를 복원한 기산국악당에서는 손가락이 작은 꼬마아이들이 꿈나무로서 가야금과 판소리를 배우고 있다. 미래의 꿈나무들에게 신재효와 진채선의 사랑과 예술이야기인 『사랑의 향기』를 바친다.

팩션(faction=fact 역사적 자료 + fiction 허구의 이야기)의 전성시대이다. 사실 10권으로 집필해도 부족한 기나긴 역사이야기이지만, 스마트폰세대는 3권으로 줄여서 편집하게 유도했다. 다행스럽게도 최근에 팩션을 다룬 TV 드라마나 영화를 젊은 세대들이 '역사의 교훈'이라는 관점에서 사랑해주고 있다는 점에 큰 자극을 받았다. 유사한 줄거리를 지닌 「도리화가」가 영화로 제작된다는 뉴스를 접하고는 힘이 솟았다.

OSMU(One Source Multi Use)를 기대해보며 탈고를 한다.

　젊은 스마트폰 세대, 특히 카카오톡 세대에게 『사랑의 향기』를 바친다. 며칠 푹 쉬면서 산 정상 절벽에 올라가서 '페드라'를 외치고 싶다.

2014년 6월 2일
소산서옥에서
박 대양

차례

제1부 사랑의 불씨

예기로서의 변신

바람이 불었다. 아스라이 매달려 있던 감꽃이 바람에 툭툭 떨어졌다. 진길홍은 소의 뒷다리를 분리하고 있었다. 닳고 닳았지만 햇빛에 쨍하는 빛을 내는 칼이 진길홍과 함께 움직였다. 칼은 마치 별빛 하나 없는 밤길을 가는 것 같았다. 수없이 다녀 이미 익숙한 길이라는 듯 뒷다리 대퇴부의 뼈와 살을 발랐다. 신속하고 정확했다. 서녘으로 해가 기울어 길홍의 그림자가 길게 늘어졌다. 칼날이 두꺼운 대퇴부에 푹 소리를 내면서 깊이 박혔다. 길홍도 흡! 하고 숨을 멈췄다. 대퇴부의 두꺼운 뼈를 따라 가다 무릎 부분에서 칼을 뽑았다. 선홍색 피와 살의 결이 갈라지며 하얀 뼈를 드러냈다. 무릎 위에서 떼어낸 고깃덩어리를 잘라냈다. 길홍은 그 덩어리를 넓은 돌판 위로 던졌다. 푹! 꽤 무거운 살덩어리와 돌이 만나 묵직하고 갈라지는 소리를 냈다. 길홍이 한숨 쉴 마음으로 허리를 폈다. 양반가 자식이었다면 장군감이라는 소리를 들었을 법할 정도로 기골이 장대했다. 상투에서 삐쳐 나온 피 묻은 머리카락을 피가 묻은 손으로 상투 위쪽으로 밀어 붙였다. 봄볕에 그을린 얼굴은 각이 져 더 단단해 보였다. 짙은 눈썹과 긴 속눈썹에 우물처럼 깊은 눈동자가 가려져 있다. 덥수룩한 수염에 가려진 입술은 도톰했고 도통 말이 나오지 않았다. 길홍은 장독에서 물을 한 바가지 퍼 벌컥벌컥 마신 후 남은 물은 하얀 뼈 위에 뿌렸다. 뼈 위로 떨어진 감꽃이 핏물과 함께 씻겨 나갔다.

길홍이 잡았던 칼을 놓쳤다. 쨍그랑, 서녘 볕에 반사되는 빛만큼 맑고 깨끗한 소리가 났다. 두 포졸이 길홍의 엉성한 울타리를 향해 달려오는 것 같았다. 길홍은 끙! 소리를 내면서 부엌을 가로질러 남새밭을 지나 뒷산 산짐승과의 경계였던 울타리를 넘어 달아났다. 막 돋아 하룻밤 자고 나면 쑥 커 있는 쑥갓과 상추가 길홍의 맨발에 짓이겨졌다. 포졸은 "저 놈 잡아라!"라고 외치며 길홍을 쫓아왔다. 인가와 떨어진 길홍의 집은 곧 무너질 듯 허름했다. 길홍이 업순과 이곳에 나타나 터를 잡고 살기 시작했으나 떨어진 마을에 사는 사람들도 굶주림과 헐벗음에 지쳐 그들에게 관심조차 주지 않았다. 길홍은 백정의 아들이었고 아버지에게 도축 기술을 배웠다. 관에서 허가한 소를 잡고 가죽으로 신을 만들기도 했다. 길홍은 멸문지화를 당한 양반 여식인 난희에게 반하였다. 모진 세상에 홀로 남은 난희도 듬직한 길홍에게 의지하고자 하여 그를 따라 야반도주를 하였다. 난희는 업순이라는 이름을 만들고 보따리 하나 없이 길홍을 따라 산 고개를 넘었다. 길홍에게 밀도살을 부탁한 김가 놈은 어디로 숨었는지 코빼기도 보이지 않았다. 고기 한 점이나 빼돌릴까 길홍의 옆에서 손도 까닥 안 하고 추임새를 넣고 있었는데 소리 없이 사라질 때 정신을 차렸어야 한다고 길홍은 후회했다. 김가 놈이 끌고 온 소는 훔친 소였다. 길홍은 뒷산으로 달아났다. 철쭉이 붉게 피어 있다. 업순이가 기침할 때마다 묻어나오는 피처럼 붉었다. 도축한 대가로 내장과 뼈를 좀 얻어 선짓국을 끓여 먹자고 약속했다. 길흥의 맨발이 막 돋는 산딸기나무 가시에 긁혔다. 길흥은 체력이 좋았다. 소의 숨을 끊고 가죽을 벗기고 살과 뼈를 분리하는 세 시간 동안의 고된 노동에도 불구하고 길흥을 쫓아오던 포졸의 '저 놈 잡아라' 소리는 점점 멀어져갔다. 깊은 밤이 되어 집으로 찾아든 길흥은 업순도 사라지고 고기도 없어지고 업순의 피인지 소의 피인지 알 수 없는, 뜰 위에 물든 핏자국을 바라보았다. 길흥은 몸에 묻은 핏자국을 대강 씻어냈다. 그제야 종일 굶은 것이 생각났다. 갑자기 허기가 밀려왔지만 먹을 보리쌀 한 톨 없다는 것은 진즉 알고 있었다. 어둠 속에서도 낮부터 떨어진 감꽃이 어름어름 보였다. 길흥은 감꽃을 주워 먹었다. 길흥이 먹먹하게 읊조리는 소리가 소가 죽기 전에 잔잔하게 품어내던 숨소리 같았다. 떨어진 감꽃을 다 주워 먹은 길흥은 터덜터덜 관가로 향하였다.

길흥에게 밀 도축을 부탁한 김가 놈 일당은 고기가 아까워 나타났다 포졸에게 잡혀 있었다. 업순이는 기절한 것인지 곤장을 맞은 그대로 눈을 뜨지 못했다. 자수한 길홍에게 처벌이 내렸다. 장형 70대였다. 일반 장정도 장형 70대를 맞고 나면 살이 으스러지고 간혹 뼈가 부러지기도 한다. 길홍이 자수한 이유는 업순이 때문이었다. 병세가 심하여 태형 30대라는 형벌을 받은 업순은 곤장을 맞던 도중에 숨져 있었다. 홑겹 무명 바지에 붉게 물든 핏자국을 보이며 업순을 안고 관아를 나가는 길홍을 지켜보던 포졸들도 차마 안녕히 가라는 말도 보태지 못했다.

외진 곳이고 서향이 드는 남새밭을 파고 업순을 묻고 나니 날이 밝아오기 시작했다. 길홍은 업순에게서 떠나갔다.

며칠을 굶주린 길홍은 어디인지도 모르고 헤매던 산에서 굿당을 발견했다. 큰 바위 아래 짐승의 눈처럼 붉은 촛불 두 개가 바람에 꺼질 듯 꺼질 듯 하면서도 꺼지지 않고 기도를 하는 가람을 지키고 있었다. 북어와 사과와 쌀과 정화수가 정갈하게 차려진 밥상처럼 보였다. 흰 소복차림으로 쉼 없이 빌고 빌며 절을 하는 가람의 뒤태가 얼마 전까지 밝았던 백목련 같았다. 어딘가에서 산짐승의 울음소리가 들렸다. 길홍은 숨

을 죽이고 가람을 바라보며 어서 가람이 굿당을 떠나
길 바라고 있었다. 축시가 넘었을 것이라 짐작될 즈음
가람이 졸졸 흐르는 시냇물로 손과 발을 씻고 세수를
했다. 촛불에 어른거리는 가람은 얼굴색이 희고 코가
높았으며 입이 작고 목이 길었다. 그리고 그윽한 눈길
로 길홍을 바라보는 듯해 길홍이 흠칫 뒤로 물러났다.
발을 헛디뎌 돌 구르는 소리가 났다.

"거기 누구요?"

맑고 커다란 소리가 울렸다. 길홍은 마지못해 서서
히 일어났다. 낡은 무명 바지와 저고리도 어둠속에서
는 하얀 빛을 띠며 길홍의 존재를 드러냈다. 가람이
손짓을 했다.

"이리와 음복이라도 할라요?"

길홍은 머뭇머뭇 가람에게 다가갔다. 길홍은 가람
이 무당임을 알았고 대를 물리는 세습무임도 알아보
았다. 한 마을의 길흉화복을 점치며 마을을 위해 신과
소통하는 무당은 딸을 낳으면 딸이, 아들을 낳으면 며
느리가 대를 이었다. 가람은 서서히 다가오는 길홍의
풍채를 보고 적잖이 놀랐다. 외모로 보아 비럭질이나
하다 도망친 노비나 천민으로 보이지 않았다. 가람은

길홍 앞에 기도를 하기 위해 바친 음식들을 내놓았다. 길홍은 몹시 허기졌으므로 체면을 가리지 않고 허겁지겁 두 손으로 음식을 먹기 시작했다. 가람이 시냇물을 사발에 떠 주었다. 길홍이 음식을 다 먹고 나자 가람은 아래로 가면 몸을 씻을 만한 곳이 있다고 일러 주었다. 허기를 채운 길홍은 가람이 준 무명 수건을 들고 아래로 내려갔다.

어둠이 가시기 시작하자 나무들과 바위들의 형체가 보이기 시작했다. 멀리 산 아래로 옹기종기 모여 앉은 초가지붕들이 보였다. 그로부터 열 달 후에 가람은 진채선을 낳았다.

길홍은 더 이상 소를 잡지 않았다. 가람의 소유인 농사를 조금 지었고 가람을 위해 장작을 패고 군불을 땠다. 가람이 기도를 하러 가면 채선을 돌보고 밥물을 끓여 채선의 입에 떠 넣어 주었다. 길홍은 가끔 난희를 생각하면서 미안했고 슬프기도 했다. 마을의 궂은 일도 도맡아 하는 길홍을 마을 사람들도 허물없이 대하곤 했다. 길홍이 일을 잘하고 힘이 세다보니 길홍을 데려다 일을 시키고 싶어 했고, 몇몇 아낙은 길홍에게 추파를 던지기도 했지만 가람이 무서워 차마 접근하지는 못했다. 가람은 길흥과 사는 것이 행복했다. 듬직한 사내였고 자신과 채선을 위해선 목숨이라도 바칠 듯했다. 말 없는 길흥이 웃을 때면 가람도 따라 웃었고 채선에게 말을 가르치는 길흥에게 그녀는 고마움이 앞섰다. 채선은 그 흔한 감기도 앓지 않고 무럭무럭 자랐다.

채선이 여섯 살쯤 되었을 때 홍역이 돌았다. 아이들을 집안에 가두고 문밖 출입을 금했지만 귀신이 옮기듯 집집마다 아이들은 열에 온몸이 붉었고 물집이 생겼다. 아이들은 간지러움을 참지 못해 긁었고 아낙들은 곰보가 된다며 밥을 먹던 수저로 아이의 손을 세게 때리기도 했다. 가람은 마을에 닥친 재난이 빨리 물러가길 바라며 밤낮 기도하고 치성을 드렸다. 덩달아 길흥도 바빴다. 가람이 채선에게 신경 쓸 여유가 없었고 오랜 기도로 몸도 말랐다. 보름달이 뜬 가을밤이었다. 채선을 재워두고 고열에 시달리다 죽은 동네 아이를 묻어주기 위해 길흥이 집을 나섰다. 밤에 잠을 깬 채선이 길흥을 찾았다. 마루로 나와 부엌과 뒷간까지 둘러본 채선이 무서움에 울음을 터트렸다. 채선의 울음은 그치지 않았고 오히려 메아리치는 듯했다.

"아부지!"

채선이 부르는 아버지는 메아리로 되돌아왔고 달빛에 낮게 가라앉았다. 아버지가 나타나지 않자 더욱 무서워진 채선은 몸에 땀을 흘릴 정도로 악을 쓰며 울었다. 옆집에 살던 이웃 아낙이 채선의 울음소리에 잠에서 깼다. 이웃집 개도 깨어 짖어댔다. 아낙이 허겁지겁 달려와 채선을 안았지만 채선은 발버둥을 치며 내려달라고 울었다. 아낙이 채선을 내려놓으며 이렇게 저렇게 달래고 얼렀지만 채선은 울음을 그치지 않았다. 당황하고 화가 난 아낙이 채선에게 화를 낼 즈음 닭이 홰를 쳤다. 잠시 후 가람이 기도를 마치고 사립문 안으로 들어섰다. 가람을 보자 채선은 더 서럽게 울기 시작했다. 아낙은 마치 자기 잘못인 양 몸둘 바를 몰라 하며 말했다.

"채선이 지금 세 식경째 이러고 있다요. 아니, 무슨 애 울음이 이리도 길당가. 참내. 안고 업고 얼러도 애가 울음을 그쳐야 말이지. 나 원, 이리 고집이 세서 어따 쓴당가? 하긴, 엄마 따라 무당이라도 하면 굿은 잘하겠네그려."

가람은 아낙의 말을 들으면서 채선을 품에 안았다.

아낙의 말이라도 들은 것인지 채선이 더 크게 울었다. 가람은 우는 채선의 머리를 쓰다듬으면서 생각했다. 채선에게 무당을 물리지는 않을 것이야. 가람은 채선을 더 꼭 품어 안았다.

"허, 그 놈! 목청 한 번 시원하고 좋다."

웬 목소리에 가람이 채선을 안은 채 돌아보았다. 이동하는 사당패 무리 중 우두머리로 보이는 남자가 가람과 채선을 보면서 말을 걸었다,

"딸이오? 소리하기 좋은 목청을 타고난 듯싶소. 잘 키우시오. 대를 물려 굿이나 하는 것보단 우리처럼 떠돌이로 살아도 소리를 하면서 사는 것이 딸에게도 좋을 듯해 지나는 길에 참견해 보았소"

언제 그친 것인지 채선이 울음을 그쳤다. 채선은 가람의 품에서 마치 예언이라도 하는 듯 사당패 우두머리를 곁눈으로 바라보았다. 사당패 일행은 허허 웃으면서 가던 길을 갔고 길홍이 막 사립문에 들어섰다.

"채선아. 아부지 오셨다."

가람이 품에 앉은 채선을 길홍에게 넘겨주었다. 길홍에겐 짚과 나무를 태운 탄 냄새가 났다. 채선이 길홍에게 안겨 숨이 잦아들더니 잠이 들었다.

채선이 어느덧 열 살이 되었다. 가람을 따라다니며 어깨너머로 배워 가람이 하는 굿을 제법 흉내 내었다. 흉내만이 아니었다. 채선의 소리는 사람의 마음을 움직이는 힘이 있다고 가람은 생각했다. 길흥도 혼자 놀면서 부르는 채선의 굿판의 노랫소리를 들으면서 때론 난희 생각이 나서 마음이 아프기도 했고 웃음이 나기도 했다. 채선의 소리에는 맛이 있다고 생각했다. 가람의 굿도 여러 번 들어보았지만 가람의 굿과는 다른 것이 길흥의 마음을 움직였다. 길흥은 채선에게 소리를 가르쳐 보자고 가람과 상의를 했다.

길흥이 가람의 스승을 찾아 나섰다. 가람은 무당을 세습하기 위해 어머니에게 굿을 배웠기 때문에 굿 외에는 아는 것이 없었다. 하지만 채선에게는 체계적인 교육을 통해 소리를 가르치고 싶었다. 길흥이 이곳저곳 알아본 결과 채선이 무당을 세습하지 않고 소리를 배우고 악기를 다루는 체계적인 교육을 받기에는 관기를 교육하는 곳이 제격이라는 판단을 내렸다. 하지만 관기라는 것이 무엇인가. 소리와 글을 배우고 거문고 가야금을 배운다 하여 연회에서 소리만 하고 악기 연주만 하는 것이 아님은 이 시대 백성들도 다 아는 사실이었다. 심지어 의녀들조차도 수청을 들어야 했으니 기녀에게는 피할 수 없는 일이었다.

어머니인 가람의 단아하고 도도한 자태를 빼닮은데다 길홍의 검고 진한 눈썹과 얇고 긴 골격을 닮은 채선은 자랄수록 어여뻐졌다. 키가 또래 아이들보다 컸고 멀리서 보아도 진한 눈썹에 가려진 그윽한 눈빛이 이목을 집중시켰다. 목소리 또한 맑고 청아했으며 힘이 있어 열 살 계집아이의 목소리답지 않았다. 채선은 스스로도 어머니를 흉내 내는 굿이지만 소리를 할 때면 신이 났고 어머니보다 더 좋은 소리를 내보려고 애를 썼다. 채선에게 소리를 가르칠 스승을 찾았지만 무당의 딸인데다 신분은 천민인 채선에게 소리를 가르치겠다는 작자가 나타나지 않았다. 채선이 열네 살이 되자 중신할미가 드나들기 시작했다. 흑단 같은 머리를 곱게 땋아 붉은 색 댕기로 묶고 채송화 꽃을 바라보는 여인. 채선의 뒷모습에는 어엿한 처녀의 자태가 꽃봉오리처럼 매초롬했다. 마루에서 채선을 바라보던 길홍은 첫날밤 촛불에 흔들리던 가람의 하얀 몸과 떨림이 생각났다. 낮에도 데릴사위로 오겠다며 채선보다 네 살 많은 총각이 있다며 중신이 들어왔다.

길홍은 어젯밤 가람과 나눈 대화를 생각했다. 채선이 소리를 배우고 악기를 배우고 글을 배워 타고난 미모와 재능을 떨칠 수 있도록 관기로 보내기로 했다.

그날 저녁을 먹은 후 딸기를 소반에 놓고 채선과 가람과 길홍이 마주보고 앉았다.

길홍이 딸기를 맛있게 먹고 있는 채선에게 말했다.

"채선아. 딸기가 맛있냐?"

"예, 아부지. 달아요."

"그래, 많이 묵어라. 니가 좋아하지. 많이 있단다."

가람이 채선의 말에 대신 대답했다.

가람과 길홍은 딸기를 맛있게 먹고 있는 채선을 보면서 서로 눈치만 살폈다. 쉽게 내린 결정이 아니었건만, 어린 것과 헤어질 생각을 하니 차마 말이 떨어지지 않았다. 하지만 길홍보다 가람이 더 무녀를 만들지 않기 위한 길이 이 길밖에 없다고 생각하면서 먼저 굳은 결심을 했다.

"채선아, 요즘 이 엄니 굿 숭내를 잘 내더구나."

"예, 엄니. 굿 하는 소리가 좋아요. 엄니 소리 따라갈 무당 없을 것이오. 그러니 굿하는 효험도 얼마나 좋아요. 저는 제가 여섯 살 때 우리 동네에 홍역이 돌았을 때요. 그때 엄니가 굿을 어쩌나 열심히 하시고 지성으로 기도를 드렸는지. 아, 덕분에 저는 얼굴에 곰보 자국 하나 없이 무사히 넘어갔잖아요. 이 동네 아이들, 제 동무 끝순이도 그때 죽었지라잉. 아부지가 태워서 묻고 온 날요."

"그래, 그랬지. 네 엄니가 굿을 하고 치성 드리는 모습을 보면 산신령이고 용왕님이고 그 소원 안 들어 주고는 못 배길 것이여."

길홍이 말했다.

"맞아요 아부지. 저는 그런 엄니가 자랑스러워요. 세상에나, 우리는 감히 쳐다보지도 못하는 산신령, 용왕님, 처녀귀신, 몽달귀신, 모두 엄니가 상대하면 물러나잖아요. 복까지 내려주면서요. 호호호호호."

"하하하하하."

길홍이 채선을 따라 웃었고 가람은 목이 메는 것 같았다. 그렇게 놀림 받고 외톨이로 자랐으면서도 내색하지 않는 속이 깊은 것이 기특하고 아팠다. 내림으로 무당을 이어야 한다는 것을 자연스럽게 터득한 채선은 그것을 자신의 운명이라 여기는 듯했다. 데릴사위를 봐 함께 살면서 세습을 해 줄까 하는 생각도 잠시 욕심처럼 스쳤다. 그러나 마음을 다부지게 고쳐 잡은 가람이 웃음소리가 잦아들기를 기다렸다가 채선의 손을 잡았다. 평소와 다른 눈빛과 태도에 채선이 긴장하여 가람을 바라보았다.

"엄니."

"채선아."

"네."

"채선이는 이 어미가 무당이 되어 굿을 하고 치성을 드리고 사는 모습이 보기 좋더냐?"

가람의 진지한 물음에 채선이 대답을 못 하고 고개를 숙였다.

"채선아. 엄니가 볼 때 너의 소리는 재능을 타고난 듯싶구나. 네가 소리를 하면 천지가 귀를 기울이고 지나는 바람이 네 소리를 땅끝까지 실어다 줄 것이다. 게다가 재색도 겸비하여 여느 양반집 아기씨 못지않게 자태도 곱지 않느냐. 이 엄니와 아부지는 니가 무당의 대를 잇지 말고 니 재주대로 살았으면 쓰것어!"

"엄니. 제가 재능이 있다고요? 저는 엄니처럼 이 동네를 위해 평생을 기도하고 굿을 하면서 살아야 한다고 늘 마음으로 다짐하곤 했어요. 엄니가 외롭게 사셨

듯이 저도 동무가 없이 외롭게 지내는 것도 견뎌냈어요. 이젠 외롭지 않아라우. 엄니를 받아들이기로 했어라우."

"거기까지 마음을 쓴 거여?"

길홍이 젖은 목소리로 나직이 물었다.

"네, 아부지."

"그래, 너는 엄니의 뒤를 따라 무당이 되기로 이미 오래전에 결심했다는 것이여."

"네, 아부지."

가람이 그런 채선의 손을 더 세게 잡았다.

"채선아. 네가 그런 생각을 하고 있어서 그리 소리를 열심히 연습한 것이여?"

"네, 엄니. 저도 무당으로서 동네 사람들의 안녕을 기원하기 위해선 좋은 소리로 굿을 해야 한다고 생각했어라우. 그리고 저는 혼인도 치르지 않기로도 마음먹었어라우."

"혼사를 치르지 않고 처녀귀신으로 죽는다는 말이냐? 그건 아니 될 말이여."

길홍이 약간 흥분하여 큰 소리로 말했다.

"채선 아버지. 마음 가라앉히셔라우. 우리가 지금

그런 얘기 하려는 것이 아니잖아요."

채선을 빤히 바라보던 가람이 말했다.

"엄니 대를 이을 것 없어. 너는 절대 무당으로 살아선 안 된다는 말이여. 알아들었어? 니는 엄니, 아부지의 품을 떠나야제. 그래서 순창교방으로 가거라."

"엄니, 저는 무당의 딸이어라우. 제가 재능이 많다한들, 누가 저에게 글과 예를 가르치고 소리를 가르치고 악기를 가르치겠어요? 엄니 품을 떠나 멀리 가서 겨우 허접한 사내와 살면서 울고 짜느니 엄니, 아부지랑 같이 살라유."

"이곳을 떠나 시집을 가란 말이 아니다. 관기가 되거라. 길은 이미 알아 두었다. 너도 알다시피 너는 양반집 규수가 아니여. 니가 소리를 배우고 재능을 펼칠 수 있는 길은 네가 관기가 되는 길밖에 없당께. 그래 아부지와 결정을 내렸다."

관기라는 말에 채선이 움찔했다.

조선조에 기생은 기녀(妓女)라고도 불렀다. 기생과 기녀는 본래 같은 뜻이다. 기생은 좋은 의미와 나쁜 의미가 공존하지만, 기녀는 기생보다는 좀 더 고상한 뉘앙스를 풍기고 있다. 그 이유는 기녀라는 말은 양반

사대부들이 부르는 호칭이었기 때문이다. 기생에게 나쁜 의미가 생긴 것은 술자리에서 노래, 춤 또는 풍류로 흥을 돋우는 역할을 하여 색기가 흐르는 여인이라는 이미지가 굳어져서 그렇다. 좋은 의미는 춤과 노래라는 예능을 자신의 삶의 일부로 여기면서 '기예(技藝)에 목숨을 거는 재인'이라는 이미지가 덧칠해져서 생긴 것이다.

　조선시대는 계급사회였다. 따라서 반상과 적서의 차별이 엄격했다. 신분제도는 사람을 차별하는 중요한 잣대였다. 물론 조선시대의 전기와 후기에 따라 신분제의 잣대에 융통성이 더해졌다. 대체로 왕족을 제외하면 양반·중인층·평민·천민의 4대 계층으로 나누어 볼 수 있다. 이 중에서 천민계층은 천역에 종사하는 최하급의 특수층으로 백정, 무격(巫覡), 공사천(公私賤), 재인(才人), 창기, 승니(僧尼)가 이에 포함된다.

　재인은 소리와 잡기를 업으로 삼는 창우로서 광대라고도 불리던 계층으로 고려시대부터 존재해 왔는데, 조선조로 오면서 여기에 재주를 부리는 여인 전체, 즉 기녀(妓女), 의녀(醫女), 무녀까지도 집어넣게 되었다. 광대나 무녀는 역시 같은 천인계층이지만, 기녀와 의녀와는 구별이 되었다. 광대는 가면극·인형극 같은 연극이나 접시돌리기·줄타기·땅재주 같은 곡예를 하는 남사당패거리 등이나 판소리를 업으로 삼던 사람들이며, 무녀는 무당 또는 모든 신을 섬긴다고 하여 '만신'이라 불리던 계층인데 길흉을 점치고 굿을 하던 여자들을 칭한다.

"그렇다. 니가 소리를 잘하고 악기를 잘 타고 글을 익히면 너는 분명히 큰 재목이 될 것이여. 하지만 니가 무당 딸로 산다면 니는 그 어떤 가르침도 받지 못할 것이여. 옛말에 호랑이 굴에 잡혀가도 정신만 차리면 산다고 하지 않았니. 정신을 바르게 차리거라. 항상 행동거지 조심하고 말을 아끼고 사리가 분별하다면 니 재주를 알아보는 사람이 있을 것이여."

"엄니, 혹시 관기에서 쫓겨나 사당패거리와 어울리게라도 하게 되면 어쩔 것이여?"

"왜 이리 약한 소리만 하느냐. 채선이답지 않게."

"엄니, 저는 엄니, 아부지랑 같이 살라요. 엄니, 아부지 그리워서 어떻게 살라고 저를 보내려고 하세요. 관기가 되면 마음대로 출입도 못 할 텐데, 엄니, 아부지 뵙고 싶어 저는 매일 밤 울다 잠들 거랑께."

채선이 눈물을 흘리며 말했다. 아른거리는 촛불이 채선의 눈물에 비쳐 별처럼 빛났다. 가람이 채선을 끌어안았다.

순창현의 관노청 앞에는 저마다의 사연을 숨긴 채 관기가 되겠다고 줄을 서 있는 처자들이 보였다. 슬픔을 주체 못해 눈물을 흘리거나 가족과 헤어지는 것이 안타까워 손을 부여잡고 있기도 하였다. 한 무리 제비가 그들 위로 날아갔다. 초여름 햇살이 따가웠고 장맛비를 머금은 구름과 습한 바람이 불었다. 처자들의 치맛자락이 풀썩 날렸다 제자리로 돌아왔다. 채선보다 어려보이는 처자, 채선보다 더 나이가 많아 보이는 처자들은 모두 애처로워 보였지만 눈빛에는 결연한 의지가 담겨 있었다. 광목치마를 두르고 밭을 매고 고추를 따는 고된 노동보다는 양반가 아가씨 흉내라도 낼수 있다는 것과 무엇보다 굶주리지 않고 먹을 수 있다는 것이 처자들이 관기가 되려는 가장 큰 이유이기도 하였다.

조선시대에 나라에서 관리하는 기생은 서울의 경기(京妓)와 흔히 주탕(酒湯, 술국)이라 불리는 지방 고을의 관기가 있었다. 지방에서는 대개 악사의 딸이나 관비들 가운데 인물이 출중하고 재주가 뛰어난 어린아이들을 골라 기생양성소인 교방(敎坊)에서 관기로 길러내었다. 경기에 빈자리가 생기면 관기 중에 재능 있는 자를 서울로 불러들였으니, 이들을 선상기(選上妓) 또는 상기(上妓)라 하였다. 지방 교방에서 길러낸 관기들은 지방기 또는 외방기(外方妓)라고도 불렀으며 새로 부임하는 지방관이나 서울에서 출장 오는 관원들의 위안기(慰安妓)로서의 역할도 겸하였는데, 기생은 원래 공물이라 그 생사여탈권이 관원에게 있었던 만큼 이와 같이 위안기로서의 역할을 겸하는 것이 문제될 바가 없었다.

채선은 가람이 맞춰 준 치마와 저고리를 입고 있었다. 여러 명의 처자들 중에서도 의복에서 눈에 띄었다. 깁고 기운 저고리와 짧은 치마를 입고 있던 처자들이 질투 어린 시샘을 했다. 자세히 보니 선명하고 고운 눈썹이 달빛처럼 뽀얀 이마 위에 난처럼 뻐쳐 있었다. 흑갈색 눈동자는 그윽하게 빛나 주변을 감찰하던 군사들이 눈을 떼지 못하였다. 입술은 피기 전의 자목련처럼 고혹적이었다. 가람은 눈에 띄는 채선이 자랑스럽기도 하고 한편에선 걱정이 되기도 하였다.

품에서 하얀 명주 수건을 꺼내 채선의 손에 쥐어주면서 명심하라는 듯 작지만 분명하고 냉정하게 말하였다.

"채선아. 이 손수건이 없으면 눈물을 흘리지 말거라. 이 손수건이 없을 때는 이를 악물어서라도 눈물쯤은 참아야 한다. 이 손수건은 너의 눈물만 닦으라고 주는 것이 아니여. 동무들도 너와 같은 입장이거나 배를 곯다가 기녀가 되겠다고 온 동무도 많을 것이여. 그 동무들이 울 때는 이 손수건으로 눈물을 닦아줄 줄도 알아야 한다. 상대의 마음을 헤아릴 줄 알아야 한다는 말인겨. 그리고 너에겐 냉정하거라. 배우는 것을 게을리 해서도 안 되며 이 엄니 보고 싶다고 집으로 돌아와도 안 되는 것이여. 분명히 너를 높이 쓸 어른이 나타날 것이다. 그때까지 너를 갈고 닦아야 한다. 너는 예기가 되어야 할 것이여. 어미 말 잘 알아들었어라?"

이때 군졸들이 그만 관노청 안으로 들어가고 배웅 온 사람은 돌아가라는 명을 내렸다. 훌쩍이는 소리가 여기저기서 들렸고 결국 다시 돌아가는 처자도 보였다. 채선은 줄을 서서 관노청으로 들어가는 처자들 뒤로 가 섰다. 가람과 길홍은 채선의 뒷모습을 마음에 담아 두기 위해 채선이 보이지 않을 때까지 눈을 떼지 않았다.

조선시대의 중앙 정치 기구는 의정부와 육조를 골간으로 하여 지방은 경기·충청·경상·전라·황해·강원·함경·평안 등 8도로 나누고 그 아래에는 부(府), 목(牧), 군(郡), 현(縣)을 두었다. 전라도의 행정 구역은 관찰사의 감영이 전주에 있었고, 관할하는 부가 1고을, 목이 4고을, 도호부가 6고을, 군이 11고을, 현이 34고을이었다. 1896년에 와서야 현재와 같이 전라북도와 전라남도로 나뉘어졌다.

조선 후기 전라도 지방의 관청에 교방이 설치된 곳은 모두 6군데에 불과했다. 전주부를 필두로 광주목·순창군·순천 좌수영·무주부·제주목 등 6곳이었다. 또 그 이름도 제각각이었다. 전주부는 교방, 광주목은 교방과 교방청, 순창군은 교방, 순천 좌수영은 기생청, 무주부는 교방청, 제주목은 장춘원으로 각각의 명칭을 달리하고 있었다. 채선은 어미를 떠나 이 중에서 순창군의 교방으로 들어간 것이다.

교방의 경우 호방의 호장(戶長)이 지방관아의 상급 청이지만, 실제 운영은 도상에 의해 이루어졌다. 호장은 도상을 뽑아 보고를 듣고 결재를 하는 일을 담당했다. 도상의 임명은 호장이 소속 기생들의 신임을 받은 자를 선출하여 고을 수령의 결재를 받아 임명하는 절차를 거쳐 이루어졌다.

"난, 어느 방에 배치가 될까? 좋은 친구가 와야 할 터인데, 걱정이여."

채선은 세 명의 동무들과 한방을 쓰게 되었다. 무엇이 어떻게 되는지도 모르고 오라는 대로 가라는 대로 여기저기 불려 다녔다. 관상을 보기도 했고 저고리를 벗어 흉이 있는지 점이 있는지도 검사를 받았다. 속곳만 입은 채 제자리에서 빙 돌기도 했다. 채선뿐만 아니라 모든 동무들이 부끄러워하였고 어안이 벙벙하기도 하였으나 어떤 명도 거부하지는 못했다. 그러자 저녁 먹을 시간이 되었고 관노청 이곳저곳을 익힌 후에 저녁을 먹었다. 보리밥과 근대 된장국에 마의 줄기를 들깨가루와 볶은 반찬과 깍두기가 나왔다. 저녁을 먹은 후에 방을 함께 쓸 동무를 배정 받았고 호명 받은 동무들은 각자의 방으로 안내되었다. 이번에 관기로 입교한 학습생은 모두 스무 명이었다.

채선은 얼굴이 동그란 달래와 깡말라 피골이 상접

한 것도 부족해 키까지 작은데 이름이 막순이라 하여 행수기생이 초하라는 이름을 내려준 동무와 함께 움직였다. 관노청에 들어설 때부터 앞서거니 뒤서거니 하여 얼굴을 익혀서인지 서로가 편하였다. 방에 들어오자마자 모두 긴장이 풀린 탓인지 각자 아무 곳에나 주저앉으며 한숨을 쉬었다. 달래와 초하는 유독 눈에 띄게 고운 채선에게 이미 마음이 열려 있었고 자연스레 채선이 모든 것을 먼저 선택하게 하였다. 이불·베개·담요·수건·면경까지, 심지어 잠자는 자리도 채선에게 먼저 고르게 했다.

채선은 불을 끄고 누운 지 한참이건만 잠자리가 바뀐 탓인지 피곤한데도 뒤척이고 있었다. 손에는 낮에 어머니가 준 명주 손수건을 쥐고 있었다. 어머니, 아버지의 정표라고 생각하자 눈물이 났다. 채선은 눈물을 그대로 흘리다가 마음이 진정되었을 때 명주 손수건을 꺼내 눈물을 훔쳤다.

동기(童妓)들의 하루 일과가 시작되었다. 모두 깨끗하게 세수를 한 다음 머리를 곱게 땋아 내렸다. 옷매무새를 단정히 한 다음 마음을 다잡고 방을 나왔다. 모든 학습생이 분담하여 관노청 청소를 하였다. 청소가 끝나면 물을 길어와 물독에 물을 채웠다. 기녀들이 먹을 밥을 지을 물과 기녀들이 세수하고 단장할 물을 항아리마다 가득 채웠다. 이른 아침인데도 물을 긴고 나니 몸이 땀으로 흠뻑 젖었다. 그러나 교육 첫날이라서인지 아무도 볼멘소리나 불평을 하지 못했다. 땀을 닦고 흐트러진 머리를 다시 매만지고나니 기녀들이 일어나 세수를 시작하고 면경 앞에 앉아 단장을 시작했다. 채선은 그들을 보며 아침을 먹으러 가는 동무들을 따라갔다. 양반집 규슈보다 곱고 화려했다. 그들이 어떤 기예를 품고 있는지는 모르지만 채선도 저들처럼 고와지겠다고 생각했다.

아침 식사를 마친 후 잠시 휴식 시간을 가졌다. 초하와 달래가 어느새 채선 옆에 앉아 있었다.

"채선아, 잠은 잘 잤어? 엄니 안 보고 싶었니? 나는 애기도 아닌데 엄니 보고 싶어 한잠도 못 잤어."

달래 말에 초하가 키득키득 웃으며 말했다.

"지나가는 똥개가 웃겠다. 네가 안 잤다고? 이빨도 드륵드륵 갈더만."

"아니, 애! 무슨 말이야. 난 얌전히 잔단 말이야. 나야말로 너 코고는 소리에 깨서 밤새 설쳤어. 안 그러니 채선아? 너도 얘 코고는 소리 때문에 못 잤지?"

채선이 빙긋 웃으면서 말했다.

"나도 엄니가 보고 싶어서 잠이 안 왔어. 너희들은 어쩌다가 여기까지 온 거여?"

"나? 나는 보다시피 기생 감이나 되니? 이 해골에 보자기 얹혀 놓은 듯한 얼굴로 무슨 기생을 한다고. 우리 엄니가 굶어죽지 않으려면 여기라도 가라고 해서 왔어. 어제 저녁, 오늘 아침 밥에 국을 먹고 나니까 여기가 극락 같아. 난 뭐든 시키는 대로 다 할 거야. 이곳에서 절대 쫓겨나지 않을 거랑께."

달래도 질세라 말했다.

"나도 그렇지 뭐. 그래도 양반의 첩이라도 되면 농부의 아내보다 낫잖니? 나는 얼굴도 좀 고운 편이고 내가 기녀가 되겠다고 결심하고 왔당께. 나도 여기서 절대 쫓겨나지 않을 것이여. 그런데 나는 소리도 못 하고 악기를 다루기도 싫고 글이라면 뱀보다 징그러운데, 어쩐다냐?"

채선과 초하가 호호호 웃었다. 그녀들에겐 기녀의 생활이 미지의 세계였고 각자의 마음에는 희망의 씨앗이 발아하고 있었다.

첫 수업이 시작되었다. 오전에는 주로 행수기생으로부터 기생의 정신자세와 전통역사에 대한 훈화를 듣고, 글공부와 예절공부를 배운다.

"기녀의 역사는 신라시대로 거슬러 올라간다. 신라 초에 조직되었다가 후에 화랑제도로 전환된 '원화제도'로부터 비롯된다는 견해도 있다. 삼국통일의 기반이 된 이 제도는 신라의 젊은이를 뽑아 상무적인 전투정신을 고양시키기 위해 기마 훈련과 궁사에 대한 기술연마와 창검의 사용법, 축국과 도약 등의 무술을 익히도록 하는 한편, 가무를 배우게 하여 심신단련을 도모하도록 하였다."

관기와 학습생들인 동기들의 눈빛은 반짝반짝 빛나고 있다. 기녀와 교방춤의 기원이 신라의 삼국통일의 토대가 되었다는 말에 놀라는 표정이다. 행수기생은 기녀들의 자긍심을 심어주기 위해 노력하고 있고, 동기들은 매우 진지한 낯빛으로 그것을 경청한다.

"신라 진흥왕 때 설치된 음성서에는 무척(舞尺), 가척(歌尺), 금척(琴尺) 등의 전문예인들이 소속되어 있었어. 여기에서 '척(尺)'이란 일종의 '장(匠)'이나 '잡이'로 해석되므로, 무척은 '춤 잡이', 가척은 '노래 잡이',

금척은 '가얏고 잡이'로 볼 수 있을 거야. 이들 집단은 일종의 기녀들로 간주되며 금(琴), 무(舞), 가(歌) 등의 종합적 형태의 예능을 잘 다루는 여인들로 생각되는 거야. 신라 때의 역사를 잘 이해하겠냐?"

채선에게 가야금을 가르치고 있는 옥섬이 초롱초롱한 눈망울을 굴리며 옛날에 기녀들이 삼국통일을 위한 심신단련을 했다는 것이 믿어지지 않는 듯한 표정으로 답을 한다.

"네에, 대단하네요. 무술과 함께 가무를 익혔다고 하니 여성들이 일종의 무사역할도 했다는 것이요?"

"그렇지. 오늘날 너희들이 기녀의 역사와 전통을 배워서 정신무장을 하는 것이 매우 중요하다고 할 수 있겠지?"

행수기생은 말을 이어갔다. 진흥왕 때에 우륵에게는 세 명의 제자인 계고·법지·만덕이 있었다고 강조한다.

"우륵 선생은 제자 계고에게는 가야금을, 법지에게는 노래를, 그리고 만덕에게는 춤을 각기 가르쳤는데, 이들이 기녀들에게 전문 예능인이 갖추어야 할 악가무를 지도한 것으로 보인다."

고려시대로 넘어오면 하나의 제도와 규범이 형성되는데, 관에는 교방이라는 곳에 소속된 교방기(敎坊妓)와 지방관청에 적을 둔 지방기(地方妓)로 분화를 하게 된다고 설명을 계속한다.

"고려 문종 때에는 교방기 진경 등 13명에 의해 '답사행가무(踏沙行歌舞)'와 '왕모대가무(王母隊歌舞)'가 연등회에 연출이 되었고, 초영에 의해 포구락(抛毬樂)과 구장기별기(九張機別伎)가 팔관회에 상연되었어! 중요한 것은 고려 때에는 교방기들이 궁중가무를 담당했다는 점이야. 예종 때에는 임금이 여악을 좋아해서 창우·잡기·유관여기들을 불러들여 궁중연회를 자주 베풀었다고 하며, 충렬왕 때는 궁중의 기녀만으로는 부족하여 각 지방의 무녀와 관기 중에서 색예가 특출한 자를 뽑아 교방의 인원을 보충하고 특히 가무를 잘하는 여기들을 뽑아 기라(綺羅)를 입히고 마미립(馬尾笠)을 씌워 남장(男裝)으로 만들어 새로운 음악을 가르쳤다는 이야기도 전해지고 있어."

행수기생의 교방의 역사에 대한 강의를 들으며 하나라도 놓칠세라 학습생 동기들은 모두들 붓으로 열심히 기록을 한다. 채선도 배우는 하나하나가 새롭고 신기하여 필기에 열중한다. 행수기생은 오늘은 고려 시대까지만 공부를 하자고 끊으면서 잠시 휴식시간을 갖는다.

모두들 떠들썩하게 이야기꽃을 피운다. 달래는 채 선에게 교방공부에 잘 적응이 되는가라고 묻는다. 묵 묵히 고개를 끄덕거리며 눈을 비비는 채선은 역사공 부에 흥미를 느끼는 자신이 신기한 듯 사념에 젖는다.

두 번째 수업은 기녀로서의 몸가짐이었다. 몸가짐 을 바르게 하는 것은 기본이며 천박하고 호탕하게 웃 어도 안 되었다. 정면을 응시해도 아니 되었고 교만해 서도 안 되었다. 또한 상에 나가는 음식을 나르는 것 이며 상에 음식을 놓는 위치와 순서, 손님의 상하를 구분하는 것 등을 교육받았다. 이론적인 것은 지혜로 익히면 되었지만, 모든 수강생이 어려워하는 것은 흐 트러진 몸을 바르게 하여 걷는 것과 알듯 모를 듯한 손동작과 인사법이었다. 이러한 기초 교육은 노기가 담당하였는데, 무척 엄하였다. 교육 도중 종아리에 매 를 맞는 것은 흔하게 일어나는 일이었고 동무가 매를 맞을 동안 움츠러든 어깨를 더욱 조이며 나는 실수하 지 말아야지, 라고 다짐하는 것뿐이었다. 또한 양반이

나 지방관들의 시중을 들어야 했으므로 한문과 서예, 예악과 악기, 춤도 배워야 했다.

쉬는 시간을 마치고 행수기생이 다시 앞으로 나섰다. 시끌벅적하던 기방이 순식간에 고요해졌다.

"기생에게 가장 중요한 것은 첫째도 인품이고, 둘째도 인품이야. 인성교육이 그만큼 중요한 것이여. 왜냐하면 우리는 지방관장이나 일반 양반들을 상대해야 됭께."

"네에……."

"잘 알겠능가?"

학습생의 목소리가 큰 방에서 카랑카랑하게 공명을 울리며 퍼져나갔다. 동기(童妓)들의 큰 복창에 행수기생 계수도 마음이 흡족한 모양이었다.

"너희들에게 중요한 것은 옷깃을 항상 여미어야 한다는 점이야. 몸동작도 커서는 절대로 안 되는 거야. 느릿느릿하게 걷고 손동작도 곡선의 묘미를 살려야 한다."

"네에, 잘 알겠습니다. 분부대로 하겠어요."

학습생들은 다함께 다시 큰 소리로 복창을 했다.

"오늘은 인사법을 배우도록 한다. 관기는 예의범절

이 갖춰져야 한다. 우선 말하는 예법이 중요함을 깨달아야제. 말에서 기품이 우러나야 할 것이여."

"막순이, 너부터 이름을 말하고 인사를 해보아라!"

"네에, 저는 옥막순이라고 하옵니다. 영암에서 태어났고, 검무를 좀 춥니다. 민요와 잡가도 조금 할 줄 알아요. 잘 부탁해요."

행수기생은 말을 또박또박 하라고 채근하고는 좀 더 다소곳하게 인사를 하라고 조언한다.

"다음 해옥아, 인사를 해보아라."

"네에. 저는 박해옥입니다. 부안에서 출생했고, 가야금을 좀 탈줄 압니다. 또 판소리 중에서 <춘향가>를 잘합니다. 조금 해볼까요?"

"이름을 말하면서 인사하기에 이어서 자세교육을 배우도록 한다. 일어나는 자세와 앉는 자세 그리고 걸음걸이 자세가 매우 중요하다. 한복을 입고 자세를 취하는 것이므로 치마를 밟지 않고 단아하게 앉고 일어나는 연습이 필요하다."

"네, 자세교육을 반복해서 배우도록 하겠습니다."

모두들 힘차게 복창을 한다.

"사실 자세교육에서 보다 중요한 것은 몸가짐보다

도 마음가짐이다. 엄격한 교육을 받아 한 치의 흐트러 짐도 있어서는 안 된다."

"네 에……."

"너희는 예기로서의 법도를 갖춰야 한다. 단순히 몸시중이나 드는 위안기가 되어서는 곤란하다. 우아한 기품을 갖추고 예술적 재능을 가진 예기로 거듭나야 한다. 알겠느냐?"

"예 이……."

한 수강생이 접시를 나르다 긴장한 나머지 떨어뜨리고 말았다. 노기는 무척 화가 나서 수강생을 꾸짖었다. 수업이 끝나고 나면 여기저기서 또 우는 소리가 들렸다. 부모 슬하에 있다가 부모와 떨어진 것도 받아들이기 힘든 사실인데, 기녀 수업이라고 남의 일만 같았던 글자를 배우고 춤을 배우며 자세를 배우고 그림과 서예, 음악을 배우는 것이 보통 고된 것이 아니었다. 그저 양반들 옆에서 웃음이나 흘리며 술을 따라주면 되는 것인 줄 짐작하였다가 큰코다쳤다고 푸념하는 소리도 들렸다.

예악 시간이었다. 채선에게 소리를 시킨 엄직은 채선이 소리를 시작하자 온몸에 전율이 일었다. 더구나 거문고의 반주에 맞추어 소리를 탈 줄 알았다. 엄직은 수업이 끝난 후에 채선을 따로 불렀다.

채선에게 수정과를 내고 채선이 다 마시길 기다렸다. 채선이 수정과를 마시는 모양새가 몹시 아름다워 엄직은 잠시 딴 생각까지 들었다. 이미 몸에 기품이 서려 있는 채선이 수정과 그릇을 조용하게 내려놓으며 엄직을 바라보았다.

"스승님, 저를 어찌 부르셨는지요?"

"채선아, 내 너의 소리를 듣고 무척 놀랐구나. 이곳에 오기 전에 소리를 배운 적이 있당가?"

"아닙니다. 스승님. 제 어미가 무당입니다. 어려서부터 귀동냥으로 어머니의 굿 하는 소리를 듣다보니 저도 모르게 몸에 밴 것이어요……."

"허, 그렇구나. 너는 천부적인 목청을 가지고 있구나. 잘 갈고 닦으면 조선에서 소리를 제일 잘하는 기녀가 되겠어. 교육 받은 지 며칠이나 되었다고, 벌써 몸에 기품이 서려 있는 것이 보이는구면."

"과찬이십니다. 스승님. 부족한 것이 많지만 열심히 노력해 보겠습니다."

엄직의 악기를 다루는 솜씨는 호남 지방에서 따라

올 자가 없었다. 그의 소문을 듣고 순창현 뿐만 아니라 외부 지역에서도 스승으로 모시고자 찾아오는 사람이 많았다. 하지만 엄직은 오로지 순창현의 관노청 수강생들 수업에만 몰입하였다. 그런 엄직이 채선의 재능을 발견하였다. 엄직은 채선을 특히 아끼면서 수업 외에도 채선에게 소리를 가르쳤다. 동무들의 시샘이 따랐지만 채선은 그것에 개의치 않았다. 오히려 채선은 그들을 배려하려고 노력하였다.

친구들은 채선의 매력은 큰 귀라고 이구동성으로 말한다. 마치 관음보살처럼 귀가 커서 나중에 소리로 세상에 자비를 베풀 것이라고 의미심장한 이야기를 재잘거린다.

"니 귀는 진짜 복스럽게 생겼어. 눈은 약간 가늘고 작은 데 비해 귀가 크다는 것은 후덕하자는 것이제. 앞으로 세상에 큰 사람이 될 꺼시여."

"근다고? 난 전혀 그런 생각을 해본 적이 없당께. 귀가 너무 커서 어릴 때부터 걱정이었는데. 참 니들은 이쁘게 봐 준 것도 많구먼."

채선은 자신에게는 콤플렉스인 귀가 다른 동기들에게는 매력덩어리로 보여서 이상한 느낌이 들었다. 귀는 세상과 소통하는 신체의 작은 부분이다. 귀는 자연의 작은 개울물 소리부터 천둥 번개 치는 소리까지 모든 울림을 깨닫는 관문이다. 특히 소리꾼에게 귀는 매우 중요한 신체기관이다. 귀가 크다는 것은 채선에게는 큰 복인 동시에 청중들의 움직임과 소통하는 신경조직의 섬세함을 의미한다.

"작은 소리도 제대로 들을 수 있는 귀가 있다는 것은 큰 기쁨이여. 여름에는 여치소리의 신비로움을, 그리고 가을에는 귀뚜라미 소리의 애잔함을 제대로 들을 수 있다면 천상의 신비로움을 모두 갖게 되는 것일꺼여."

달래도 무릎을 탁 치면서 동감을 표시했다.

"귀의 소중함을 깨달았다는 것은 세상을 알아가는 지름길이 되는 것이지. 미세한 소리도 놓치지 않도록 노력해봐. 그러면 너는 전문소리꾼으로서 신의 경지에까지 도달할 수 있게 될 꺼여."

"정말, 고마워. 너의 충고를 평생의 교훈으로 삼을께."

"참, 하나님은 인간 모두에게 하나씩의 보물을 나눠주셨어. 나는 손이 아름답다고 생각해. 그래서 악기

다루는 데에는 일가견이 있어. 가야금 말이지."

채선도 고개를 끄덕거렸다. 그리고 달래의 손가락을 바라보았다. 하얗고 기다란 손이 그녀의 무릎 위에서 빛나고 있었다. 참으로 탐스러운 손이었다.

채선과 동무들이 기녀 수업을 받은 지 반 년을 넘길 즈음이었다. 이제 기녀로서 옥석이 가려지고 재능과 외모에 따라 배우는 것이 약간씩 달랐다. 초하는 가야금 연주에 치중하였으며 매향이라는 새로운 이름을 받은 달래는 서화에 재능을 보였다. 그에 비해 채선은 엄직에게 소리를 집중적으로 배웠으며 가야금과 서예도 유능하게 해내어 행수기생이나 엄직의 관심을 받았다.

스스로 실력이 향상되었다고 느낀 수강생들은 마음이 앞서 어서 손님을 모시고 싶어 안달 난 이도 있었다. 또한, 방에서 나온 기녀들에게 분위기를 물어보며 마음껏 상상하는 수강생도 더러 있었다.

"오늘부터 가야금 병창을 배우게 될 터인데, 채선이가 아직 가야금에 서투니 누가 좀 옆에 붙어서 지도를 하였으면 좋겠구나. 달래야, 니가 좀 선생노릇을 하려무나."

붙임성 있는 성격의 옥달래가 앞으로 나가 행수의 분부를 받잡아 채선을 자신의 옆자리로 이끌고 나온다.

　　"네 행수어른 제가 맡아서 잘 가르쳐보겠습니다."

　　"다들, <녹음방초(綠陰芳草)>와 수궁가 중에서 <고고천변>을 연주하기로 한다."

　　채선은 동료기생들의 빠른 손놀림에 놀라면서도 내심 차분하게 가야금 연주하는 것을 감상한다. 아직 가사는 분명하게 들리지는 않으나 엄니 밑에서 음률을 배운 채선은 장단과 강약의 리듬만은 귀에 쏙 들어왔다. 동료들의 연주에 어깨가 절로 들썩거렸다.

　　　녹음방초(綠陰芳草) 승화시(勝花時)에 해는 어이 더디간고

　　　그달 그믐 다 보내고 오월이라 단오일(端午日)은

　　　천중지가절(天中之佳節)이오 일지지창외(日遲遲窓外)하여

　　　창창한 숲 속에 백설(白舌: 지빠귀새)이 잦았구나

　　　때때마다 성현 앞에 산양자치(山梁雌雉) 나단말가

　　　광풍재월(光風霽月) 너른 천지 연비어약(鳶飛魚躍) 하는구나

　　　백구(白鷗)야 나지마라 너 잡을 내 아니란다

　　　성상(聖上)이 버렸음에 너를 좇아 여기 왔다

강상에 터를 닦아 구목위소(構木爲巢) 하여두고

나물 먹고 물 마시고 팔을 베고 누웠으니

대장부 살림살이 이만허면 넉넉한가

일촌간장(一寸肝腸) 맺힌 설움 부모님 생각뿐이로구나

옥창앵도(玉窓櫻桃) 붉었으니 원정부지(怨征夫之) 이별이야

송백수양(松栢垂楊) 푸른 가지 높다랗게 그네 매고

녹의홍상(綠衣紅裳) 미인들은 오락가락 노니는데

우리 벗님 어디 가고 단오 시절인 줄 모르는구나

밤새 눈이 내렸다. 감나무에 까치밥이 더 붉은색으로 얼어 있었다. 참새들이 조잘거렸고 수강생들은 눈을 쓸기 바빴다. 채선도 손을 호호 불며 눈을 쓸었다. 갑자기 고름에 매달아 치마 안으로 넣어 놓은 명주 손수건이 생각났다. 채선은 그간 어머니, 아버지를 잊고 있었던 것인가. 명주 손수건을 만지자 그만 눈물이 눈 위에 뚝뚝 떨어졌다. 어머니는 이 손수건을 남 앞에서는 눈물을 흘리지 말라고 하면서 주셨지라고 중얼거리면서 눈물을 닦았다. '엄니, 엄니 뜻대로 저의 길을 가고 있어요. 엄직 선생님께서 저를 무척 아끼고 많은 것을 가르쳐 주십니다. 엄니께 귀동냥으로 들었

던 굿이 제가 소리를 할 수 있게 한 큰 힘이었습니다. 어머니 그립습니다. 아버님은 안녕하신지요?'

채선은 엄니와 아부지가 몹시 그리워져 집으로 돌아가고 싶었다. 엄직 선생님이나 행수기생에게 부탁해 엄니를 이곳으로 잠시 오시게라도 하고 싶은 마음이 간절하였다.

이때 조용한 마당에 급하게 뛰어오는 학습생이 있었다. 급하게 뛰어 오다 그만 발에 걸려 넘어지기까지 하였다. 마당을 쓸던 모든 학습생들이 배꼽을 잡고 웃었다.

"얘들아, 니들 내가 얼마나 큰 소식을 가지고 왔는지 알아?"

"넘어져 부끄러우니까 별 소릴 다 한다. 그 큰 소식 궁금하지도 않당께."

"야! 정말 중대한 소식이라니까. 우리하고도 연관 있는 거야. 우리도 그렇게 될지 모른다고."

"대체 뭔 일인데?"

그 동기(童妓) 주위로 마당을 쓸던 학습생들이 모여들었다.

"이 관노청에서 소리를 제일 잘하고 난을 제일 잘

친다는 미월 언니, 누구인지 알제?"

"알지는 못해도 소문은 많이 들었지. 도상 어른도 엄직 선생님도 미월 언니만큼만 하면 된다고 입버릇처럼 말씀하셨잖아."

"얼굴도 얼마나 이쁘냐. 사내들이건 양반들이건 미월 언니만 보면 상사병에 걸린다는 소문도 있응께."

"그 미월 언니가 왜?"

"머리라도 올렸대?"

"목을 맸대."

소문을 전하는 학습생은 드디어 자기가 들고 온 소문이 얼마나 큰 사건인지 알겠냐는 눈빛으로 둘러싼 동기들을 바라보았다. 학습생들은 충격을 받아 왜 자살을 한 거냐고 묻기도 하고 타살이 아니냐고 되묻기도 했다.

"왜, 자살했대? 뭐가 아쉬워서. 대우도 좋았잖아."

"사랑한 거지. 이 도령과 성춘향처럼 사랑을 한 거야. 우리에게 사랑이 어울린 거여? 우린 그저 노리개일 뿐인데."

"사랑? 상대가 누군디?"

"나도 모르지, 아무튼 높은 집 자제분인가봐. 우리

는 얼굴 보기도 힘든 그런 자제분."

"아무리 그래도 죽냐. 얼른 잊어버리고 새로운 마음으로 살아야제. 매일 보는 것이 그런 자제분들 아니니? 얘들아, 우리 중에서 미월 언니처럼 높은 집 자제분들 상대할 기녀로 떠오를 인물이 있을까?"

"있지, 왜 없어. 벌써 엄직 선생님 사랑을 독차지하고 있잖아."

"그게 누구야?"

"모르겠어?"

그들은 눈짓으로 채선을 가리켰다. 초하와 매향은 그들을 쏘아 보았다. 채선은 미월의 자살이 마치 자신의 일처럼 느껴져 마음이 아팠다.

초하와 매향이 딴 생각에 빠진 채선을 데리고 마루 쪽으로 걸어갔다. 그들뿐만 아니라 모든 학습생이 제일 인기가 많았던 미월의 죽음으로 충격을 받았기 때문에 눈을 쓸고 치우던 것을 멈춘 채 삼삼오오 모여 이런저런 이야기를 쑥덕거렸다.

마루에 앉아 있는 채선에게 매향이 물었다.

"채선아. 우리도 나중에 사랑을 하게 될까?"

"사랑을 하면 안 된다고 배웠잖아."

"그랬지. 하지만 우리도 사람이다. 사랑은 생각지 않아도 마음에서 절로 생겨난다는디."

"미월 언니는 어떤 사랑을 했고 얼마나 아팠으면 스스로 목숨을 끊었을까?"

"그런 사랑은 나는 싫어."

"매향아. 나는 저 나뭇가지에 앉는 눈처럼 하얗게 사랑하고 싶어. 네가 잘 치는 난처럼 고고하게 사랑하고 싶거든. 저 눈이 녹고 향기가 사라지지만 사랑이 저 눈과 같고 향기와 같다고 해도 사라지지는 않는 것이여. 그래서 미월 언니도 그런 사랑을 위해 목숨을 끊었을지도 몰라."

"얘, 재수 없어. 그런 말이 어딨어. 네 말처럼 우린 사랑을 하지 말라고 배우잖아. 우린 관기가 될 몸이잖아. 난 사랑 따윈 절대 안 할 것이여."

듣고 있던 초하도 거들었다.

"맞어. 그리고 죽을 것은 또 무어니? 그래도 안됐다. 미월 언니. 다음 생엔 그 자제하고 부부로 태어나면 좋겠어."

조선시대의 윤리규범의 기본은 성리학에서 비롯되었다. '남녀칠세부동석'은 만고의 진리로 통했다. 즉

남녀의 상면을 금하는 유교질서 속에서 남성들의 접근이 허용되었으므로 자연히 남자들의 잔치에서 흥을 돋우고 남성들의 위안을 겸하는 관기들의 역할은 인정받을 수밖에 없었다. 아울러 내외법이 엄격해지면서 부녀들의 질병을 남자의사에게 보이기를 꺼리자 그 임무를 맡은 것이 바로 의녀(醫女)로서의 기녀였다. 궁중 내에서 바느질을 맡았던 침선비도 기녀 중에서 충당하였다. 의녀는 내의원(內醫院, 藥房), 침선비는 상의사(尙衣司, 尙房)에 각각 속해 있으면서 남성들의 접대도 겸하였으므로, 속칭 약방기생, 상방기생(尙方妓生)이라고 불렀다.

원래 의녀의 업무는 여느 기생과 달리 궁중에서 비빈, 나인들의 진료에만 종사하는 것이었다. 그 후 연산군이 집권하면서 의녀는 연악과 가무를 배워 일반관기들과 함께 연유에 참석하는 것이 빈번해졌으며, 간혹 납채혼수품(納采婚需品)을 검찰하는 일을 맡기도 했다. 패륜무도한 연산군이 폐위된 후 의녀의 연유 참석이 금지되기도 했으나 그 법은 잘 지켜지지 않은 채 조선 말엽까지 가무를 병행했다. 약방기생과 상방기생들은 문인이나 유학자들이 한시를 써서 바치면,

그에 화답시를 쓸 정도의 재능이 있었고 서화(書畵)에도 능한 시기(詩妓)였다.

미월의 자살은 불문에 붙여졌고 평소와 다름없이 아침을 먹은 후에 수업은 시작되었다.

행수기생 월계수가 자신의 늙은 몸으로 직접 모범을 보이는 시간이었다. 바로 기녀복을 제대로 입는 법이었다. 스무 명 남짓한 학습생들은 소리로 다져진 행수기생의 얼굴을 빤히 바라보고 있었다. 여기저기서 조그맣게 들리던 잡소리들이 모두 조용해지자 말문을 열었다.

"너희들이 시중을 받드는 자들이 누구더냐? 금선이가 대답해 보거라."

"예. 저희가 시중을 받드는 자들은 우리와는 계급이 다른 양반들이며 관아에 머물고 있는 자들이옵니다."

"대답 잘하였다. 맞다. 그들이 그저 술만 마시기 위해 기방을 찾는 것이 아니라고 몇 번 교육을 하였다. 너희들은 그들의 말상대도 되어야 하고 그들을 위해 연주도 해야 하고 창도 해야 하고 술을 따르기도 해야 한다. 하지만 절대 그들에게 너희의 마음을 열어서도 주어서도 아니 된다. 알겠느냐?"

"예. 잘 알겠습니다."

모든 기녀들이 복창하였다.

"그들은 또한 너희를 소중하게 생각하지도 않는다. 너희들은 그저 놀잇감일 뿐이다. 그것이 슬프더냐?"

"아닙니다. 선생님."

"그들과 함께 할 때는 그들의 인품에 맞게 행동과 언행에 신경 써야 하느니라."

"네. 선생님."

"너희들에게 중요한 것은 누차 교육을 하여 알고 있을 것이라 짐작한다. 오늘은 그와 더불어 나의 개인적인 생각 하나만 이야기 하겠다."

모두들 교육 내용과 다른 것이라 하니 그것이 무엇인지 궁금해 하였다.

"기녀에게 중요한 것은 옷고름이니라. 옷고름을 너무 조이면 답답하고 미련해 보일 것이며 너무 넉넉하게 매도 빨래터의 아낙들과 무엇이 다르겠느냐. 옷고름을 함부로 풀어도 아니 될 것이며 푸는 손이 있다고 멈추게 해서도 아니 될 것이야. 쉽게 풀리지만 쉽게 풀 수 없는 것이 옷고름이니라. 하지만 남정네의 눈길을 사로잡아야 하는 것이 또 옷고름이니라."

행수기생이 말을 마쳤다. 모두들 아침에 들은 자살 사건과 연계하여 생각하는지 선뜻 대답을 못하고 각자 사념에 빠져 있었다. 노기 선생님이 탁자를 손으로 치며 주목을 했다.

"기녀들은 또한 목소리와 말투가 고르고 일정해야 하며 그들을 자극해서는 아니 된다. 때도 없이 교태를 내도 아니 될 것이며 곰처럼 아무 말 없는 것 또한 경계하여야 할 자세이니라. 큰 목소리보다는 소곤소곤 하는 작은 목소리가 그들의 관심을 끌 것이며 너희들의 화답에 맞장구를 쳐 줄 것이다. 말을 끝까지 또박또박하게 발음하여야 그들과 시를 나누고 글도 나눌 수 있느니라."

"잘 알겠습니다."

"자. 달포 후엔 너희들이 쌓은 실력을 평가하는 날이다. 이미 여러 번 경험하였으니 이번에도 잘 해낼 것이라 믿는다. 이번 시험에 통과한 자는 이제 기방으로 나갈 자격을 갖춘 것이다. 마지막 관문이니 모두 통과하길 바란다."

몹시 추운 겨울이 끝나는 모양이었다. 얼었던 개울 물에서 졸졸졸 소리가 들렸고 버들강아지가 뽀얗게 피었다. 양지 바른 곳에는 아이들이 뛰어 놀고 있었다. 채선은 시험을 통과하였고 휴가를 받아 가람과 길홍을 만나고 돌아오는 길이었다. 가람은 몰라볼 정도로 아름다워진 채선을 보며 눈물을 흘렸다. 길홍도 자신들의 결정이 옳았다고 느끼면서도 앞으로 가야 할 길을 생각하니 걱정스런 마음도 들었다. 가람과 길홍은 하룻밤을 머물고 떠나는 채선에게 말했다.

"채선아. 관기는 이제 시작이어야 한다. 무슨 뜻인지 알겠어?"

"예. 엄니, 아부지. 깊이 새기고 있습니다. 염려 놓으시어요."

집에서 돌아오니 엄직이 찾았다고 매향이 전했다. 매향도 관노청에 올 때와 달리 달맞이꽃처럼 밤에는 더욱 고와지고 있었다. 채선은 어머니가 만들어 준 떡을 내 놓으며 엄직에게 갔다.

"스승님. 채선이옵니다."

"그래. 들어오너라."

문이 열리면서 들어오는 채선을 엄직이 바라보았다. 연분홍 치마에 색동저고리를 입은 채선의 자태는 단연코 이 관노청 안에서 가장 으뜸이었다. 엄직은 오늘 부안 현감이 오기로 되어 있으니 그간 갈고 닦은 실력을 마음껏 발휘해 보라고 권했다. 채선은 돈으로 가문을 산 양반이 아닌 부안 현감이라는 말에 긴장을 한다. 단단히 준비를 하고 언급한대로 창을 할 것이라고 혼잣말로 다짐을 한다.

부안 현감이 있는 방에 들어가 <춘향가>의 '기생 점고'를 부른다.

[아니리]
그때여 사또는 동원에 좌정 후 호방을 불러 분부하시되
다른 점고는 삼일 후로 미루고 이 고을에는 미인미색이
많다하니
우선 기생점고부터 하렸다 예~~

[진양조]
행수기생 월선이~ 월선이가 들어온다
월선이라 하는 기생은 기생 중에는 일향순인데
점고를 마칠 양으로 아장아장 이긋거려서 예~등대나오
점고를 맞더니만 좌보진퇴 물러간다

무후동산에 명월이 명월이가 들어온다

몸을 정히 단장하고 아장아장 이긋거려서 예~등대나오

점고를 맞더니만 우보진퇴 물러간다

[아니리]

예~여보아라

기생점고를 이렇게 느리게 할라다가는 석달 열흘이

걸려도 다 못하것구나.

내 성미는 원래 급한 사람이니 급급히 불러디려라

호방이 눈치 있어 사또님의 오비우를 하기 위하야

넉짜화두로 불러들이난디

[중중모리]

조운모우 양대선이, 우선옥이 춘홍이,

사군불견 반월이! 독자유황려 금선이

어주축수에 도홍이 왔느냐 "예, 등대 허였소!"

팔월부룡에 군자룡 만당추수의 홍련이 왔느냐 "예, 등대

허였소!"

서창이 비치어 섬섬염좌 초월이 왔느냐 "예, 등대 허였

소!"

만경대 구름속의 높이 노던 학선이 왔느냐 "예, 등대 허였소!"

바람아 퉁탱 부지마라 낙랑장송 취행이 왔느냐 "예, 등대 허였소!"

단산오동 그늘밑 문왕 어루던 채봉이 왔느냐 "예, 등대 허였소!"

장삼소매를 떠들어 메고 저정거리던 무선이 왔느냐 "예, 등대 허였소!"

진누명월옥소소에 화선하던 능옥이 왔느냐 "예, 등대 허였소!"

만하방창의 봄바람 부귀할손 모란이 왔느냐 "예, 등대 허였소!"

오동복판의 거문고 시리렁 퉁탕 탄금이 왔느냐 "예, 등대 허였소!"

부안 현감이 채선에게 반해 수청을 명했으나 엄직이 중재에 나서 부안 현감은 다음을 기약하고 돌아간다. 채선의 소리와 악기, 시를 짓는 솜씨에 놀란 손님들로 인해 관노청이 바빠질수록 채선은 내적인 갈등으로 괴로워한다. 그들이 채선의 실력을 인정하면서도 수청을 강요하거나 노리개로밖에 생각하지 않는 것에 절망하고 분노하게 된 것이다. 그뿐만이 아니다. 진채선의 기방 생활이 순탄한 것만은 아니었다. 채선의 예기로서의 재능이 빛을 발할수록 동료 동기들의 시샘과 질투 또한 커져만 갔다. 가야금의 줄을 몰래 끊어버리는 것은 예사였고, 삭회에 입을 공연복을 망가뜨리는 경우도 있어서 당일에 수선하느라 고초를 겪는 경우도 있었다. 남몰래 흘리는 눈물은 이루 헤아릴 수 없을 정도였다.

뻐꾸기가 뻐꾹뻐꾹 울었다. 채선은 엄직과 마주 앉아 서찰을 들고 있다. 오늘은 반드시 수청을 들라는 부안 현감의 서찰이었다. 관기였으므로 명을 거역할 수는 없었다.

"스승님. 저는 어쩝니까?"

엄직도 뭐라 할 말을 잃은 지 오래였다. 관노청에 들어와 모든 수련을 최고로 해 낸 채선이 외모도 곱고 실력도 출중하지만 더 이상은 채선을 지켜줄 힘이 없었다. 이방인 김응선도 채선을 아까워했지만 그것이 채선의 운명이니 어쩌겠느냐고 한탄을 했다. 다음 날 엄직은 채선에게 길을 떠날 차비를 하라고 일렀다.

영문도 모르는 채선은 슬픔에 젖어 엄직을 따라 나섰다.

엄직은 아흔아홉 칸 궁궐 집 같은 대문 앞에 섰다.

"이리 오너라."

하인이 나와 누구냐고 물었다.

"순창에서 온 엄직이라고 전해라."

잠시 후 엄직과 채선은 사랑으로 안내되었다. 대청마루에는 신재효가 서 있었다. 신재효의 엄직을 향한 반가운 미소는 수염에 가려져 표가 나지 않았지만 마당으로 내려오는 발걸음은 한껏 빨라졌다.

"엄직이! 먼 길 오느라 애 썼네. 그래 별고 없었는가?"

"예, 호장어른. 꾀꼬리가 울고 나비가 날고 꽃이 피고 지니 오는 길이 내내 즐거웠습니다. 그간 안녕하셨지요?"

"그럼. 어서 오르게."

신재효는 엄직의 방문이 반가웠다. 상의할 것이 있었고 엄직의 소리가 듣고 싶었다. 재효는 마루에 올라 엄직의 절을 받고 난 후에야 마당에 서 있는 채선을 보았다. 채선은 두 손을 모으고 고개를 숙이고 있었다. 한낮의 햇볕에 채선의 그림자가 짧았다. 오월의 잎처럼 윤이 나는 초록색 저고리에 짙은 곤색 치마를 입고 있었다. 비녀를 지른 머릿결에서도 윤이 났다. 고개를 숙이고 있지만 해를 등진 얼굴이 긴 여정으로 약간 붉게 달아 있었다.

재효는 채선을 관찰한 후에 엄직을 바라보며 물었다.

"웬 아이인가? 기녀인 듯하네만."

"예, 호장어른. 바쁜 시간을 쪼개 형님을 찾아 뵌 것도 저 아이 때문입니다. 관기로 온 아이입니다. 소리에 유능할 뿐만 아니라 서화·가야금·춤은 물론 못하는 것이 없습니다. 한번 아이의 소리를 들어 보시겠는지요?"

"그리 출중한가? 자네가 천거하는 것을 보니 실력이 대단하긴 한 모양이네. 그럼 어디 들어보세."

"채선아. 소리를 아끼고 소리가 흥하도록 노력하는 분이시다. 나보다는 이 분 밑에서 실력을 갈고 닦는다면 진정한 예기로 태어날 것이니라. 인사 올리거라."

채선이 대청마루 쪽으로 다가왔다. 사뿐사뿐 걷는 걸음걸이만으로도 단아함과 청아함이 느껴졌다. 기녀로서 명성을 얻을 인상인데 소리를 잘한다니 어서 그 소리를 듣고 싶었다.

"소녀, 인사 올립니다. 진채선이라고 합니다. 스승님께서 소리를 하라 하시니 부족하지만 한 번 해 보겠습니다."

채선은 소리를 하기 위해 잠시 목을 가다듬었다. 엄직은 너그러운 미소로 채선을 바라보았다. 채선은 엄직과 마주 앉은 재효를 보았다. 신재효를 보는 순간 채선은 아버지를 보는 듯했다. 골격은 아버지보다 작았고 갓을 쓰고 옥색 도포를 입고 있는 모습에서는 강직함이 풍겼다. 아버지와는 신분부터 달랐지만 아버지 얼굴에도 생겼을 법한 주름과 온화함을 감안해 볼 때 아버지를 연상시켰다. 재효는 채선을 향해 몸을 돌려 앉으며 손이 닿는 곳에 있는 북을 가져와 추임새 넣을 준비를 했다. 아버지도 채선의 소리를 들을 땐 두 손을 무릎 위에 올리고 추임새를 넣어주었다. 신재효가 채선의 소리를 기다리며 은은하게 채선을 바라보았다. 채선은 재효와 눈이 마주쳤다. 온화했지만 어딘지 쓸쓸한 눈빛이었다. 다정해 보였지만 외로움에 길들여진 눈빛이었다. 잠시 관기로 있는 동안 여러 사람을 겪었지만 아버지와 닮은 듯 전혀 닮지 않은 눈빛은 처음 본다고 생각했다. 채선의 마음에 동요가 일었다. 먼 길에 지쳤지만 처음 보는 저 사내를 위해 소리를 해야겠다는 생각이 들었다. 저 자가 진정 기예를 알고 소리를 들을 줄 안다면 채선의 마음을 알아 챌 것이라고 믿었다.

채선이 소리를 시작하였다. 채선이 서 있는 마당에 꽃잎이 흩날리는 듯했고 비가 내리는 듯했으며 낙엽이 지는 듯했고 어느새 눈이 내리는 것 같았다. 인연을 맺지 못하고 보낸 아내가 불현듯 떠올라 마음이 아팠고 달이 밝던 밤, 창호지에 비친 매화를 보고도 장지문을 열지 못하던 밤들이 스쳐갔다. 채선의 소리는 힘이 넘치면서도 달빛처럼 부드러웠다. 바람처럼 오는가 하면 이미 마음이 소리에 실려 떠난 뒤였다. 채선이 소리를 마쳤을 때 신재효의 눈에는 넓은 마당에 홀로 서 있는 채선만이 보일 뿐이었다. 오로지 채선만 보일 뿐이었다. 채선 또한, 신재효의 변화를 느꼈다. 처음 인상이 아버지를 연상시켰지만 채선이 느낀 그의 변화는 그런 것이 아니었다. 재효가 넣는 추임새가 채선의 몸을 감쌌다. 흥이 더욱 올랐고 몸에도 열이 올랐다. 스승인 엄직과는 다른 신재효의 추임새는 채선이 느껴보지 못했던 소리를 경지까지 끌어 올리는 것 같았다. 채선은 신에 홀린 듯, 그의 추임새에 맞추어 소리를 하였다. 전생, 아니면 그 전생에서라도 저이와 나는 함께 창을 했을 것이야. 분명히 그랬을 것이야. 채선은 창을 마치며 그런 확신을 느꼈다. 그리고 재효의 호탕한 웃음소리가 들렸다.

하지만 진채선과 신재효의 사제지간의 정감어린 생활은 그리 오래가지 못했다. 부안 현감이 전라도 관찰사에게까지 서신을 넣어 진채선이 고창현으로 돌아간 것을 관기로서의 직무를 태만히 하고 관장의 명에 반한 행동이라고 고발을 하여 신재효에게 압력이 가해졌기 때문이었다. 신재효는 채선을 불러 현실의 어려움을 설명하고 잠시 동안만 순창교방으로 복귀할 것을 권유했다.

"선생님, 제가 다시 순창교방으로 돌아가는 것은 어렵지 않으나, 저에게 닥칠 시련은 엄청날 것으로 생각됩니다."

"지금 여건이 좋지 못하구나. 선생으로서 자격이 없다. 너의 든든한 방벽이 되어주지 못하니 스스로 한

심하다고 느낀다."

"선생님의 어려움을 왜 제가 모르겠습니까? 두말 않고 돌아가겠나이다."

"미안하다. 어린 너를 다시 사지로 몰아넣다니……."

진채선은 눈물을 흘리며 절규에 가까운 통곡을 한다. 처음으로 자신을 교방으로 들여보낸 부모님을 원망해본다. 제대로 소리 공부를 시켜서 훌륭한 광대로 만들어보려고 하는 스승 신재효의 좌절감도 클 것이다.

"조금만 참고 기다려라. 꼭 좋은 시절이 와서 다시 너를 맞아들이게 될 것이다."

두 사람은 한동안 부둥켜안고 떨어지지를 못한다. 신재효는 어린 채선의 어깨를 두드려주면서 위로를 한다. 또한 자신이 강해지기 위해서는 전라 감영의 영리계층과의 교류를 늘려나가야 한다는 판단을 한다. 마음속으로 곧 채선을 데려오고야 말겠다는 굳은 맹세도 해본다.

벽오동 심은 뜻은

한때나마 신재효는 채선을 맞아들인 후 신바람이
났었다. 신재효의 꿈은 새로운 장인의 시대를 맞이하
여 예인의 전당을 만들어 보는 것이었다. 장시는 잠재
되어 있던 조선시대 서민계층의 욕망을 흔들고 있었
다. 이제 과거에 합격하여 관록을 얻는 것보다 시장에
서 한탕을 하는 것이 더 유리하다는 생각이 팽배해지
고 있었다. 화폐가 중요한 시기에 돈으로 양반 지위를
매매하는 현상까지 횡행하고 있었다. 이러한 시대에
신재효는 장시가 활성화되면서 장시에서 서민들의 희

망과 꿈이 되는 진정한 예술가를 창조해내는 작업을 탐낸 것이다. 이러한 예인의 전성시대를 창조하면 자신의 신분상승의 꿈과 시수창모임에서의 지적인 성취도 동시에 이룰 수 있기 때문이었다.

대개 이 무렵 향리들은 양반들만의 전유물이었던 족보를 만들고 조상들의 묘를 성대하게 꾸미는 데 혈안이 되었다. 이러한 작업은 그들의 신분상승의 꿈을 실현시켜주는 방편이기 때문이다. 하지만 신재효는 다른 제3의 길을 모색했다. 하나는 사랑방을 만들어 시 수창모임을 주도하는 것이고, 다른 하나는 광대들을 모아 예인의 전당을 구축하는 방안이었다. 모두가 19세기 방식을 택할 때, 선각자인 신재효는 새로운, 창의적인 '20세기 식 방법'을 꿈꾸었던 것이다.

"어서들 오게나. 오늘은 우리 모임의 이름이나 지으면서 시수창모임의 진행절차에 대해 논의를 해보시게나. 나이들도 회갑을 맞았으니 회포도 풀 겸해서 시수창은 의미가 매우 클 걸세."

"동리, 자네가 없으면 우리 갑장들의 모임이 성사되기 어려웠을 걸세. 두루 소통하려고 하는 자네의 성품이 이리도 많은 사람들이 참여하려고 하는 모임으로 발전하게 된 계기라고 할 수 있어."

"원 과분한 칭찬일세. 자네들이 시를 짓기를 좋아하고 예술을 아끼니까 모임이 성사되는 것일 뿐일세. 앞으로가 중요하니까 모임이 확대될 수 있도록 지혜를 모아봄세."

"우선 서로들 인사나 나누지 그래. 나랑 갑장인 서산(西山) 은신규, 석하(石霞) 김문기, 강농(江農) 임신일, 난파(蘭波) 신진수, 동암(桐庵) 오창수가 참석했구만. 서로 악수나 나누시게나. 그리고 특별한 손님을 한 분 모셨네. 연상 안중섭(蓮上 安重燮)이야. 다들 향리가문인데 비해, 안형은 선비가문일세. 나이는 나보다 네 살이 연상이고 자는 순화, 호는 연상을 쓰고 있고 본관은 죽산일세."

"다들, 반갑네. 풍류객 안중섭이올시다. 처음 참석을 했는데, 앞으로는 종종 참여하려고 하네. 많이들 도와주게나. 워낙 시를 짓고 풍류를 즐기는 것을 좋아해서. 그래서 잘 통하는 동리 신재효에게 힘을 실어주려고 하네 그려."

"환영하네. 연상."

좌장역할을 맡은 동리 신재효가 다시 사회를 보면

서 분위기를 띄운다.

"앞으로 우리들이 풍류를 즐길 사랑방을 잘 꾸미려고 하네. 시를 짓고 서예글씨를 뽐내는 것은 이 시대 사나이 대장부들의 취미 중에서 최고라고 생각하네."

"그래 동리 주변에는 여성 창자들이나 광대들도 많이 모이고 있으니 중국의 청나라 강남 지방의 풍류가 조선의 강남에서 재현되어 펼쳐지겠군. 안 그러나?"

동리는 자신의 문하생 중에서 몇 명을 소개하면서 단가를 한 수 부르게 한다. 계향이 유명한 <광대가>를 부른다. 계향의 갸름한 얼굴과 잘록한 허리선이 감미로운 목청과 어우러지며 시객들의 마음을 설레게 한다.

고금(古今)에 호걸문장(豪傑文章)으로 절창으로 지어 내어 후세에 유전하나, 모두 다 허사(虛事)로다. 송옥(宋玉)의 고당부(高唐賦)와 조자건(曹子建)의 낙신부(洛神賦)는 그 말이 정녕한지 뉘 눈으로 보았으며, 와룡선생(臥龍先生) 양보음(梁甫吟)은 삼장사(三壯士)의 탄식(歎息)이요……

광대라 하는 것이, 제일은 인물치레, 둘째는 사설치레, 그 지차(之次) 득음이요, 그 지차 너름새라. 너름새라 하는 것이, 귀성 끼고 맵시 있고, 경각(頃刻)의 천태만상(千態萬象), 위선위귀(爲仙爲鬼), 천변만화(千變萬化), 좌상(座上)의 풍류호걸(風流豪傑) 귀경하는 노소남녀(老少男女), 울게 하고 웃게 하는, 이 귀성 이 맵시가, 어찌 아니 어려우며, 득음이라 하는 것은, 오음(五音)을 분별하고, 육률(六律)을 변화(變化)하여, 오장(五臟)에서 나는 소리, 농락(弄樂)하여 자아낼 제, 그도 또한 어렵구나. 사설이라 하는 것은, 정금미옥(精金美玉) 좋은 말로, 분명하고 완연(宛然)하게, 색색(色色)이 금상첨화(錦上添花), 칠보단장(七寶丹粧) 미부인(美婦人)이, 병풍 뒤에 나서는 듯, 삼오야(三五夜) 밝은 달이, 구름 밖에 나오는 듯, 새눈 뜨고 웃게 하기, 대단이 어렵구나. 인물은 천생(天生)이라, 변통(變通)할 수 없거니와, 원원(元元)한 이 속판이, 소리하는 법례(法例)로다.

　동리 신재효가 지은 <광대가>에는 당시의 조선 광대들의 표준 모델을 만들려고 하는 커다란 포부가 담겨 있다. 과연 소리꾼 중에서 득음의 경지에 오른 이가 얼마나 되겠는가? 자연의 소리를 깨닫고 그것을 인간의 소리로 변환시켜 풍류호걸, 남녀노소의 심금을 울고 웃게 할 수 있는 능력자가 소리꾼이다. 그러한 광대의 표준을 창조하려는 동리의 광대한 뜻이 단가의 음율을 통해 우러나온다.

"동리, 광대 사체 중에서도 무엇이 제일 중요한가? 인물은 타고나는 것이니 최우선은 아닐 것 같고."

연상 안중섭이 동리에게 사체에 대해 질문을 던진다. 역시 풍류객답게 계향의 소리에서 감동만 느끼는 것이 아니라 소리에 담긴 창작자의 이념에 대해서도 논쟁을 펼친다. 갑회 회원들에게 사랑방 모임의 묘미를 깨닫게 해준다.

"역시 광대에게 가장 중요한 것은 득음이 아니겠어? 깊은 산중에 가서 폭포를 만나게 되면 그 황홀한 모습과 굽이쳐 흐르는 풍광에도 빠져들지만, 더욱 심오한 묘미는 역시 우렁차게 굉음을 내며 아래를 향해 쏟아지는 소리가 아닐까? 그 소리의 실체를 담아낼 수 있는 자가 바로 참 광대라고 할 수 있지 않겠나?"

운아가 거문고를 들고 나와서 '거문고 산조'를 연주한다. 가야금 병창이 인간의 소리라고 한다면, 거문고 산조는 '신선의 소리'라고 할 수 있다. 가야금이 여성의 가늘고 섬세한 자태에 비유된다면, 거문고는 남성의 웅황하고 굵은 행동을 닮았다. 중국 촉나라의 사마상여가 아름다운 탁문군을 유혹한 것도 가야금이 아니라 거문고라는 악기였다. 평소 신재효는 거문고를 뜯으면서 사마상여와 탁문군의 고사를 제자들에게 설명하곤 했다.

촉 경제는 사부를 좋아하지 않아서 부를 잘 짓는 사마상여는 양왕의 문하로 가서 유명한 「자허부(子虛賦)」를 지어 바쳤다. 양왕이 사망하자 촉으로 돌아온 사마상여는 임공령 왕길과 가까웠는데 그가 소개한 부자인 탁왕손을 만나게 된다. 좋은 음식으로 사마상여를 맞이한, 탁왕손과 함께 참석한 그의 딸이며 과부인 탁문군을 만난 사마상여는 거문고를 연주하여 음악을 그다지 좋아하지 않던 미녀 탁문군의 마음을 움직여 그녀와 도망쳐 성도로 달아나서 동거를 한다. 하지만 너무 가난해 탁문군을 앞세워 술집을 운영한다. 결국 장인이 된 탁왕손은 두 사람의 사랑을 인정하여 성도에 집, 논밭을 장만하고 노비까지 딸려 주게 된다.

한편 한 무제는 사마상여의 「자허부」를 읽고 매우 기뻐하며 그와 함께 있지 못함을 한탄하였다. 사마상여는 양득의(楊得意)의 추천으로 장안(長安)으로 가서 무제를 만나게 되고 그를 위해 「상림부」를 지어 올렸다. 무제는 읽고 크게 기뻐한 나머지 그를 낭중(郎中)으로 삼았다. 그 외에도 사마상여는 「미인부(美人賦)」, 「장문부」를 지었다. 「자허부」는 초나라의 자허(子虛)와 제나라의 오유(烏有)가 대화를 통하여, 초와 제의 물산(物産), 궁정, 사냥의 성대함 등을 과장하여 묘사하고 있다. 「상림부(上林賦)」는 상림원(上林苑)의 웅장하고 화려함과 천자의 사냥의 성대함을 서술하고 있으며, 초와 제에 비교하여 한나라 천자의 절대적인 권위를 표현한 작품이다.

한 무제의 버림을 받은 진황후(陳皇后)가 밤낮으로 무제를 그리워하며 기다리는 내용인 「장문부(長門賦)」도 매우 아름답다.

나는 슬프고 깊은 생각에 잠겨 있는데,
노도와 같은 질풍이 휘몰아친다.
난대에 올라 멀리 바라보노라니,
마음을 가눌 길 없이 교외에 노닌다.
구름은 온 천지를 뒤덮고,
아득한 하늘, 햇볕은 가리웠다.

우렛소리 은은히 들려오나니,

꼭 임금님의 우렁찬 수레 소리와 같다. ……

　廓獨潛而專精兮, 天漂漂而疾風.

　登蘭臺而遙望兮, 神怳怳而外淫.

　浮雲鬱而四塞兮, 天窈窈而晝陰.

　雷殷殷而響起兮, 聲象君之車音. ……

　사마상여가 거문고로 유혹한 미녀 탁문군을 떠올리면서 운아는 가녀린 손가락으로 거문고 울대를 누르며 산조를 연주한다. 깊고 그윽한 소리는 깊은 산중의 바람소리를 들려주는 듯하다가, 갑자기 바닷가로 몰려가 광활한 수평선을 펼쳐 보여준다. '호풍환우'란 말이 무색하다.

　"참으로 깊고 은근하구나. 니 이름이 무엇이냐?"

　연상 안중섭이 거문고 소리에 마음이 움직여 묻는다.

　"지 이름은 운아입니다. 거문고는 예로부터 신선을 꿈꾸던 남성 사대부들이 많이 연주를 했습니다. 지가 악기를 쪼께 다루지만, 소리가 좀 약하지유?"

"아니다. 참으로 소리가 오묘하고, 줄어들었다 늘어 나는 소리의 공명에 감동을 느꼈느니라."

신재효는 제자들을 물리고 시회 회원들을 상대로 본격적으로 시를 짓고 주창(主唱)을 하자고 제안한다. 참석 시인들이 제각기 지은 시를 발표하고 스스로 앉은 자리에서 읊조린다.

임신년 갑회가 열리니
섣달 차가운 눈 처음 개고 달빛이 허공에 가득하네.
해마다 쌓인 멋진 시제에 친구들이 더욱 늘어나니
술잔 가득한 막걸리로 풍년을 즐기세.
삼일을 노래 들으니 산사람이 되었고
하릴없이 육순이 되었다 생각하니 촌노인네가 된 듯하고
강농, 이 밤이 얼마나 남았나
늙은 욕심 헛되어 그대와 함께 하고자 하네.

壬申甲會設珠宮

臘雪初晴月滿空

歲軸歌題多友益

盈樽薄酒樂年豊

聽歌三日爲山客

無事六旬是野翁

江農此夜今餘幾

老慾虛荒願與同

　시를 수창하다가 서예글씨를 써서 돌려보고 그것도
무료하면 다시 작설차를 끓여 나눠 마시며 신선놀음
을 이어갔다. 녹차를 마시니 혼미했던 정신이 다시 맑
아지고 다시 시를 수창한다. 19세기 말의 사람들에게
시의 어떠한 면이 강렬한 멋을 가져다준 것일까? 아
무래도 한시가 주는 지성적인 면이 영리계층에게 감
동으로 느껴졌을 것이다. 또 한시가 주는 고답적인 이
미지도 한몫을 했을 것이다. 한시는 양반사대부계층
중에서도 특히 도가적인 풍을 즐기는 사람들을 매료
시켰던 장르다. 다음으로는 당나라 전기(傳奇)에서 유
래한 화답시(和答詩)가 주는 소통의 기능도 무시할 수
없을 것이다.
　신재효가 주관한 갑회(甲會)는 동리의 사랑방과 한
산사 절간의 방, 그리고 모양성 바깥에 위치한 부용헌
에서 주로 모였다. 소위 누정문학이 출발한 것이다.

이들은 오언절구·칠언율시 등 다양한 형태의 한시를 창작하고 돌려서 감상하였다. 처음에는 동리와 춘장(春莊), 양파(陽坡), 노천(蘆泉), 석운(石韻)이 주요 멤버였으나 점차 확산되어 연하(蓮下), 서산(西山), 황동(黃童), 검암(黔巖), 동보(東圃) 등이 추가로 가세하여 거의 11명이 정기모임에 참가하고 앞서의 연상(蓮上) 안중섭 등 선비들도 참가하는 우아한 사랑방 모임으로 자리잡게 된다.

누정문학을 즐기는 목적은 양반사대부계층이거나 영리계층 모두에게 대체로 동일하다. 미장센으로서의 풍류를 즐기고 현실의 괴로움이나 고통에서 잠시 벗어나자는 데에서 일치한다. 그들은 시수창모임에서 서로의 고민을 이야기하고 시를 통해 공감대를 형성한다.

"요즈음 어떻게들 보내는지? 관아에서 어려움들이 많지 않나?"

"그럼 지방관장들이 너무 자주 바뀌어서 어려움이 많다네. 백성들의 삶은 팍팍한데 중앙에서 내려오는 공문품목은 점점 더 많아지는데…… 원, 감당해내기가 어렵제."

"뭔가 세상이 바뀌어야 하는디, 도통 변화의 조짐이 보이지를 않으니, 걱정이라네."

"임금님을 잘 모셔야 하는데, 충심은 점차 엷어지고 자신들 잇속만 차리려고 하니 우려되는 바가 매우 크다네."

모두들 이구동성으로 나라 걱정이고, 임금 걱정이다. 또 중앙권력과 결탁된 지방관장들의 비리 등에 대해서도 비판을 하고 있다. 그러나 자기 자신들과 연계되어 있으므로 할 말을 잘 못하는 실정이다. 문제는 백성들의 불만이 고조되고 있다는 정세분석이다.

"그래도 희망은 남아 있어. 세상은 점차 바뀌고 있는 중이거든."

동리와 같은 아전이면서 동갑인 서산 은신규가 희망 섞인 이야기를 주도한다. 다른 시인들은 귀를 쫑긋하며 경청한다. 표정들은 모두 진지하고 심각한 모습을 견지한다.

"물론 근거는 뻔하지. 장시가 열리고 보부상들이 열심히 전국 팔도를 돌아다니고 있어. 물산도 풍부해지고, 시장 상인들과 시장에다 내다 팔려고 물건을 만드는 공장 장인들도 많이 늘어났네. 그러니 과거시험

준비하는 범생들보다는 시장상인들이 더욱 많아지고 있어서 희망적이야. 다만 힘든 농사일을 하지 않고 장시로 사람들이 몰려들어서 걱정이제."

탈세속을 위한 시회인데도 불구하고 세상살이에 대한 걱정과 우려가 팽배하다. 그 이유는 사실상 지방 관아를 책임지고 있는 사람들이 이들이기 때문이다. 말 그대로 중인계층은 양반사대부계층과 백성들 사이에 낀 중간계층인 것이다. 따라서 양쪽의 소리를 모두 들을 수 있어서 좋기도 하지만, 양쪽으로부터 모든 욕을 먹어야 하는 계층도 바로 이들이다.

신재효가 술과 주안상을 노비편에 들려 보낸다. 오늘밤 질펀하게 한판을 벌일 태세이다. 점차 세상살이의 팍팍함에 대해 논쟁이 격렬하게 펼쳐질 것이다. 모두들 기대감으로 충만해진다. 술잔이 일배를 돌아가자 핏대를 올리는 사람들도 생긴다. 소위 박주를 마신다. 쌀로 빚어낸 농주, 막걸리이다.

"장시는 어떻게 돌아가고 있나? 사람들은 많이 모이는가?"

상권은 고창보다는 남쪽으로 붙어 있는 영광이 더 좋은 편이다. 예로부터 임금님께 보내는 진상품인 굴비가 나오는 곳이 아니겠는가? 파시도 잘 돌아가고 있고 파시가 새벽에 열리면 고깃배들 주변에 경매상뿐만 아니라 보부상 그리고 그들의 돈을 노리는 부랑배들과 창기들까지 몰려들어 성시를 이룬다.

"파시 주변에 많은 인파들이 몰려들어서 북새통을 이루는 것이 현실이여. 싱싱한 조기를 잡아 올리면 시장 상인들이 서로 싱싱한 고기를 사가려고 난리법석통이 되는 거여. 또 돈이 현찰로 돌게 되는 그들을 뜯어먹으려고 창기들과 그들의 기둥서방까지 몰려들어 사람들로 들끓게 되는 거여."

"참 볼만한 구경이겠구만. 서산 한번 초대해서 구경 좀 시켜주지 않을랑가? 물론 동리가 제자들인 소리꾼 몇 명을 동행하면 볼거리를 즐기려고, 많은 상인들과 백성들이 몰려들게 뻔하제."

서산 은신규는 말이 나온 김에 영광 조기파시에 대해 입에 거품을 물고 설명을 한다. 다른 시회 회원들은 귀를 옆으로 돌려 귀동냥을 하려고 바짝 다가선다.

"예로부터 영광 조기는 법성포를 중심으로 많이 잡혔어. 그중 가장 싱싱한 것을 짚에 싸서 바닷바람에 말려 가장 좋은 것을 임금님께 진상하게 되는 거야.

『세종실록지리지』 영광군 기사에 의하면 '석수어(조기의 딴 이름)는 군 서쪽의 파시평(波市坪, 지금의 법성포 일대)에서 난다. 봄과 여름이 교차하는 때에 여러 곳의 어선이 모두 모여 그물로 잡는다. 관에서는 세금을 거두어 국용으로 쓴다.'라고 기록되어 있어. 법성포의 조기 어장은 칠산 바다인데, 그 이름은 일곱 개의 조그만 섬이 있다 하여 칠산 바다 또는 칠뫼 바다라고 부른 것이야. 한때 칠산 바다에 조기가 얼마나 많았는지 배가 지나갈 때 배 위로 뛰어오르는 조기만으로 만선을 이루었다는 말이 전설로 전하고 있는 데에서도 얼마나 칠산 바다에 고기가 많았는지를 알 수가 있어. 옛날 어부들의 노동요인 <뱃노래>에 '돈 실로 가자 돈 실로 가자 칠산 바다에 돈 실로 가자'는 노랫말이 실려 있는 것에서도 확인이 돼."

"허, 군침이 도는구먼. 석쇠에 굴비를 구워서 밥 한 공기에 김치를 얹어 먹으면 힘이 솟구칠 법한디."

영광 굴비 이야기에 시간 가는 줄 모르고 다들 빠져든다.

"왜 굴비라는 말이 생겼는지 아는가? 원래 고기 이름은 조기인데 말이여."

석하가 아는 듯 나서면서 말을 이어간다. 유래는 고려시대로 거슬러 올라간다고 강조한다.

"고려시대에 유배를 당한 이자겸이 영광으로 끌려와서 지냈는데, 왕에게 염장 조기를 진상하면서 '선물은 보내도 굴한 것은 아니다.'라고 하면서 '굴비(屈非)'라 적어 보낸 것이 이름의 유래라고들 하고 있어."

서산은 고개를 가로 젓는다. 그것은 상인들이 억지로 만들어낸 이야기라는 의미다.

"조기가 굴비로 변한 것은 염장하면서 말리는 과정에서 유래한 말이여. 굴비라는 이름은 조기를 짚으로 엮어 매달면 구부러지게 되는데 그 모양새를 따서 구비(仇非)조기라고 하던 것이 굴비로 변한 것이여. '구비(仇非)'는 우리말의 산굽이, 강굽이처럼 구부러져 있는 모양새를 일컫는 '굽이'를 한자어로 표기한 것이라고 할 수 있어."

"그렇구만. 유래를 들으니 설득력이 있군. 서산의 말을 들으니 더욱 영광의 법성포 칠산 바다로 달려가고 싶군. 안 그런가? 또 기생들도 어부들의 돈을 뜯어내려고 몰려든다니 예쁜 기생도 품에 안아볼 겸 다들 한번 여행을 떠나보기로 할까? 서산이 친구들을 나

몰라라 할 사람도 아니고."

다들 이구동성으로 봄이 되면 바로 길을 떠나자고 큰 목소리를 냈다.

"영광 법성포 바다에 조기가 많이 잡히고, 파시에 상인들도 몰려드니, 영광 관아에 교방도 생겨 기생들도 다른 군에 비해 많이 생겨난 거여. 예술도 이제 돈이 있어야 번성하게 되는 법이여."

"그건 맞는 말이제. 앞으로는 장시의 흐름에 따라 세상이 변할 가능성이 높아. 그렇지 않나? 동리 선생?"

"맞는 말이여. 장시의 상인들이 역사적 흐름의 핵심인 셈이여. 그들이 돈을 모아 세력이 커지면 관을 주도하는 중앙권력들이나 지방토호세력들이 그들에게로 몰려들게 되어 있제. 자연스럽게 세금도 그곳으로부터 나오고, 판소리나 민요 등 노랫가락도 그들로부터 흘러나오게 되는 것이여."

동리가 보는 세상 분석의 날카로운 눈에 모두들 혀를 내두른다. 이런 점 때문에 동리 주변에 사람들이 몰려드는가 보다고 모두들 생각한다.

"세상은 분명하게 변하는 건 사실인데, 어떤 방향으로 변할지는 누구도 알 수가 없어. 지금처럼 창덕궁 등 중앙권력이 잡게 될지 아니면 세금을 걷는 실제 세력인 지방 관아가 잡게 될지, 그도 아니면 시장상인들과 보부상 집단이 잡게 될지 누구도 모른다네. 또 세상은 눈에 보이지 않게 조금씩 움직인다는 사실도 확실한 논거여.”

부용헌의 밤은 깊어만 가고, 시회 회원들의 시름도 깊어만 간다. 그들은 단순하게 탈속적인 예술만 즐기는 것이 아니라 시대의 흐름이 주는 쾌락도 즐기고 있기 때문이다. 신재효가 부용헌이라는 현판을 단 것도 아니건만 이러한 작은 공간은 어느덧 누항문학의 발상지가 되어 가고 있었다. 또 조선 후기 사대부들이 즐기던 번듯한 누정과도 차별성을 보이는 누추한 공간이 겉으로만 번지르르한 위선과 왜곡의 공간을 뛰어넘은 모임의 장소가 되고 있다. 부용헌 사람들의 시 모임은 탈속성과 일상성이 공존하고 있다는 데에 큰 의미를 둘 수 있다.

다시 술잔을 돌린 후 시수창의 본래 이야기로 돌아갔다. 세상살이의 회전과 마찬가지로 이들 모임의 흐름도 윤회를 거듭한다. 회원들은 시를 창작하고 먹을 갈아 화선지에 그것을 옮겨간다. 그리고 다들 돌려서 읽는다. 그중에서 다수가 좋다고 느낀 시를 창작자의 입을 통해 구술하게 만든다. 회원들의 시제는 주로 '인연'을 강조하는 내용이 가장 많았다. 그 다음으로는 인간의 '정'에 관한 주제, '이별'과 '그리움'이라는 근원적 고독에 대한 주제가 앞줄에 섰다. 물론 '근심'과 '불안감'에 대한 화두도 많이 등장하는 주제의식이다.

이날 모두가 좋다고 선택한 한시는 '인연'과 '정'을 강조한 신재효의 작품이다. 부용헌에 찾아들어 진솔한 마음으로 소통하면서 창작하는 모습이 군자로서의 자세를 지닌다고 하면서 이들의 시에서 옛 사람의 글을 만나게 된다는 역사적 의미로 끝을 맺고 있다.

> 손님이 연꽃 향기를 사랑하여 누추한 곳을 찾아주니
> 남과 북으로부터 신선이 몰려드네.
> 비취색 연줄기 높고 곧아 화심을 재촉하건만
> 백발은 거울의 빈 곳을 비추는구나.
> 옥족 같은 줄기는 군자로 불리기에 마땅하고
> 천운 같은 잎은 이미 고인의 글에 들어있네.
> 우연한 이 시회모임 모두가 진솔함을 뿜어내니

술병의 박주는 비워가지만 흥은 남음이 있네.

客愛蓮香防陋居

自南自北摠仙裾

翠莖高直花心促

白髮照來鏡面虛

玉簇憔宜君子號

天雲已入古人書

偶然此會威眞率

薄酒壺乾興有餘

   사실 신재효 집안은 애초부터 고창에 정착했던 가
문이 아니었다. 조선 후기의 이서 사회는 기본적으로
호장이나 이방 등 요임을 많이 배출한 향리가문들이
주도하고 있었다. 고창의 향리사회도 이러한 현상에
서 크게 벗어나지 않았을 것이다. 고창의 경우도 고창
에서 세거해 온 행주 은씨, 광산 김씨, 해주 오씨, 밀
양 박씨, 여산 송씨, 파평 윤씨 이족들이 주도했다. 고
창의 향리사회를 주도한 이들 이족들은 인근 지역에
도 유력한 동종 이족들이 있거나 아니면 인근 지역의

이족 내 주도 가계들과 통혼권을 형성했는데, 이것은 이들의 지위보장과 영속성에 기여하는 주요한 기제였다. 이를테면 행주 은씨 이족은 고부, 밀양 박씨 이족은 흥덕, 여산 송씨 이족은 태안, 광산 김씨와 김해 김씨는 무장, 인동 장씨 이족은 전주, 창녕 조씨 이족은 영광에 각기 동종 이족들이 있었다. 해주 오씨의 경우, 신재효 집안보다는 다소 이른 18세기 후반에 고창에 들어온 것으로 짐작된다.

신재효가 향리로 근무했던 시기는 1862년(철종 14)으로 이 해에 일어난 임술 농민봉기가 말해 주듯이 구체제의 모순이 뚜렷하게 드러나던 시기였다. 이러한 현상은 고창도 예외는 아니었다. 지방 재정의 문란은 물론 지방관의 부정 등이 널리 성행하였다. 당시 각 지역 향리 가문들이 장기간에 걸쳐 요임을 독점·세습하여 왔고 이것은 당연한 관행으로 받아들여지던 시기였다. 그렇지만 정기적으로 교체되는 지방관과 더불어 이임도 바뀌므로 이서들의 세계에서 지방관은 현실적으로 가장 큰 영향력과 권한을 행사하는 존재일 수 있었다. 신재효가 대략 18세에 이서세계에 발을 들여놓았다고 가정할 때, 사망한 1884년까지 고창을 거쳐 간 지방관은 모두 25명 정도였다.

이들 무과출신 현감 25명 중 정상적으로 임기를 마치고 다른 부서로 옮겨간 지방관은 5명, 과체(瓜遞, 벼슬의 임기가 차서 갈림)는 2명이었으며, 나머지 18명 중 5명은 근무 평가가 좋지 못하거나 문제를 일으켜 파직을 당했다. 또 7명은 근무 평가가 좋지 못한 것으로 나왔으며 6명은 상을 입었거나 죽었다. 더욱 문제가 되는 것은 파직 당한 인물 중 4명은 임기 이후 근무 당시의 부정이 드러나 처벌받았다. 좀 더 구체적으로 신재효가 18세 이후 이방을 역임한 42세까지 25년간 모두 10명의 지방관이 고창을 거쳐 갔다. 이중 한 명은 과체, 다른 세 명이 다른 관직으로 이배되었을 뿐 나머지 3명은 파직당하거나, 폄하(貶下, 임기 후에 처벌)되는 문제점이 발생했다. 그만큼 조선 후기는 봉건왕조의 문제점, 그중에서 지방관의 문제점이 크게 부각되던 시기였다.

"썩을 대로 썩었어. 그래도 혁신해 보려는 시도도 하지 않고 척족의 이속이나 챙기려고 애쓰고 있으니……."

"백성들의 배고픔이 문제야. 더 버티기도 힘든 형

편이지."

지방 관속들의 부패상에 대해 모두들 걱정들을 하고 있다. 지방관의 재임 중에 부정행위가 드러나 처벌을 받는 사례가 많았는데, 이중에서 이임 배정과 관련하여 지방관이 돈을 수수하거나 이서들의 공금 유용을 의미하는 이포(吏逋) 문제도 포함되어 있었다. 이러한 현상은 고창에서만 발생하는 것이 아니라 전국적으로 만연한 부조리였다. 지방관아에서는 이서들 사이에 이임 안배를 둘러싼 경쟁을 부추겼다. 이와 관련하여 이서 사회의 긴장은 높아졌고 그에 따른 이서사회의 간극 덕분에 신재효가 고착된 향리사회에 진입할 수 있었을지도 모른다. 신재효는 부친세대에 처음 외지에서 고창으로 진입했지만, 이러한 혼란스러운 기간에 이방까지 올랐다는 것은 경쟁원리에 매우 잘 적응한 것이기 때문이다. 신재효의 장점 중 하나는 소송 등 법 문제 처리에 밝았다는 점이다. 형방을 지내고 이방의 직책에 올랐을 뿐 아니라 집권계층이나 이서계층 그리고 일반 백성들에게까지도 공평무사한 원칙을 가지고 대했기 때문에 생명력이 길었던 것이다.

고창현감 이익상이 물러나서 떠나고 새로운 현감이 온 지 얼마 되지 않아 전라우도 암행어사 박인하가 들이닥쳤다. 고창현에 남아 있는 모든 서류와 공문서들을 꺼내어 실사에 들어갔다.

"모든 공문서를 내놓아라!"

"여분이 있겠습니까?"

"예, 있습니다."

겉으로는 공문서를 그대로 제출하는 듯 했으나 실제로는 증거를 인멸하려고 파기하는 경우가 많았다. 암행어사가 고창현에 떴다는 것은 그만큼 전정의 폐해가 심하다는 것을 상징한다. 조선 후기 세도정치의 여파로 '삼정의 문란'이 심각했다. 삼정이란 전정(田政) · 군정(軍政) · 환정(還政)을 통칭하는 말인데, 그것의 관리경영이 공정하게 이루어지지 않았다는 것을 의미한다. 그 성패는 정확하고도 공정한 양전(量田: 田地의 조사 · 측량과 臺帳=量案을 작성하는 일)과 연분(年分: 농사의 풍 · 흉의 정도를 조사 · 결정하는 일)의 시행 여부에 달려 있었다. 양전은 20년에 한 번씩 실시하도록 규정되어 있었다. 또 연분은 해마다 수령(守令) · 관찰사가 조사, 보고하고 경차관(敬差官, 일종의

암행어사)이 다시 답사, 확인해 호조에서 심사, 결정
하도록 규정하였다. 하지만 이 과정의 실무는 지방관
의 지시로 이서계층이 맡아서 했으므로 사적인 부분
이 개재될 가능성이 높았다. 한 예로 기전(起田: 경작
하고 있는 땅)과 진전(陳田: 재해를 입어 경작할 수 없
게 된 땅)이 뒤바뀌어 백지징세(白地徵稅)되는 경우와
충분한 재결(災結)을 얻지 못해 억울하게 납세하는 경
우가 많아졌다. 지방의 아전계층은 세금을 걷을 때,
공인된 수수료 이외에도 간색(看色)·타석(打石)·인정
(人情) 등등의 명목으로 많은 잡비를 거두어 물의를
일으켰다.

특히 문제가 되는 것은 매관매직이었다. 지방관이
이서를 임명할 때 돈을 받고 편법을 동원하여 비리를
저지르는 경우가 비일비재했다. 이익상의 경우도, 다
른 많은 행정상의 과실도 발견되었지만, 이임 배정과
관련된 물의가 가장 중요한 부정행위로 몰렸다.

"죄인 이익상은 왜 이임문제로 물의를 야기했는가?
돈을 받고 매관매직한 것이 아닌가? 이러한 행위는
국법을 문란하게 하고 위로는 임금에게 누가 끼쳐짐
을 몰랐단 말인가?"

이익상은 죄상이 적힌 공문서를 받고 자기 나름대로의 변명을 글로 적어 암행어사에게 인편으로 보내왔다.

"떠나가는 지방관이 다음 이임을 배정하는 것은 관행입니다. 그러한 임명과정에 추호도 금전이 오고간 것이 없습니다."

"아니 여러 아전들을 조사해서 이미 죄상을 밝혔음에도 변명만 늘어놓다니 이 사람이 제정신인가?"

"억울합니다. 저는 관행을 따랐을 뿐입니다. 지방관이 이서를 임명하는 것은 고유권한입니다."

암행어사 박인하는 명백하게 확인된 죄를 인정하지 않고 변명만 늘어놓는 이익상의 태도에 대해 화가 머리끝까지 치솟았다.

"아전들로부터 모든 비행을 확인하고 아전 임명과정에서 뇌물이 오간 것에 대한 증거도 확보했는데도 거짓말로 일관하다니 어떤 단맛을 봐야 죄상을 인정하겠는가?"

암행어사 박인하는 이익상에 대한 죄과를 공문서로 작성하여 의금부로 사건을 이송하였다. 결국 의정부에서는 장 90대의 형벌과 탈고신 4등에 처할 것을 결

정하고 임금에게 보고를 하였다. 국왕은 그간의 공무
상의 공로를 감안하여 1등을 감하여 처벌을 결정하였
다.

　신재효는 고창현감 이익상이 재임할 때 이방이었으
므로 관례로 보면, 이익상이 떠난 후 바로 이서에서
물러나야 하는 것이 당연하였다. 하지만 형방을 거쳤
던 신재효는 소송에 대한 처리과정에서 이론에 밝았
으며, 그러한 지식을 활용하여 무난하게 법집행에 도
움을 주었고, 그러한 공을 인정받아 이서의 다른 자리
로 옮겨 앉게 되었다.

　이쯤해서 신재효 집안의 뿌리에 대해 살펴보기로
하자. 신재효의 집안이 고창에 정착하게 된 것은 부친
신광흡으로부터 비롯된다. 그 이전에는 어디에서 살
았을까? 조선 왕조의 수도인 한양에서 살았다. 신재효
의 선대가 한양에 거주하기 시작한 시기는 늦어도 18
세기 전반쯤으로 추정된다. 신재효의 조부 신한빈의
백부인 신덕하가 1729년(영조 5)에 한양의 양생방 태
평관계(養生坊 太平館契)에 거주한 자료가 있다. 이곳
은 현재의 행정구역으로 본다면 중구 태평로 일대이
다. 신덕하의 종손 신재악(1792~1843)의 거주지도 양

생방 태평관계로 나온다. 또 신재효의 둘째 백부이며 사촌 신재악의 생부인 신광협은 남부의 회현방 월변계(會賢坊 越邊契)에 거주하였다. 이곳에는 신광협의 두 아들 신재악과 신재윤은 물론 신재효의 부친 신광흡과 동거를 하고 있었다.

"시대가 변화하고 있어요. 실용적인 일자리를 찾아봐야 해요."

"맞다. 너희들은 모두 새로운 시대의 일자리를 찾아야 해!"

"기술직이 좋을 듯해요."

"제대로 정했어. 감을 잘 찾고 있군."

그러면 한양에서 거주했던 신재효의 부친과 신재효의 사촌들은 무슨 일을 했을까? 그들은 모두 잡과 중인의 일을 하고 있었다. 1807년(순조 7) 36세의 신광흡은 관상감(觀象監)의 생도 일을 보고 있었고, 25세인 신재효의 사촌 신재악은 전의감(典醫監)의 생도로, 그리고 신재악의 친동생인 23세의 신재윤은 도화서(圖畵署) 생도 일을 보고 있었다. 여기에 등장하는 관상감·전의감·도화서는 모두 잡과 중인계층이 근무하는 기술관련 부서이다. 이들은 어떻게 이러한 잡과-중인계층의 기술직에 오를 수 있었을까? 이들 세 명이 기술직에 오를 수 있었던 요인으로 신광흡의 외조부를 주목해봐야 한다. 신광흡의 외조부는 오찬화(吳贊華, 1741~?)이다. 오찬화는 관상감정(觀象監正)을 지냈다. 관상감정은 정3품 당하관의 직책으로 잡과·중인계층이 오를 수 있는 최고위 직책이다. 정1품인 관상감의 영사는 양반 대신들이 맡아왔다. 당시에 관상감이나 전의감의 생도는 완천(完薦)과 시재(試才)를 거쳐야 오를 수 있었다. 1831년의 관상감의 「완천절목」을 보면, 외가와 처가의 4조안에 관상감·의과·역과·율과·혜민서 등에 2대가 입사한 자를 완천으로 논의한다는 규정이 있다. 따라서 신광흡과 신재악, 그리고 신재윤이 관상감·전의감·도화서에 생도로 진출하는 데에는 오찬화의 역할이 컸을 것으로 짐작된다.

"외할아버지를 찾아뵈어야겠어."

"그 분은 어떤 기술부서의 책임자로 계신다고 했는데."

"그렇게 들었어요. 그분을 뵙고, 앞으로의 세상에 대한 정보를 좀 얻어야겠어요."

신광흡은 잡과에 진출하기 위해서 외조부인 오찬화를 찾아갔다. 당시 회갑을 넘긴 오찬화는 관상감정을 지낸 후 관직에서 물러나 있었다. 하지만 여전히 신망이 두터워 관상감 등 기술 관료들에게 영향력을 가지고 있었다. 키는 그렇게 크지 않았지만, 체격은 단단하여 기품이 있어 보이는 외모였다. 말수도 그렇게 많지 않고 자근자근 이야기하는 품이 상당한 경륜을 가지고 있는 듯 보였다.

"자네가 뭔 일인가? 내게 볼일이 있는가?"

"네 찾아뵌 지도 오래되었고, 인사도 드릴 겸 왔습니다."

"그래 자네 어머니는 잘 지내고 있는가?"

"네 건강한 편으로 잘 지내고 계십니다."

오찬화는 딸의 안부부터 물었다. 어릴 때부터 영민하여 귀여워했던 여식이다. 부녀지간도 시집간 후는 만나기가 어려운 것이 현실이다.

"그래 자네가 찾아온 용건부터 말해 보시게."

뜸을 들이고 외조부의 기색을 살피던 신광흡은 어렵게 말문을 열었다.

"네에. 다름 아니고 관상감에 생도로 들어가서 일

을 좀 배워볼까 해서 찾아뵈었습니다."

대강 외손이 찾아온 의도는 사전에 감지했으나, 오찬화는 그의 얼굴을 꼼꼼하게 살펴보고 있었다. 그 동안 공부는 좀 했는가, 그리고 제 어미 밑에서 엄하게 교육을 받았는가 여부도 궁금했다.

"그래, 좋은 생각이군. 지금 세상이 많이 변하고 있어. 장시도 많이 열리고…… 그러니 앞으로 기술직이 많이 필요하게 될 거야."

"네, 그래서 외조부님께, 관상감 생도자리를 부탁하러 왔습니다."

"그래, 자네 어머니를 생각해서라도 자네를 각별하게 생각하고 있어. 그러니 내가 추천을 해봄세."

"감사합니다. 만약에 생도로 들어갈 수 있다면, 이속으로 승격하기 위해 열심히 공부하겠습니다."

관상감은 천문(天文), 지리(地理), 역수(曆數), 점주(占籌), 측후(測候), 각루(刻漏) 등의 일을 관장하는 곳이다. 책임자인 영사는 영의정이 겸하는 경우도 많을 정도로 국왕이 매우 중시하던 부서였다. 홍수나 가뭄 등 치수를 예언하고 별자리를 보아 전쟁을 예측하기도 하는 등 그 기능이 매우 중대하기 때문이었다. 한때

서운관이라고도 불렸으나 중종 이후 관상감으로 환원되었다. 당시 생도는 60여 명을 두었는데, 천문학생도 40명, 지리학생도 10명, 명과학생도(命課學生徒) 10명 정도를 두고 있었다. 신광흡은 외조부 오찬화의 도움으로 관상감 생도로 사회에 첫발을 내딛는다.

하지만 신광흡은 관상감에서 생도 이상의 관직에 오르지 못했다. 그만큼 한양에서 생활하는 것이 쉽지가 않았다. 하지만 신광흡은 한양생활을 통해 잡과-중인계층으로서 어떻게 살아가야 하는가 하는 처세술을 터득하게 된다. 또 시전상인들과 사상도고 등 한양의 상업이 어떻게 발전하고 있는가에 대해서도 나름대로 파악하게 된다. 그래서 신광흡이 노리게 된 자리가 바로 '경주인'이었다. 신광흡은 한양에서 생활하면서 맺은 여러 인맥을 동원해 경주인의 자리를 차지하게 된다. 경주인은 고려시대부터 존속해온 직책이었다. 경주인은 경저리나 경저인이라고도 불렸는데, 사주인에 대칭해서 붙여진 이름이다.

경주인의 임무는 선상노(選上奴: 지방에서 차출하여 중앙으로 보내는 노비)의 입역과 도망한 선상노의 보충, 대동법(大同法) 실시 이전의 공물 상납과 그 읍의 부세(賦稅) 상납에 관한 주선, 자기 고장 지방민에게 잠자리와 식사 제공, 공무나 번상으로 서울에 올라오는 관리나 군인들이 각 관청에 배치되어 종사할 때도 그들의 신변을 보호하는 등, 잡다한 일을 주선하여 경향 간의 연락을 꾀하는 자리였다. 이와 동시에 입역자의 도망 및 상번(上番)하지 않는 자에 대한 보상, 중앙과 지방과의 문서 전달, 지방에서의 각종 상납물이 기일 내에 도착하지 못한 것에 대한 대납(代納)의 책임도 졌다. 그 외에도 신임 수령이 부임지 고을에 가기 전에 미리 통지문을 띄워 알리기도 하였다. 특히, 대납의 과정에서 이들 경주인은 중앙과 지방의 각종 세력과 결탁, 먼저 공물을 대납하고 나중에 몇 배의 이자를 붙여 지방 관청에 요구하여 많은 이득을 보았다. 때문에 공납의무자인 농민을 더욱 괴롭히는 폐단을 발생시켰다.

"경주인이 좋은 일자리라는 소문이 있어."

"나도 그런 얘기를 들었어."

"한양과 지방을 연결하는 자리는 앞으로 장시가 많이 생기고 있는 시점에서 땅 짚고 헤엄치는 격이 될 거야."

신광흡은 사촌 신재악을 오랜만에 만나 술잔을 권하면서 세상 돌아가는 얘기를 나눴다. 그 사이 신재악도 많은 지식을 갖춘 으젓한 청년이 되어 있었다.

사실 신광흡이 관상감 생도가 되고 경주인에 오르게 된 것은 그의 부친 신한빈의 덕택이라고 할 수 있다. 신광흡의 부친 신한빈(1727~97)은 관상감정 오찬화의 딸을 배우자로 맞이했다. 그러한 인맥은 자신의 셋째 아들 신광흡과 손자 신재효를 중인 관련 부서에 입속 시키는 데 큰 기여를 하게 되며 신씨 가문의 안정과 신분상승에도 토대가 된다. 나아가 신한빈은 1777년(정조 1) 가선대부 행용양위부호군(行龍驤衛副護軍)에 가설(加設)된다. 그가 종4품인 용양위부호군에 올랐다는 것은 놀라운 사실이다. 그는 하급 무임을 맡으면서 동시에 '궁방전의 도장'의 업무도 겸했다.

궁방전은 궁중에 소속된 토지의 총칭이다. 궁중의 토지는 내수사(內需司), 제궁(諸宮) 및 제방(諸房)에 분속되어 있었다. 조선 후기에 들어오면 많은 국유지와 대부분의 어장, 염장뿐만이 아니라 선세(船稅)까지도 궁방에 절수되었으며 광활한 산림도 궁방의 소유로 되었다. 그리고 전국의 많은 토지가 무주진전(無主陳

田)이라는 명목으로 궁방에 절수되었다. 영작궁둔형의 궁방토는 궁방의 사적 소유지였다.

여기에 있어서의 지대수취는 일반 민전에 있어서의 지대수취와 다를 바가 없었다. 지대수취계는 궁방-도장(導掌)-감관(監官)-사음(舍音)-소작인으로 되어 있었는데, 도장이 도장권을 가지고 있었다. 이러한 도장권은 소유권이 있으므로 그 권리에 대한 궁방의 자의적인 침해를 방어할 수가 있었다. 이 때문에 도장의 토지에 대한 지배력은 대단히 강력한 것이었다. 궁방전의 발전은 국유원칙을 붕괴시키는 것이었고 궁방 스스로가 토지에 대한 사적 소유를 추진하는 과정이었으므로 백성들 속에서 점차 사유의식이 발전하게 되는 계기가 되었다. 이러한 궁방전의 도장을 신광흡의 부친 신한빈이 맡았다는 것은 큰 의미를 지닌다. 부친의 도장직 수행은 아들 신광흡이 경주인으로 나아가는 데 큰 디딤돌이 된다. 조선 후기에 이르러 점차 장시를 중심으로 하여 상업자본주의 체제가 꿈틀거리게 되는 현실에서 신광흡이 큰 부를 취하게 되는 요인으로도 작용한다.

"아부지, 앞으로 저는 경주인을 하고 싶습니다. 지

금 장시가 전국으로 퍼져나가고 있는 현실에서 경주인은 중앙과 지방을 연결시키며 큰 황금알을 낳는 직책이 될 것입니다."

"참, 좋은 생각이야. 앞으로의 세상은 책이나 읽는 서생인 양반사대부계층보다는 기술직이나 장시를 움직이는 이서계층이 잡게 될 거야. 청나라에서도 알 수 있듯이 이제는 기술이 중요한 시대가 되고 있어."

"네, 저는 관상감 생도 일을 보면서 미래를 예언하는 기능을 터득했어요. 한 국가의 미래를 점치는 것도 중요하지만, 한 인간의 앞으로의 일을 예측하는 것도 그에 못지않게 중요하다고 봅니다."

"그렇지. 자네가 그동안 많은 공부를 했구먼. 앞으로는 장사를 잘하는 기술이 최고로 중요하게 될 거야. 자네가 그러한 분야에 집중한다는 것은 큰 부를 취하는 계기가 될 걸세."

"아부지, 두고 보세요. 저는 경주인이 되어서 한양과 고창을 연결하는 기폭제가 될 것입니다. 한양에서만 활동하는 것은 큰 진전이 없을 듯해요. 그래서 무장현이나 고창현으로 내려갈까 합니다. 저는 경주인을 하면서 고창지역과 상당한 인연을 맺었어요. 신광협 형도 무장현에 연고를 두고 있어요. 형제가 힘을 합하면 무주공산인 고창현이나 무장현의 상권은 우리 차지가 될 겁니다."

"그래 선견지명이 있군. 앞으로 고창현으로 진출해서 전라도의 각 권역을 잘 연결시키면 큰 소득이 있게 될 거야."

부친 신한빈의 격려에 신광흡은 용기가 백배로 충전되었다. 신광흡은 그 길로 형 신광협을 만나러 전라도 무장현으로 떠났다. 당시 신광협은 무장의 장교를 맡고 있었지만, 고창의 내수사 토지의 도장(導掌)도 동시에 맡고 있었다. 두 형제는 아버지 신한빈의 궁방전의 도장 역할 수행과정을 지켜보면서 많은 경험을 얻게 된 것이다.

내수사(內需司)는 왕실의 쌀·베·잡화 및 노비 등에 관한 사무를 관장하는 부서였다. 내수사는 본래 면세의 특권을 부여받은 내수사전과 외거노비인 다수의 내수사 노비 및 염분을 소유해 많은 재산을 보유하고 있었다.

"형님, 아부지를 만나고 내려오는 길이야. 형님을 따라 나도 고창현으로 내려갈까 생각중이야. 한양의 관상감에서 썩고 있는 것은 낭비야. 세상이 크게 출렁이고 있어. 그래서 말인데, 나도 형님처럼 고창현의 경주인이 되고 싶어."

"그래. 좋은 생각이야. 이제 세상은 곧 장시의 상인들이 잡게 될 거야. 벌써 무장현만 하더라도 상권이 형성되었어. 농사만 짓는 농민은 가난할 수밖에 없어. 하지만, 싸전뿐만이 아니라 여러 작물을 파는 상인들은 큰 이문을 남기고 있어. 관아의 지방관이나 이속들도 상인들에게 손을 벌리고 있는 추세이거든."

신광협은 역시 안목이 있는 인물이었다. 부친 신한빈 밑에서 궁방전의 도장 역할을 세심하게 관찰했던 것이다. 토지를 관리하는 일이 엄청난 부를 축적하는 수단이라는 것을 체득한 것이다. 그래서 동생과 힘을 합쳐 무장현과 고창현의 경주인으로서의 역할을 키워나가는 방도를 모색해보려는 것이었다. 사실 무장현에서 장교로서 군무를 맡고 있었던 신광협보다는 한양에서 잡과 일을 배우면서 시전상인이나 사상도고의 움직임을 파악하고 있었던 신광흡의 재능이 경제적인 영역에서 더 쓰임새가 많았다. 또 신광흡은 미래를 내다보는 예측 능력이 좋았고 산수에도 능했다. 수치에 밝다는 것은 장시가 활성화되는 시대적 상황에 대한 대처능력이 탁월하다는 것을 말해준다.

당시 경주인의 역(役)은 지방에서 서울로 올라와 일정한 기간 동안 종사한 뒤에는 교체되는 것이었으나, 그 폐단이 심해지면서 서울에 거주하는 사람을 경주인으로 고용하고 대신 역가(役價)를 지급하여 지방관청과의 연락사무를 담당하게 하였다. 조선 중기에 대동법을 실시한 이후에는 공물청부업자의 구실을 함께 하게 되면서 이들의 역은 이권이 되어 서울의 관리와 양반들이 그 역을 매수하여 이익을 얻는 수단으로 삼게 되었다.

신광흡이 한양에 있을 때인 순조 초기는 벽파인 정순왕후가 수렴청정을 하다가 1804년 순조가 15세가 되자 친정을 하게 된다. 정순왕후는 경주 김씨이지만, 순조가 권력을 잡자 장인인 김조순과 그 아들 김좌근을 비롯한 안동 김씨의 세도정치가 본격적으로 시작된다. 신광흡은 종로통을 돌아다니면서 이러한 한양의 권력의 추이를 눈여겨보았다. 신광흡은 권력 실세인 김조순 집안의 김이익이 한성판윤의 자리에 오르자 그의 집사역할을 하는 인물과 접촉하였다. 김이익은 순조 임금 초기 정순왕후의 수렴청정 시절 벽파가 집권했을 때에 시파로 몰려 진도로 유배를 떠났다. 신광흡은 가까운 이서계층의 도움으로 김이익과 안면을 튼 적이 있다. 신광흡은 김이익의 인물됨을 보고 그에게 공을 들였다. 김이익도 신광흡의 세상을 보는 눈을 보고 신분은 달랐지만 관심을 가졌다.

"대감어른, 섬에 갇혀 있으려니 많이 갑갑하시지요? 한양에서 큰일을 하던 분이 조그만 섬에 내려와 있다니 세상이 어떻게 되려는 것인지?"

"아니 공기도 좋고 좋은 인재들을 발굴해서 성리학도 가르치고 시도 가르치면서 소일하니 많이 적적하지는 않네 그려."

"그래도 세상을 호령하던 분이 촌노인들과 소일하고 어린 애들 공부나 가르치니 많이 무료하실 것이옵니다."

김이익은 대사성·대사간을 지냈고 강원도 관찰사를 역임해서 한양생활 뿐 아니라 지방관아의 흐름도 꿰고 있었다. 하지만 정조가 갑자기 급사하고 열 한 살의 순조임금이 들어서서 정순왕후가 수렴청정을 하게 되자 벽파의 공세에 밀려 진도에서 유배생활을 하고 있었다.

"나는 그렇구. 자네는 무슨 일로 바쁘게 보내는가? 요즘도 한양에서 관상감 일을 보고 있는가?

"아니요. 생도 일을 배우다가 장시가 열리고 동전이 많이 유통되니 장사 쪽의 일에 관심을 가지고 기회를 보고 있습니다. 어른의 가르침이 필요합니다."

"그래 앞으로는 교통이 편리한 장시를 중심으로 전국적인 유통망이 형성될 가능성이 높아. 그러니 그런 쪽에 미리 발을 디밀어놓으면 한 밑천 할 걸세. 그건 그렇고 별자리를 관찰해볼 때 나라에 큰 변고는 없을 건가?"

신광흡은 관상감 생도 시절에 관천대에 올라 우주의 별자리를 관측하는 일을 맡고 있었다. 관천대는 경복궁 영추문 안과 북부 광화방(廣化坊)의 두 곳에 있었다. 관천대는 다듬은 돌을 높이는 약간 길게, 가로와 세로는 같은 크기로 만든 후, 그 위에 직사각형의 돌로 난간을 둘렀다. 지금은 없어졌지만 원래는 대 위로 올라가는 돌계단이 있었다. 십자선이 그어져 있는 관측용 대석의 남북선 방위각은 진북(眞北)방향에서 서쪽으로 약간 기울어져 있으며, 자북(磁北)방향과 거의 일치한다. 관천대 축조물의 방위각도 진북방향에서 동쪽으로 약간 기울어져 있었다. 경주의 첨성대, 개성 만월대, 고려 첨성대와 더불어 우리나라의 천문 관측사의 귀중한 자료이다.

"명리학은 별자리만 보아서 세상의 이치를 알 수가 없습니다. 다른 변수들도 함께 훑어보아야 합니다."

"그러한 변수에는 어떠한 것들이 있는가?"

"명리학에는 주역(역경), 매화역수, 자미두수, 육효, 기문둔갑, 육임 등이 있습니다. 육임이나 육효나 똑같이 육자(六)가 붙어 있으니 비슷할 것이라 오해하는 사람들이 많습니다. 하지만 육임과 육효는 이미 포국에서부터 전혀 다르게 도출되며 구성원리도 전혀 다른 분야입니다."

"그래 명리학에서의 육임에 대해 좀 더 설명해보게나."

김이익은 긴 곰방대에 연초를 말아 넣고는 눈을 비비더니 좀 더 다가앉으며 신광흡의 명리학에 대해 귀담아 들었다. 역시 성리학자답게 진지한 자세를 취하는 것이 기품있게 보였다.

"육임은 일반 사주를 감정하는 경우와는 전혀 달리

한 가지 구체적인 사건에만 국한되어 점단이 이루어
집니다. 간혹 두세 가지를 점단하기도 하는데 육임관
련 고전을 살펴보아도 이렇게 여러 가지를 점단할 경
우 적중률이 떨어지게 됩니다. 내정법(來情法)의 한 부
분인데 육임에 상당히 숙달된 자가 아니면 분별하기
매우 어려운 부분입니다. 이 내정법에 정통하게 되면
앉아서 천리를 보는 것과 같다 하니 얼마나 힘든 것
임은 짐작할 수 있지요. 점단일은 정해졌고 그 다음
꼭 필요한 것은 바로 월장(月將)이란 것입니다. 월장은
점단일이 어느 기(氣)에서 어느 기(氣) 사이에 있는가
에 따라 정해지는데 12지지(地支)가 자(子), 축(丑), 인
(寅), 묘(卯)…… 식으로 돌아간다면 월장이라는 것은
해(亥), 술(戌), 유(酉), 신(申)…… 순으로 거꾸로 돌아
가지요. 여기서 기(氣)라는 것은 절기(節氣)라고 할 때
절(節)과 기(氣) 중 기(氣)를 말하는 것입니다. 절기라
는 것은 입춘·우수·경칩·춘분·청명…… 소한·
대한으로 이루어진 것을 말합니다. 여기서 기(氣)에
해당하는 우수·춘분·곡우·소만·하지·대서·처
서·추분·상강·소설·동지·대한을 월장을 산출하
는 기준점으로 삼습니다. 즉 점단일이 우수에서 춘분

사이에 있으면 월장은 해(亥, 다른 말로 登明)를 사용하게 됩니다."

"그렇게도 복잡한가. 그렇게 따져서야 언제 나라의 변고나 개인의 운명을 점칠 수 있겠는가?"

김이익은 고개를 가로 저으며 이해할 수 없다고 난 감한 표정을 지었다. 그래도 신광흡은 진지한 태도로 계속 설명을 이어나갔다.

"월장을 구하는 방법에도 대략 세 가지 정도의 설이 있으나 대체로 점단일이 기(氣)에서 기(氣) 사이에 있을 때 거기에 해당하는 월장을 사용하는 것이 다른 방법보다 타당하다고 봅니다. 점단일, 월장 다음에 반드시 필요한 것으로 문복자가 문의한 시각이 필요합니다. 이 세 가지 요소가 육임점단을 가능케 하는 가장 중요한 핵심입니다. 시각으로 미래를 예측하니 시간점사라고도 할 수 있습니다. 시간은 그대로 보통 쓰는 해당 지지(地支)를 대입하면 됩니다. 이렇게 해서 점단 일을 기준으로 월장을 시각에 더해(월장은 천반에, 시각은 지반에 위치) 포국을 하게 됩니다. 육임은 일반 명리와는 사뭇 다릅니다. 태어난 생년월일시로서 수시로 점단할 수는 없습니다. 시간점사이니만큼 운명의 갈림길에서 분명하게 결정해야 할 일의 성패에 대해 문의하였을 때에만 비로소 육임으로 점단할 수 있습니다. 문의일(점단일)과 월장과 문의시각, 이 세 가지가 육임을 포국하는 기초가 됩니다. 여기에 12천장(天將)을 포국하고 사과삼전(四課三傳)을 도출시키며 문의자의 생년(生年)으로 본명(本命)과 행년(行年)도 같이 나타냅니다. 이렇게 포국된 것을 기반으로 문의한 내용에 따라 점단을 하게 됩니다. 여기에 삼전이 어떤 방식으로 나왔는가에 따라 원수과(元首課), 섭해과(涉害課) 등의 이름으로 과명(課名)이 지칭되고 여러 가지 해설이 덧붙여지게 되는 것입니다.”

"그러면 '육효와 팔괘'란 무엇인가?"

김이익은 점점 더 신광흡이 설명하는 명리학에 흥미를 느끼게 되었다. 신광흡은 복잡한 육효와 팔괘에 대해 차분하게 설명한다.

"자네 얘기를 듣고 보니 주역의 원리와 매우 비슷함을 느꼈네. 그렇다고 생각하지 않나?"

"명리학은 성리학에서 우주의 근본과 원리를 따지는데 사용하는 주역의 원리를 발전시켜 자연과 인간의 조화를 통해 인간의 길흉화복이라는 운명을 점치는 행위로 발전된 것입니다."

"그러면 '기문둔갑(奇門遁甲)'이란 무엇을 말하는가?"

"기문둔갑이란 병법의 하나입니다. 음양의 변화에 따라 몸을 숨기고 길흉을 택하는 용병술(用兵術)을 의미합니다."

"구체적으로 '기문둔갑'은 어떠한 원리를 활용하는가?"

"네에. 하도(河圖: 주역 팔괘의 근본이 되는 55개점의 점)·낙서(洛書: 중국 우왕 때 洛水에서 나온 거북의 등에 있었던 9개의 무늬)의 수(數) 배열원리 및 이를 이용한 『주역』건착도(乾鑿度)의 구궁(九宮)의 법이 그 원형으로 둔갑술(遁甲術)이라고도 부릅니다. 하도·낙서는 원래 음양오행설(陰陽五行說)을 적용한 것으로 수의 배열은 음수와 양수로 되어 있고, 포진법(布陣法)은 동서남북 및 중앙으로 되어 있어서 음양의 화합과 오행의 상생을 이루도록 만들어져 있습니다. 후대에는 이런 간단한 원리에 많은 이론을 첨가하여 복잡한 은신술(隱身術)로 변형되었습니다."

"원리를 조금만 설명해보게나."

신광흡은 김이익의 재삼재사 독촉에 황당한 표정을

지었다. 복잡한 기문둔갑법을 어떻게 짧은 시간에 간단하고 명쾌하게 설명할 수 있겠는가? 그래서 개념정도만 설명하고 말을 멈추었다.

"둔갑기문의 심오한 이치를 이해하려면 역과 술에 관련된 모든 분야의 지식이 우선 갖추어져야 합니다. 주역은 물론이고 음양오행과 명리학, 풍수(감여, 堪輿), 역(曆) 그리고 육임(六壬)과 천문에 이르기까지 두루 꿰뚫고 있어야 하며 특히 장신법(藏身法)을 알고자 하면 수행은 필수적입니다. 그리하여 옛사람들이 상통천문(上通天文) 하달지리(下達地理) 인사명리(人事命理)를 언급하였습니다. 그러나 단시일에 도달할 수는 없더라도 성심을 다하여 정진하면 천지(天地)의 이치가 나의 손안에 들어옴을 알 것입니다."

이날의 대화는 김이익과 신광흡이 머리를 맞대고 세상의 이치와 조선의 상업적 발전에 대해 토론을 펼칠 수 있는 가능성을 확인하는 자리가 되었다. 또 김이익이 유배가 풀려 다시 임금을 모시면서 세상의 모든 일에 성리학이라는 학문을 실천하는 기회가 올 때 신광흡의 현실에서의 실전 경험이 큰 도움을 얻게 될 것임을 보여주는 것이기도 했다. 김이익은 멀지 않은 장래에 다시 신광흡을 부르겠다고 다짐하고 자리에서 일어섰다.

김이익이 한양으로 귀환하는 데는 그리 오랜 시간이 걸리지 않았다. 순조가 열다섯 살이 되어 순정왕후의 수렴청정은 끝이 나고 친정을 시작한 것이다. 순정왕후 시절 인척이었던 경주 김씨 일가의 벽파는 철퇴를 받고 물러난다. 다시 순조의 왕비인 순원왕후의 아버지인 김조순과 안동 김씨 일가가 권력의 중심으로 돌아온 것이다. 김조순과 친밀했던 김이익은 1807년 순조 7년에 공조판서와 병조판서로 권력의 핵심으로 부상한다. 이어서 대사간을 거쳐 병조판서와 한성판윤의 자리에 오르게 된다.

김이익이 한성판윤으로 부임하는 잔칫날 한양의 정치인과 장사치들이 모두 모여들었다. 김이익 집안의 노비들이 모두 동원되어 음식을 장만하고 손님들을 접대하느라 부산하였다. 신광흡도 소식을 듣고 한걸음에 김이익의 북촌 가옥으로 달려왔다. 김이익의 사랑방 대청마루에는 주름 잡아 30여 명이 툇마루에 걸터앉아 있었다. 신광흡도 김대감 댁 집사에게 과거의 인연을 말하고는 겨우 청을 하여 마루의 끝자리에 올라갈 수 있었다. 가까운 양반 지인들과 술을 마시면서 담소를 나누던 김이익 대감이 손님들에게 인사를 하기 위해 방에서 나와 마루 쪽으로 몸을 내밀었다. 술을 몇 잔 했는지 얼굴은 불그스름했지만 만면에 미소를 짓는 것으로 보아 기분이 매우 좋은 듯 보였다.

"미천한 인물이 한성판윤으로 부임한다고 이렇게 많이들 멀리서 찾아주어서 감사하네 그려. 고마운 것을 차차 갚아가기로 하겠소. 모두들 차린 음식과 술을 한 잔 거하게 하고 앞으로의 장도를 축하해주기 바라오"

모든 하객들이 박수로 응대하면서, 축하한다는 소리를 외쳤다. 기생들의 가야금 연주 소리가 화려하고 경쾌한 김이익의 발걸음을 격려하는 것으로 들렸다. 김이익은 오늘 하루 매우 상기된 표정이었다. 그는 갑자기 축하객들 앞으로 나가더니 문제를 하나 제시했다.

"자네들 중에 누가 이 문제를 풀고 해답을 말할 수 있겠는가? 그러면 큰 상을 내리리다. 나는 얼마 전에 진도에서 큰 깨달음을 안고 한양으로 돌아왔네. 그곳에서 이순신 장군을 만난 것이 인생에서 가장 큰 소득이었고 깨달음이었네 그려. 이순신은 명량해전, 즉 울돌목에서 겨우 남은 배 몇 척으로 왜놈 배 수백 척을 깨부수었네. 자네들 중 누가 그 전적을 알고 있는가? 또한 그 숫자의 의미도 알고 있는가?"

모두들 매우 어려운 문제라고 판단했다. 이순신 장군이 명량해전에서 크게 승리하여 왜구와의 싸움에서 반전을 도모한 것은 알고 있지만, 정확한 숫자까지 꿰뚫고 있겠는가? 모두들 침묵을 유지하고 있었다. 다만 주변에서 수군거리기만 하고 있었다. "10척으로 100척을", 또는 "10척으로 300척을" 등의 작은 소리가 들려왔다. "그 참 의미는 승리다."는 정도의 소리가 메아리처럼 들려왔다.

김이익의 제자이며 문객인 손수인이 손을 높이 들고 일어났다. 자신 있는 태도를 가진 것으로 보아 정답을 알고 있는 듯한 표정이었다.

"대감어른, 제 생각에는 대감이 질문을 던진 의도는 배가 몇 척인가 보다는 행간에 담긴 뜻을 묻는 의도로 보입니다. 정답은 1척으로 100척을 쳐부순 것을 말한 것이고, 화두는 '자신감'이 아닌가 생각합니다."

다시 좌중의 사람들이 시끄럽게 떠든다. 정답 같다

느니, 틀린 답이라느니, 소란스럽기만 하고 일어서려고 하는 다른 사람들의 움직임은 눈에 띄지 않는다. 김이익 대감이 일어서더니 정답이 아니라고 크게 말하고는 다시 앉았다. 모두들 실망감을 감추지 못했다.

그때 대청마루 말석에 조용하게 앉아 있던 한 사람이 손을 들고 일어선다.

"외람되게도 제가 한번 답을 말해보겠습니다. 저는 한양 남부 회현방에 사는 신광흡이라는 사람입니다. 제 생각에는 이순신은 불과 13척으로 왜선 133척을 쳐부수었습니다. 대단한 승리입니다. 수세를 공세로 전환한 세계적인 해전이라고 생각합니다. 중요한 것은 배의 숫자보다도 담대하고 비상한 기획력과 전략입니다. 그러한 전략은 현지를 잘 알지 못하는 장군은 수립할 수가 없습니다. 이순신 장군의 대단함은 현지를 며칠 동안 답사하여 꼼꼼하게 전략을 짰다는 사실입니다."

좌중은 갑자기 일어선 행색이 초라한 한 사람으로 인해 적막함을 느낄 정도로 침묵을 유지했다. 그리고 일어선 사람의 일거수일투족을 응시하고 있었다. 일어선 사람의 눈빛이 초롱초롱한 것이 매우 순수하고 강직한 사람으로 느껴졌다.

"저에게 붓과 벼루를 좀 갖다 주셨으면 합니다. 질문하신 문제의 정답을 글로 써서 올리겠습니다."

김이익은 자신의 집사에게 벼루와 먹을 갖다 주라고 말하고 옆에 앉아 있던 기생에게 가서 벼루에 물을 붓고 먹을 갈라고 눈짓을 했다. 기생은 우아하고 세련된 한복의 옷깃을 여미며 사뿐사뿐 걸어 나가 신광흡의 옆으로 다가선다. 한마리의 학이 먹이를 찾아 가뿐히 걸어가는 모습이다. 벼루에 먹을 가는 2분여의 시간이 마치 한 시간으로 느껴질 정도로 주변은 조용하다. 어느 양반이 침을 꼴딱 삼키는 소리만 대청마루에 여울졌다. 신광흡은 큰 손동작으로 붓을 들어 일필휘지로 한지에 한자 한자 써내려갔다. 소동파의 문장실력에 왕희지의 필체를 겸비한 듯 보였다. 그는 서예글씨를 다 쓴 후 한지를 접어서 김 대감 어른께 전달하고는 자신의 자리로 가서 다시 조용하게 앉았다.

김이익 대감은 접은 한지를 펴고 조용하게 읽더니 자신의 무릎을 탁 친다. 갑자기 산 위에서 작은 바위 조각 하나가 굴러간 소리처럼 느껴졌다. 모두들 김대감의 얼굴을 조용하게 쳐다본다. 김이익은 벌떡 일어서더니 큰 소리로 말을 한다.

"정답을 제대로 알아맞힌 사람이 나타났네. 여러분, 박수를 다 같이 쳐주시게. 대단한 사람이야."

김이익은 신광흡에게 일어나서 정답에 대한 설명을 하라고 한다. 그리고 신광흡이 쓴 글씨를 펴서 좌중에게 보여준다. 그곳에는 '충성(忠誠)'이라는 두 글자가 새겨져 있었다. 너무나 단순해서 좌중의 사람들이 웅성거렸다. 신광흡은 일어나서 앞으로 나서더니 정답에 대한 설명을 낭랑한 목소리로 풀어나갔다.

"'충(忠)'이라는 글자는 중＋심(中＋心)입니다. 마음 '심'은 점이 세 개가 찍힙니다. 이순신 장군이 13척의 배로 133척의 왜선을 섬멸합니다. 여기에는 '3'이라는 숫자가 연속됩니다. 대개들 충이라고 하면 '나라에 충성한다'는 의미만을 생각합니다. 충(忠)은 '가운데 중(中)'과 '마음 심(心)'자가 결합한 모양대로 '가장자리가 아닌 한 가운데 즉 속에서 우러나온 참된 마음'을 의미합니다. 이런 순수한 마음으로 일에 임하는 것이 충(忠)의 자세입니다. 한 가지 일에만 몰입하면서 다른 곳에 마음을 빼앗기지 않는 자세를 뜻합니다."

좌중은 다시 한마디 말이라도 놓치지 않으려고 고요하다 못해 적막했다. 모든 눈은 신광흡에게로 집중되어 졌다.

"이순신 장군은 잡념이 없이 한 가지 마음으로 몰입을 했습니다. 그는 '죽으려고 하면 살고, 살려고 하면 죽는다'는 어귀를 몇 번이나 혼자서 되새긴 것입니다. 그러한 자세가 기적을 이루게 된 것입니다. 마음의 몰입은 애국으로 통했고, 이어서 백성들을 생각하는 마음으로 옮겨졌습니다. 3이라는 숫자를 잘 활용한 사람으로는 공자의 제자 증자가 있습니다. 증자의 말을 그대로 옮겨 보겠습니다.

증자가 말하기를, '나는 매일 세 차례 내 자신이 반성을 한다.'
남을 위해서 일을 할 때 성심성의를 다하지 않았는가?
친구를 친하게 사귀면서 믿음을 저버리지 않았는가?
자신이 완전하게 (성현의 말씀을) 익히지 못한 것을 전하지나 않았는가?

曾子曰 吾日三省吾身

爲人謀而不忠乎

與朋友交而不信乎

傳不習乎

　증자의 어록은 지금까지 잘못 알려져 왔습니다. 즉 '하루에 세 번 반성하라'는 의미로만 전해졌습니다. 물론 그러한 해석은 맞는 말입니다. 하지만 여기에서 간과한 것은 증자의 타인을 먼저 생각하라는 정신입니다. 증자의 반성은 인간관계를 중심으로 이루어지고 있습니다. 인간관계는 타인과 붕우의 두 범주로 나뉩니다. 여기에서 두 핵심 단어는 충(忠)과 신(信)입니다."

　신광흡의 논리 정연한 설명에 김이익 대감뿐 아니라 그의 문객들 모두 귀를 기울이며 한마디 말이라도 놓칠세라 경청하고 있었다. 간혹 김이익만이 추임새를 넣는다.

　"그래 '충'과 3이라는 숫자는 어떻게 연계되는가? 자네 생각으로는 직접적인 관련성이 있는가?"

　신광흡은 신중한 자세로 말을 이어나간다. 좌중을 휙 둘러본 후 심호흡을 한번 하고 설명을 계속해 나간다.

"이순신 장군의 '3'의 숫자의 마법은 바로 '충성(忠誠)'이라는 용어가 주는 세 가지 의미입니다. 충성에는 '믿음'과 '약속' 그리고 '성심성의'란 뜻이 내포되어 있습니다. 장군이 부하를 믿는 자세는 전쟁의 승패에 매우 중요한 영향을 끼칩니다. 또 임금이 장군으로 임명한 참뜻을 잊지 않고 누란지위(累卵之危)의 나라를 건지기 위해 '승리의 약속'을 해야 합니다. 아울러 백성들에게 성심성의를 다한다는 자세, 즉 최선을 다하는 자세를 보여준다는 의미도 함축되어 있습니다. 그것은 자신감이라는 용어와도 상통합니다."

신광흡의 설명을 듣고, 김이익 대감을 비롯한 모든 청중들이 박수를 친다. 감동의 물결은 마음으로 전해진다. 김이익이 제시한 문제에 대한 가장 근접하는 정답으로 생각된 것이다. 김이익의 취임 축하 연회는 기쁨과 믿음이라는 화두를 확인하는 자리가 되고 말았다. 주빈인 김이익은 매우 흡족한 표정을 지으며 문객들을 전송했다. 오랜 시간이 지나지 않아서 김이익은 신광흡을 자신의 사랑방으로 조용히 불렀다.

"지난번 문제에 대해 어떻게 그렇게도 쉽게 풀었단

말인가? 관상감 생도로서의 경험이 도움이 된 것인가? 그렇지 않으면 임기응변에 그렇게도 능통하단 말인가?"

신광흡은 계면쩍은 표정을 지으면서 겸손하게 답을 한다.

"평소에 김 대감님의 인간됨과 사상을 잘 알고 있으니까, 그러한 질문에 정답을 맞힐 수 있게 된 것입니다. 증자의 말대로 인간관계는 타인에 대한 배려와 믿음에서 출발합니다."

김이익은 예상과 달리 성리학에 정통한 신광흡을 놀라운 눈빛으로 바라본다. 겨우 이서계층에 지나지 않은데도 불구하고 언제 그렇게 많은 공부와 내공을 쌓았단 말인가?

"그나저나 자네에게 약속한 큰 상을 내려줘야 할 것 같아서 조용히 부른 것이네. 이제 자네가 희망하는 것이 무엇인지 나에게 솔직하게 털어놓게나. 내가 성심성의껏 도와주겠네."

잠시 뜸을 들이더니 신광흡은 자신의 포부와 꿈을 진솔하게 말한다. 먼저 세상이 크게 바뀌고 있다는 정세를 말하고 그러한 새로운 시대에 자신은 장시에서 승부를 걸어야 하겠다는 당찬 포부를 말한다.

"저는 장시가 늘어나면서 백성들이 들썩이고 있는 것을 눈으로 목격했습니다. 그래서 작은 실험을 시골로 내려가서 해보고 싶습니다. 고창현의 경주인이 되고 싶은데, 최근에는 인허가를 까다롭게 하고 있습니다. 세도가의 양반들이 경주인의 역을 많이 확보하고는 경매하듯이 높은 이문을 남기고 팔아넘기고 있습니다. 하지만 저는 한양에서 오래 살았지만 세도가 집안과는 인연이 닿지를 않습니다. 김이익 대감의 처분만 바랍니다."

김이익은 생각보다 적은 부탁을 하는 신광흡의 말을 중간에 끊지 않고 하나하나 세심하게 듣고 있다. 신광흡과 같은 이서계층과의 인적 관계는 앞으로 큰일을 해나갈 때 상당한 도움이 될 것으로 판단했다.

"자네는 이미 정답을 맞추면서 나에게 거래를 제안한 것이 아닌가? 아직 상업에 종사해본 경험도 없으면서 큰 사업적인 수완을 발휘하고 있구려 그래. 그렇지 않나?"

신광흡은 김이익 대감이 자신의 내면을 훑어보는 듯 해서 놀라움을 표한다.

"쇤네가 감히 대감님께 거래를 제안하다니요? 얼토당토않은 말씀이십니다. 다만 세상이 돌아가는 흐름을 얘기했을 뿐입니다."

김이익은 신광흡이 자신에게 충성을 약속한 것으로 생각했다. 신광흡은 김이익이 도와주면 성심성의를 다할 것이라는 내면의 소리도 전하고 있는 것으로 파악했다. 반대급부로 김이익의 믿음과 신의를 요구하는 뜻도 담겨 있다 느꼈다. 두 사람은 앞으로 돈독한 사이로 발전할 관계를 생각하면서 흐뭇한 표정을 지었다.

"내가 자네를 도우면 자네는 나를 위해 무엇을 해 줄 것인가?"

이미 뻔한 대답을 알면서도 김이익은 우문현답을 요구했다. 그만큼 이번 일로 인해 신광흡이라는 사람을 얻게 된 것이 즐거웠던 것이다.

"제가 경주인으로 성공하면, 인적 조직을 구성해서 대감님을 돕겠습니다. 아울러 큰 정치를 하려면 막대한 정치자금이 필요하게 될 것입니다. 소인을 믿어주십시오 제가 써드린 글귀에 모든 뜻이 함축되어 있습니다. 이미 그 뜻을 알고 계시지 않습니까?"

김이익은 판서 자리 몇 개보다 한성판윤이 이권과 많이 연계되어 큰 권력 자리라는 것을 알고 있었다. 다만 믿을만한 사람의 조직이 필요했다. 믿는 거래가 아니면 한방에 자신이 날아가 버릴 수도 있다는 것을 이미 알고 있었다. 그래서 그는 오늘 신광흡과의 만남을 흡족하게 생각하고 있는 것이다. 신광흡은 운이 억세게 좋은 사나이였다. 김이익이 한성판윤이라는 노른자위 관료에 오를 것을 어떻게 예측할 수 있단 말인가? 신광흡은 김이익과의 만남을 통해 부를 축적할 수 있는 기반을 다졌다. 아울러 그와의 연대조직을 통해 관약방까지 사업영역을 확대할 수 있게 된 것이다.

신광흡은 1810년 무렵 고창지역으로 이거한다. 그는 고창 읍치의 서문 근방에 집을 장만하여 거처를 정한다. 아울러 신광흡은 이주 직전인 1807년인 순조 7년에 고창의 작청 중수 때 가장 많은 돈을 기부한다. 그만큼 경주인으로서 한양에서 큰 부를 축적했기 때문에 가능한 기부행위였다. 신광흡은 이미 1803년에 고창 읍치의 중앙 당산의 석주를 건립할 때에도 큰 비용을 회사하였다. 이미 고창현으로 이주를 결심하고 단계적으로 지역사회와의 관계를 고려하여 신망을 쌓고 있었던 것이다. 당산의 석주 건립에 돈을 댄 것은 두 가지를 말해준다. 하나는 중앙 당산과 그 제의가 읍치 내 권력의 정점에 있는 향리들의 이해와 밀접한 연관이 있다는 점을 고려한 것이다. 다른 하나는 하위 집단들을 포섭하여 신망을 모으려는 의도도 있었을 것이다. 이러한 신광흡의 모든 행위는 자기 자신만의 영달을 꿈꾸었기 때문으로 보이지는 않는다. 자신의 소중한 아들 신재효가 앞으로 향리사회에서 요임을 맡도록 기반을 조성하려는 의도도 있었을 것이다.

신광흡 뿐만이 아니라 그의 장조카인 신재악도 오래지 않아 한양에서 고창으로 이주한다. 신재악은 원래 장남 신진항, 차남 신진겸과 더불어 한양에 거주하고 있었다. 신재악은 전의감 생도였다. 그의 부친 신광협은 1807년 무렵 11명의 노비를 거느리고 있었으나 아들인 신재악의 준호구에 노비가 전혀 보이지 않고 있다는 사실은 자식 대에 와서 경제적으로 몰락한 것으로 보인다. 삼촌의 성공을 보고 이들 일가는 모두 고창현으로 이주한 것이다.

신광흡은 헌종 3년인 1837년 고창현 관아에 관약국

개설에 대한 신청을 하여 허가를 받는다. 신광흡은 관아에 일정 금액을 지불한다는 조건 아래 약국을 개설해달라는 청원을 한 것이다. 관약국 절목에 의하면 관청에서 약국 개설을 인가하고 지역사회에서 관련 업무를 독점하도록 특권을 보장받은 것이다. 약국 개설로 신광흡은 큰 부를 축적하게 된다. 예나 지금이나 사람들에게 생로병사는 흔히 있는 일이므로 발병에 따른 치료를 위해 약국을 찾는 일은 일상사에 해당한다. 당시는 한양의 전의감과 같은 조직이 멀리 전라도의 고창현까지 미치지 못하던 시기였으므로 관약국이 병원을 대신하였다.

신광흡은 이미 지역사회에 큰 뿌리를 두고 있던 행주 은씨 집안의 은수룡을 찾아가서 자문을 구한다. 은수룡은 관약국을 열어 크게 성공했을 뿐만 아니라 고리대금까지 해서 큰 부를 취하고 있었다.

"자네에게 도움을 청하러 찾아왔네. 은씨 집안처럼 관약국을 개설하여 지역사회에 도움을 주고 싶은데, 장사 방법 좀 알려주게나."

이미 관약국 개설로 큰 지역기반을 가지고 있었던 은수룡은 처음에는 신광흡과 같은 신진 이입자를 탐

탁하게 생각하지 않았으나 그와 상당기간 친밀하게 사귄 후로는 그의 인품을 믿고 도움을 주었다.

"신광흡, 자네에게 내가 무슨 큰 도움이 되겠는가? 이미 한양에서의 많은 경험이 있을 터인데, 시골인 이곳에서 무슨 걱정이 있겠는가? 다만 약재의 유통과정에 대해서 약간의 정보를 줄 수 있을 꺼여."

신광흡은 눈이 번쩍 떠였다. 장사를 한다는 것은 경험이 주무기인데, 은수룡은 고창에서 이미 관약국으로 성공한 이방출신의 이서계층이다. 따라서 그로부터 관약국 운영의 영업비밀을 알게 된다면 큰 도움이 될 것은 뻔한 사실이기 때문이다.

"구체적으로 관약국을 허가 받은 이후 약재를 구입하고 관리하려면 어떤 방안이 있겠는가?"

"우선 관리인을 잘 두어야 할 걸세. 관리인을 통해 한약재의 구입과 약재 보관의 비법을 터득하게 해야 하는 거지. 다음으로는 수완 좋은 한약재 유통상과의 친분을 쌓는 일이 중요할 거여."

"알았네. 관리인을 뽑은 다음 자네 관약국에 파견하여 관리인 연수를 시켜야 할 듯 보이네. 그건 그렇고 한약재의 구입과 유통상과의 접촉 방법은 어떻게 이루어지는가?"

"먼저 보부상들과 그들의 하부조직들이 한약재를 가져다 줄 걸세. 대개 어음으로 처리하는데, 물건이 팔리는 대로 날을 정해서 대금을 수납하는 방식을 취하게 되는 거야. 약재 거래에서 가장 중요한 것은 신용을 잘 지켜야 하는 거네. 첫째도 신용이고, 둘째도 신용이여. 약속만 잘 지킨다면, 전국의 한약재 유통상인들이 모두 자네를 찾아올 걸세. 알았는가?"

신광흡은 조그만 치부책에 은수룡이 설명하는 얘기들을 깨알같이 적었다. 은수룡은 조목조목 짚어서 상세하게 설명을 해나갔다.

"한약재는 우리나라에서 생산한 약재와 중국에서 수입해서 들어온 약재로 구분할 수가 있지. 이러한 약재는 약령시에서 매매가 되는 법이여. 약령시로 유명한 곳은 전주·원주·진주·공주·충주·청주 등이 있는데, 가장 유명한 곳은 경상도의 약재가 집산되는 대구 약령시라고 할 수 있어. 약령시는 일 년에 보통 두 차례로 10여 일씩 개장되고 있어. 원래 약령시는 감사가 직무하는 감영의 소재지로 집결하는 약재 중에서 좋은 것은 상납하고 그 나머지를 일반에게 판매하는 것에서 발생된 거여."

"고창현에서는 가까운 전주 약령시를 찾아가야 하겠네? 일 년에 한번 정도는 대구 약령시도 방문해야 할 듯 보이는데 그렇지 않은가?"

은수룡은 잠시 말을 멈추고 작설차를 한 모금 마시고 말을 이어갔다. 은수룡이 같은 이서계층인 신광흡을 신뢰하지 않았다면 이렇게도 소중한 영업 비밀을 모두 설명해 주지는 않았을 것이다.

"전주 약령시는 늦게 생겼을 뿐 아니라 품목도 다양하지 못하네. 그래서 가능하다면 대구 약령시 물건을 빨리 구해 와야 하는 걸세. 그래서 관리인으로 뱃심도 두둑하고 행동도 민첩한 사람을 두어야 하네."

대구 약령시는 어떻게 그렇게 전국적인 유통망을 형성하게 된 것인지 신광흡은 궁금했다. 또 국내뿐만이 아니라 중국 등지에서 좋은 약재가 수입되기도 할 것인데, 그러한 약재가 대구로 몰려드는 것이 신기했다.

"대구 약령시는 언제부터 개설된 것이지? 또 그곳에 생성된 배경은 무엇인가?"

은수룡은 신광흡이 궁금하게 생각하는 대구 약령시

의 출현 배경에 대해서도 상세하게 설명해 나갔다.

"대구 약령시는 조선 효종 때 형성되었네. 경상도 일대의 약재들이 모두 이곳으로 몰려든 것이지. 봄과 가을, 즉 음력 2월과 10월에 두 차례 열렸는데, 어떤 시대에는 가을에 한 차례만 열리기도 했네. 시장이 열리는 것을 초회(初會)라 하고 끝나는 것을 파령(破令)이라고 한다네. 10월 약령시의 경우, 파령 이후에는 대부분의 상인들이 귀환하거나 공주 약령시로 옮겨가서 한산해지는 경우가 많다네. 약령시를 열고자 할 때에는 상인들이 뽑은 대표자가 대구부사에게 개시 사실을 알리고 다시 감찰사에게로 보고가 되며, 다시 감찰사는 중앙정부에 보고하여 정부로부터 통첩을 받아야 하는 거야. 시장에는 수백 수천 종의 국산 약재뿐만이 아니라 중국산 약재도 쏟아져 나오는데, 각지의 약초 재배자·채취자·상인들이 도매로 대량거래를 하지만 직접 생산자와 소비자 간의 소량의 거래도 이루어지는 법이야. 대구 약령시가 전국에서 가장 크게 성장할 수 있었던 배경은 몇 가지 요인이 있었기 때문이여."

은수룡은 다시 한 번 잠시 말을 끊었다. 목이 건조

한 지 작설차 찻잔에 손이 갔다. 신광흡이 물을 좀 마시고 계속하라고 안쓰러운 듯 큰 동작을 한다.

"우선 대구는 경상좌도, 우도의 감영소재지로서 행정 도시로서 뿐만이 아니라 교통의 요지에 위치해 있었기 때문에 크게 발전할 수가 있었던 거야. 특히 낙동강과 금호강의 수운을 이용해서 각종 생산물을 전라도와 충청도 등지로 운송해 거래할 수 있다는 장점이 있다네. 그 다음으로는 대구에 인접한 여러 고을들이 모두 한약재의 명산지라는 점도 장점이라고 할 수 있어. 비교적 가까운 거리에 있는 성주·고령·칠곡·선산·의성·영천·군위·경산·청도와 합천 등지로부터 상당히 먼 곳에 위치한 북쪽의 안동·영양·봉화·예천·상주·문경·김천·경주 등지까지가 모두 전통적으로 한약재가 많이 생산되는 곳이야. 이러한 요인 이외에도 대동법의 실시로 인해 한약재를 비롯한 각종 관수 품들을 시장을 통해 조달해야만 했던 사회적, 정치적 조건이 생긴 것도 중요한 변수가 된 것이여."

은수룡의 상세한 설명에 신광흡은 필기를 잠시 멈추고 그의 얼굴을 빤히 쳐다보았다. 그가 행정에만 능한 것이 아니라 경제적인 활동과 이재에도 밝은 다양다기한 모습을 지닌 것에 감탄했다.

"또 다른 요인도 있지 않나? 궁중에서 필요한 산삼을 구한다든가, 아니면 홍삼재배와도 연관된다든지 하는 요인 말이여?"

"물론이지, 인삼은 한약재 중에서도 최상급의 약재라고 할 수 있어. 개성 인삼이 최고라고 소문이 돌고 있지만, 경상도의 깊은 산중에서 산삼이 우연히 발견되어 국왕의 생명을 구한 경우도 많거든. 경상도는 예전부터 왕실에서 수요가 많았던 최고 품질의 나삼(羅蔘)을 비롯한 여러 가지 약재를 생산하던 곳이야. 나삼 같은 고급산삼은 심마니에 의해 우연하게 발견되어 채취되는 것이므로 경상도 감영은 왕에게 진상할 나삼을 약령시의 개설을 통해 쉽게 입수하고자 했던 거지. 원래 대구에서 약령시가 열리던 곳은 경상감영 객사 앞 일대였지. 객사를 중심으로 봄에는 남쪽에 춘령시를 개설해 남시(南市)라고 했고, 가을에는 북쪽에 추령시를 개설해 북시(北市)라고 했던 거야. 약령시가 열리는 기간에는 상인만 모이는 것이 아니라 객주·여각·거간 등 중간상인과 보부상 등의 유통업자 그

리고 환자들의 가족들인 일반 백성 등 많은 사람들이
몰려들어 숙박업·금융업·창고업 등까지 흥청거리
게 된 거여."

　신광흡과 은수룡과의 친교는 자식 대에까지 이어진
다. 신재효가 서산 은신규와 깊은 교유관계를 맺게 된
것도 사실상 아버지 대에서부터 맺어진 인연이 시발
점이 되었다. 아버지 신광흡의 사업수완은 고창현에
정착한 신씨 가문에 큰 부를 축적하는 계기가 된다.
그러면 신광흡은 왜 이렇게 열심히 사업을 확장해 나
갔을까? 단순하게 돈을 많이 벌겠다는 욕망으로 해석
하기에는 이면이 있다. 조선조 사회가 유교사회이고
대가족을 중심으로 향촌사회가 조직되어 있다는 점을
간과할 수 없기 때문이다. 자신의 군역을 해결하려고
한 이유도 약간 있겠지만 보다 중요한 것은 아들 신
재효가 향리사회의 요임을 맡을 수 있도록 기반을 조
성하려는 의도가 크게 작용했을 것이다.

　신재효는 부친 신광흡이 나이 마흔 살에 뒤늦게 낳
은 자식이었다. 따라서 그 기쁨은 두 배로 컸을 것이
다. 신광흡은 첫 부인 전주 이씨와 혼인했으나 자식을
못 낳고 사별하였다. 그래서 10년 만에 얻은 아들이

라는 일화가 전해진 것으로 생각된다. 사실 신광흡은 1807년 무렵 신재효의 생모인 경주 김씨(21세)와 재혼하여 1812년 11월에 신재효를 출산하였다. 신광흡이 성혼하고도 신행도 못하고 고창으로 왔다는 일화가 전해진 것으로 보아 한양에서 혼인을 하고 바로 고창현으로 이주했을 가능성도 있다. 신광흡이 그렇게도 부의 축적에 몰두했던 것은 1남 3녀 중 독자로 어렵게 얻은 아들의 출세를 위한 것이었다.

하지만 아들 신재효도 여복이 없었다. 조선조 사회에서 여복이 있다는 것은 가문의 혈연적 대를 이을 장남을 비롯한 아들을 많이 낳는 것이다. 하지만 신재효에게는 부친대와 마찬가지로 아들을 얻는 것이 매우 힘들었다. 신재효를 낳을 때도 부친 신광흡은 공을 많이 들였으나 쉽게 얻지 못하고 마흔 살에 이르러 어렵게 자식을 얻었다. 신재효의 모친 경주 김씨는 영험이 있다고 전라도 전역에서 소문이 난 전북 정읍의 월조봉에 한 달에 한 번꼴로 올라가 치성을 하였다. 소위 천배를 하고서야 겨우 신재효를 얻었던 것이다.

"여보, 아이가 안 생기니, 출산에 큰 효험이 있다는 정읍 월조봉을 찾아가 볼라요. 당신 생각은 어쩌신가?"

"당신이 좋다고 하믄 할 수 있는 모든 일을 다 해 봐야 허겄지요. 월조봉에서 치성을 지내면 옥동자를 날랑가?"

경주 김씨는 그 길로 하인을 데리고 먼 길을 떠날 채비를 한다. 당나귀에다 쌀과 과일을 싣고 삶은 돼지머리도 얹었다. 이번 길에서 정성을 다해 좋은 결과가 있었으면 얼마나 좋겠는가고 생각했다. 길을 떠나게 된 배경도 얼마 전 고창에서 제일 유명하다는 단골무를 찾아 얻은 점괘에 의한 것이다. 남쪽의 높은 산을 올라 천배를 올려야 씨가 생긴다는 조언이었다. 월조봉은 아이를 못 낳는 여인들의 발길이 끊임없이 이어지는 산봉우리이다. 소위 여근석이 있어 그 밑에 촛불을 피워놓고 음식을 정성껏 차려 산신령께 고사를 지내면 감응하여 출산을 하게 된다는 소문이 있다.

"산신령이시여! 정성껏 차려놓은 음식과 술잔을 받으시고 제발 제게 태기를 내려주소서. 우리 집안의 제주로서 아들을 꼭 점지해주소서. 특히 칠성신님이시여, 저의 소원을 귀담아 들어주시옵소서! 정성을 다해 차린 음식을 잘 드시고 꼭 득남케 해 주십소서."

칠성신에게 비는 풍습은 김유신 탄생신화와 관련이

있다. 『삼국유사』「기이(紀異)」김유신조에 "유신공은 칠요(七曜)의 정기를 타고 났으므로 칠성의 무늬가 있었으며 또 신기하고 이상한 일들이 많았다(庾信公 稟精七曜 故背有七星文 又多神異)."는 기록이 있다. 그 이후 김유신 같은 무병장수하고 영웅형의 인물이 태어나기를 비는 민간신앙이 생겨난 것이다.

"고시레…… 북두칠성님, 산신령님, 모두 차린 음식을 풍족하게 드시고 제발 득남하게 해주십소서! 비나이다, 비나이다……."

경주 김씨는 고사를 마친 후 음식들을 산봉우리 주변에 멀리 뿌린다. 산신령께 올린 잔에 든 술도 모두 흩뿌린다. 자연의 기운이 생명의 잉태에 작용하기를 비는 풍습인 것이다. 함께 올라간 하인들에게도 술잔을 기울이며 치성을 빈다.

"한잔들 하시고 영험을 빌어주게나. 이 집안은 왜 이렇게도 손이 귀한지…… 제사는 누구보고 지내라는 말인지?"

하인들은 몇 잔의 술을 마시며, 고개를 끄덕이며 수긍을 했다. 집안이 잘 되려면 후손이 든든해야 하는 법. 월조봉 산신령과 북두칠성님이 잉태의 기운을 내려줄 것으로 믿으면서 하산을 했다. 그날 밤 경주 김씨의 꿈에 한 도령이 나타나 오동나무 가지 끝에서 김씨의 배로 날아들었다. 경주 김씨는 놀라서 배를 움켜쥐고 피하다가 잠이 깼다. 태몽이었다. 그녀는 얼굴에 맺혀 있는 땀방울을 수건으로 닦으며 남편 신광흡에게 달려가 해몽을 부탁했다.

"아들을 출산할 모양이여. 길몽이네."

그날부터 태기를 느껴 10삭 만에 떡두꺼비 같은 아들을 낳았다. 신광흡은 늦게 얻은 신재효를 금이야 옥이야 하면서 키웠다. 신재효는 어린 시절 글은 부친으로부터 배웠다. 욕심이 많았던 신광흡은 사서삼경과 제자백가를 두루 익히게 했다. 신재효는 글재주가 많았고 시서화에도 능했다. 부친 신광흡이 『논어』에 나오는 어귀 하나를 말해주면 그 뜻의 해독뿐 아니라 어귀 뒤에 숨어 있는 상징적인 의미까지도 이해하는 수준이었다.

"재효, 너는 아전집안에 태어난 것이 아깝구나. 만약에 양반사대부 가문에서 출생했다면 과거시험에 장원급제하여 나라의 큰 주춧돌이 될 수 있는 인물인데, 재능을 썩힐 수밖에 없으니 통탄스럽다. 운을 하나 내리면 한시를 줄줄 지어내는 능력을 소유했다는 것은 놀라운 일이여. 하지만 항상 겸손해야 하느니라."

"네에. 아부지의 가르침을 평생 잊지 않겠습니다. 공부를 평소에도 게을리 하지 않으며 근신에 근신을 엄중히 하겠습니다."

아버지 신광흡은 천재적인 소질을 가지고 있는 아들의 장래를 위해 관약국에서 번 돈을 토지에도 투자하고 이문이 많은 다른 곳에도 투자를 하여 부를 축적했다. 신광흡은 자신의 번 돈을 국가적인 재난상황에서 진휼에도 기부를 하여 중앙정부 뿐만이 아니라 계층을 가리지 않고 일반 서민계층으로부터도 좋은 이미지를 쌓아나갔다. 이러한 노력은 아들 신재효가 이서계층으로 발돋움하는 데 큰 도움이 됐다. 아버지 신광흡이 경제적인 이득을 남기는 사업수완에 남달랐다면, 아들 신재효는 학문적인 인문학적 소양과 예술적인 감흥이 다른 사람에 비해 뛰어났으며, 여러 계층을 아우르는 후덕한 성품을 갖춘 것이 특징이었다.

하지만 앞서도 언급했지만 신재효는 여복이 없었다. 첫째 부인 진주 김씨를 배우자로 맞았지만, 건강이 좋지 못해 불과 26세에 자식도 낳지 못하고 세상을 떠났다. 진주 김씨는 부친 신광흡이 여러 혼처에 수소문하여 얻은 며느리였기 때문에 그녀의 죽음은 가문이 흔들릴 정도로 충격으로 다가왔다. 진주 김씨는 1838년에 사망했으나 1861년의 호구단자와 1881년의 호구단자에서도 신재효의 배우자로 진주 김씨가 계속 올려 있는 것에서 그녀의 비중이 어느 정도를 차지했는지 확인할 수 있다. 심지어 그녀의 4대조까지 상세하게 기재되어 있는 것과 다음에 들어온 재취의 경우가 이름만 기재되어 있는 것은 비교가 된다. 심지어 아들 신순겸의 호구단자(1891)에도 자신의 생모가 아니라 모친으로 진주 김씨가 표기되어 있다. 어떻게 이러한 일이 있을 수 있는가? 사망한 진주 김씨의 위력이 후대까지 영향을 미친 이유는 그녀의 집안이 영리계층에서 영향력이 매우 큰 가문이었기 때문이다. 신광흡은 아들의 장래를 위해 며느리만큼은 전라도의 감영 영리 가문 중에서도 세도가의 집안에서 엄선하였던 것이다.

하루는 신광흡이 먼 길로 출타하기로 하고 하인들에게 말을 대기시켜 놓으라고 지시하였다. 오늘은 일주일을 기한으로 부안으로 길을 나서기로 한 것이다.

신광흡은 아들이 성인이 되었으므로 널리 배우자를 구해야 하겠다는 생각을 한 것이다. 주변의 여러 곳에서 혼인에 대한 말이 오갔지만, 부안의 진주 김씨 가문에 과년한 처녀가 있다는 말을 듣고는 확인차 길을 떠나기로 한 것이다.

"허이…… 거기 사람 있는가?"

하인들이 부안 진주 김씨 가문의 명문가인 김달성의 집 대문을 요란하게 두드렸다. 안에서는 인기척이 느껴졌다.

"도대체 뉘신가? 이렇게 소란을 떠는 것을 보니 긴한 일이 있는 모양인디……."

신광흡의 하인들이 고창현에서 김달성 영감을 만나기 위해 먼 길을 달려온 신광흡 영감 일행이라고 전갈했다. 김달성 영감의 하인들은 쏜살같이 달려가서 말을 전하고 하문을 기다렸다. 곧 대문이 열리고 김달성 영감이 하인들을 대동하고 문 앞으로 나와 있는 것을 목도하게 된다.

"어인 일로 이렇게 먼길을 행차하셨는지요? 사전에 기별이라도 하고 출발하셨다면 부안 입구로 사람을 보내어 안내하였을 것인디, 송구합니다."

김달성 영감은 환영의 말을 전하며 반갑게 신광흡 일행을 맞이한다. 신광흡은 차차 찾아온 용건은 말하겠다고 하면서 김달성의 양손을 움켜쥐고는 기쁨에 젖어 만면에 미소를 짓는다.

"오래전부터 전라도 전역에서 명성이 자자한 김달성 영감을 만나고 싶었는데, 기회가 닿지 않다가 이번에 드디어 결심하고는 길을 떠났소이다."

"아니 그런 과찬의 말씀을 하시니 몸 둘 바를 모르겠소이다. 누추하지만, 우선 안으로 들어가시지요."

김달성은 하인에게 안처에 기별하여 주안상과 음식을 준비하라고 명한다. 하인들은 급한 동작으로 영감 마님께로 달려간다.

"집이 좀 누추해서 들라고 하기도 부끄럽습니다."

"아니 별말씀을…… 이렇게 대궐같이 꾸미고 사시는 줄은 몰랐습니다. 연못이 있는 정원이 고즈넉합니다."

"이렇게 급하게 찾아오신 연유라도……."

잠시 대화가 끊어진다. 그때 마침 시비들이 술과 안주 및 과일을 들고 들어왔다. 이조 백자를 비롯해 작설차 다기가 온아한 온기를 느끼게 해준다. 다기 옆의 한과나 과일의 색채도 색깔을 맞추어 배치한 듯 보였다. 술병인 호리병도 모양이 예사롭지 않았다.

"자하주나 한잔 합시다. 지리산에서 나오는 머루열매로 담은 것이어서 빛깔이 아름답고 향기도 은은합니다. 이렇게 술이 잘 익었을 때 친구가 멀리서 찾아주니 흥취가 도도해집니다."

"아니 이러한 특별한 술로 불초소생을 대접해주니 몸 둘 바를 모르겠습니다. 다음번에는 고창의 저희 집 사랑방에서 모시겠으니 부부가 함께 행차를 해주셨으면 합니다."

"네 초청만 해주신다면 여분이 있겠습니까."

자하주를 한잔 드니 천상의 신선이 된 기분이었다. 다양한 과일안주는 술맛을 더욱 도드라지게 한다. 한과나 약밥도 별미였다.

"참, 찾아오신 용건이 있다고 하셨지요? 혹 부안에 긴한 일이라도 생긴 것인지요? 아님 그냥 아름다운 채석강과 단아한 내소사 구경이나 하려고 오신 것인지요?"

"아니 긴히 상의할 안건이 있어서 찾아왔지요. 다름 아니오라 매파를 보내 의견을 먼저 여쭈어야 하는 건데, 다른 곳에 빼앗길까 두려워 장가나 두면서 논의하려고 그냥 무작정 달려왔소이다. 다름 아니라 영감댁에 과년한 처자가 있다고 해서 운이나 띄워보게 왔소이다."

김달성 영감은 당황하는 기색이었다. 자신의 딸 얘기가 멀리 고창현까지 전해지다니, '발 없는 말이 천리를 간다'는 금언이 거짓말이 아니라는 생각이 들었다. 아직 딸의 혼처문제는 아내하고도 상의해본 적이 없었다. 다만 나이를 먹어가니 기회가 닿으면 널리 소문을 내야 하겠다는 생각은 혼자 해본 적이 있었다.

"하…… 하…… 이거야 정말…… 우리 딸이 그렇게도 예쁜가요? 그렇게 전라도의 여러 곳에 소문이 났다니……."

"따님이 외모만이 아니라 수예와 악기를 다루는 솜씨도 대단하다고 들었습니다. 오늘 그 솜씨나 보고 갔으면 해서……."

딸 자랑에 신바람이 난 김달성은 딸에게 잠깐 와서 인사를 드리라고 내당에 전한다. 잠시 후 한복으로 곱게 단장을 한 딸이 사뿐사뿐 걸어와서 큰 절을 한다. 고운 자태에 넋이 나간 신광흡은 할 말을 잃고 술잔만 만지작거린다. 딸이 자신의 방으로 건너간 후 김달성은 장기판을 내온다. 두 사람은 장기를 두면서 세상사에 대해 이야기를 계속 나눈다. 지방관장들이 너무 자주 바뀐다는 이야기부터 부안에도 장시가 열려 5일장으로 굳어져 간다는 상업 활동 분야까지 몇 시간이 흘러갔는지 모르고 담소를 나눈다. 장시 때문에 도둑이 들끓어 걱정이라는 말도 나왔다. 농민들이 농사를 짓지 않고 장시 쪽으로 건너와 기웃거려 농사 수확이 줄어들까 우려된다는 말도 흘러나온다. 그러다가 신광흡의 제안으로 자녀들을 매개로 혼맥을 형성하자고 약속을 한다.

"아니 우리 두 집안이 혼맥을 맺으면 전라도에서 소문이 크게 날 것이외다. 영리가문으로 명망이 있는 진주 김씨 가문과 사업수완이 남달라 신흥부호대열에 합류한 평산 신씨 가문이 힘을 합치면 무엇이든 못하겠습니까?"

얼굴이 불그레한 김달성 영감이 기분이 흡족하여 딸의 약혼문제를 부인과 상의도 하지 않고 덜컥 결정하고 만다. 신광흡의 능력으로 보아 그 아들도 인품이 좋고 경제적인 수완도 빼어날 것으로 판단했다. 그러

니 자신의 내당에서도 좋은 결정이라고 동의해 줄 것
으로 생각되었다.

신광흡은 왜 부안까지 찾아가서 진주(晉州) 김씨로
며느리를 결정했을까? 나중에 아들 신재효가 향리사
회에서 각별한 위상과 특권을 갖게 될 것으로 확신했
기 때문이다. 전라도 부안의 진주 김씨 이족은 조선
후기 전라도 감영의 영리를 독점한 가문의 하나였다.
부안은 1588년(선조 21)에서 1817년(순조 21)까지 감
영 영리를 나주·김제·고부·전주에 이어 다섯째로
많이 배출하였다. 부안에서 감영 영리를 배출한 향리
가문은 모두 넷인데, 229년 동안 풍천 임씨 이족은 2
명을, 영월 신씨 이족은 4명을, 동복 오씨 이족은 7명
을, 그리고 진주 김씨 이족은 모두 19명을 배출하였
다. 이러한 자료로 보아 진주 김씨 가문의 압도적인
위세를 확인할 수 있다. 신광흡이 아들 신재효를 위해
얼마나 공을 많이 들이고 있는가를 알 수 있게 한다.
신재효가 아버지 신광흡이 남겨준 재산을 더욱 불리
고 위세를 떨칠 수 있게 된 것은 명망 감영 집안 출
신인 진주 김씨를 첫째 부인으로 맞아들였기 때문이다.

그러나 신재효는 아버지의 그러한 애씀의 보람도

없이 여복을 타고 나지 못했다. 첫째 부인 진주 김씨는 자식도 출산하지 못하고 스물여섯의 젊은 나이에 세상을 떠나고 만다. 신재효는 후손을 위해 둘째 부인 함양 박씨를 맞이한다. 함양 박씨 또한 딸 하나만 낳고 아들을 낳지 못해 소박을 맞는다. 여복이 참으로 없는 사나이가 바로 신재효임을 확인시켜 준다. 신재효는 후손을 위해 세 번째 부인을 맞아들인다. 그가 바로 장남 신순경과 딸 두 명을 낳은 당악(棠岳) 김씨이다. 당악 김씨는 스무 살에 시집을 와서 스물두 살에 아들을 낳고 겨우 서른여섯 살에 세상을 떠난다.

"나는 참 여복이 없어. 왜 내가 맞아들인 여성들은 모두 아이를 못 낳거나 일찍 세상을 떠나는지 몰라. 그래서 참으로 슬픈 인생인 거야."

신재효는 혼자 벽을 보면서 독백을 한다. 외로움이 심폐로 스며든다. 혼자서 자작을 하면서 신세한탄도 해본다. 노래도 불러본다. 그래도 외로움은 가셔지지 않는다. 그래서 누워 있다가 다시 자세를 고쳐 꼿꼿이 앉아서 붓을 들어 자기 자신에게 다짐을 한다. 첫째, 아버지에 이어 경제적으로 집안을 일으킨다. 둘째, 공부에 좀 더 집중하여 시서화(詩書畵)에 일가를 이룬다.

셋째, 자기 갱신을 통해 사회적으로 보다 보람 있는 일에 몰입한다. 앞으로의 목표 세 가지를 정한 후 심호흡을 한 후 책읽기에 몰두한다. 굳게 다짐을 하자, 잡념이 어느 정도 사라진다.

우선 신재효는 아버지 신광흡으로부터 물려받은 재산의 증식에 몰두하였다. 신광흡은 경저리 뿐만이 아니라 관약국을 운영하여 큰 부를 축적했다. 집안에 남겨진 매매문서를 살펴볼 때 신광흡은 토지 구입에 신경을 많이 쓰지 않은 것으로 보인다. 몇 차례의 토지를 구입한 매매문서가 남아 있으나 한양에서 고창현으로 이주하는 데 따른 집과 전답의 구입용으로 사용된 것이다. 그 외에 시장(柴場)의 구입이 나오는데, 시장이란 그 당시 중요한 땔나무를 사고파는 상점을 말한다. 신광흡은 임득춘으로부터 고창현 천북면의 시장을 구입했다. 신광흡은 토지와 전답보다는 현금 소유를 더 중시했던 것이다. 시대가 농민봉기가 일어나고 장시가 확산되던 때라 현금으로 고리대부업을 하던 서리계층이 많았던 것이다. 신광흡은 다른 영리들과 달리 대부업도 별로 좋아하지 않았던 것이다. 오히려 현찰로 상당한 돈을 소유했던 것이다. 관약국 자체가 한약재의 구입과 판매를 주로 하는 것이기 때문에 엄청난 현찰이 오고 갔다. 신광흡의 유산은 외아들인 신재효로 그대로 이식되었다.

아들 신재효도 이해할 수 없는 아버지 신광흡만의 이재방법이 있었다.

"왜 아버님은 현금을 그대로 가지고 있었을까? 달리 토지를 매매하지도 않고, 그렇다고 고리대금업을 하지도 않았던 것으로 생각되는데……."

신재효는 부친이 세상을 떠난 후 문갑 속의 공문서와 화폐뭉치를 정리하다가 고개를 갸우뚱했다.

"아무래도 아버님이 살았던 시대가 불안정한 것과 관약국의 특성상 현금거래가 많았던 것이 주요한 요인이었을 거야?"

평소에 신광흡은 영리가문과의 교유방법에 대해서는 입이 닳도록 말했다. 우리 집안은 중인계층으로서의 뿌리가 없다. 따라서 영리가문의 전통이 있는 집안과의 교유에 항상 힘을 써야 한다고 귀에 못이 박히도록 말하곤 했다. 아버지 세대의 고통과 아픔을 돌아가신 후에야 신재효는 뼈저리게 느꼈다. 또 아버지는 공부에 대한 질책은 끊임없이 내렸다. 시대가 수상할 때일수록 학문의 깊이를 더해 인덕을 쌓아야 한다는 논리였다. 두루 여러 계층과 화융하려면 내면의 깊이가 있어야 가능하다는 것이다. 시대의 불안정은 부친의 어록의 심오성을 더욱 깨닫게 해준다. 그런데 아버지는 부를 축적하고 관리하는 방법에 대해서는 특별한 가르침이 없었다. 그 점이 항상 신재효의 개인적 의문이었다. 부친은 신분상승에 대한 욕망이 매우 강했던 분이셨다. 어느 날 신광흡은 아침 식사 후에 작설차를 마시면서 신재효에게 가르침을 내렸다.

'군자불기(君子不器)'니라.

군자는 그릇과 같이 한 용도로만 쓸모 있는 사람으로 살지 않는다.

"참으로 짧은 말씀이지만 큰 의미가 들어있는 공자님의 어록이야. 평생의 화두로 삼아야 할 말씀이니라."

"아부지, 이 금언 속에는 어떤 가르침이 있습니까?"

"『예기』에 나오는 '대도대기(大道不器)'란 말과 일맥상통하는 말씀이다. 큰 가르침의 작용은 너무 커서 하지 못할 일이 없을 정도로 두루 모든 일에 통한다는 의미인 것이야."

"참으로 큰 뜻이 담긴 듯 하네요."

"그렇지…… 사회적 성공보다는 행복의 소중함을 말하는 것이다. 행복은 멀리 있는 것이 아니라, 우리의 마음 안에 있는 것이거든. 사회적으로 크게 성공해도 행복을 느끼지 못한다면 만사가 실패하는 법이지."

신재효는 혼란스러운 사회에서 참다운 인간, 진실된 인간으로서 어떻게 살아가야 하는가에 대한 해답을 주는 말씀인 것으로 받아들였지만, 당시에만 해도 아직 어려서 부친이 이러한 말을 하는 큰 뜻을 파악하지 못하고 있었다.

"그렇지만, 조선 사회는 전문성을 요구하고 있어요. 사회에 쓰이지 못하면 그릇으로서의 가치도 소멸되는 것이 아닌가요?"

신재효는 공자님의 말씀 자체에 모순이 있다고 생각했다. '수신제가 치국평천하(修身齊家 治國平天下)'라는 말씀과 상통하지 않는 것이 아닌가? 사회에서의 쓰임이 더 소중한 가치가 아닌가 하는 생각이 앞섰다.

"공자님은 보다 큰 세계를 말하고 있다. 좁은 범주가 아니라 큰 대우주의 세계. 지혜로운 사람은 결코 한 분야의 지식만 깊이 천착하는 학자나 한 가지 일에만 능한 기술자처럼 전문가로 살면서 오만한 어리

석음을 범하지 않는다는 뜻이 그 속에 내재되어 있어. 진실한 인간이라면 어떤 굴레에 갇히지 않고 자유롭게 행동한다는 의미란다. 타락한 속물주의에 물들지 않고 자연에 가까운, 즉 인간의 본질적 가치에 충실한 창조적인 인간이 되라는 의미라고나 할까?"

신재효는 아버지와 오랜만에 깊이 있는 대화를 나눴다. 사실 일반 가정에서 부자지간의 대화는 이루어지지 않는다. 조선조의 계급사회에서 부자지간도 사실상 수직적인 관계로 남기 때문이다. 그러나 신광흡은 그 시대에 어울리지 않는 개방적인 사람이었다. 아들과 흉금을 터놓고 소통하기를 좋아한 대범한 인물이었다. 그만큼 외아들을 사랑했다고 보는 것이 더 적절할 것이다.

또 다른 어느 날 해질 무렵에 신광흡은 신재효를 불러 장기판을 가져오라고 했다. 부자지간에 장기를 두면서 누구보다 아끼는 아들에게 내면의 소리를 전하고 싶었던 것이다. 삶을 살아가는 데 대한 혜안을 가지는 법을 일깨워 주려는 생각에서였다. 신광흡은 불안정한 시대에 백척간두에 서있는 아들에게 자신의 세대와는 다른 삶을 살아갈 것을 권유하고 싶었던 것이다. 차와 포를 모두 잃은 아들에게 신광흡은 졸만 가지고도 반전을 모색하여 전세를 뒤집을 수 있음을 보여주었다.

　자왈 견의불위 무용야(子曰 見義不爲 無勇也).

　공자님이 말씀하셨다.

　"옳은 일을 보고도 행하지 않는 것은 용기가 없는 것이다."

　"진리는 멀리 있는 것이 아니다. 하지만 사람들은 그 참다운 의미를 듣지 못하고 귀머거리가 되거나 듣기는 하지만 알아듣지를 못하는 경우가 많다. 어떤 때에는 알아듣기는 하지만 완전히 이해하지는 못하는 경우도 있다. 중요한 것은 이해를 했다면, 마음의 것을 현실에서 실행해야 한다는 점이야."

　"아버님의 말씀에 동감합니다. 조선조 사회는 모순덩어리입니다. 신분의 귀천이 없건만 너무나 많은 차별이 횡행합니다. 공자와 부처는 차별을 하지 말라고 경전에서 남겼는데, 후세의 사람들이 참다운 이해를 못하고 깨닫지를 못하고 있어요."

　평소에 말씀이 별로 없어서 부친을 어렵게 대했던 신재효였지만 오늘은 아버지가 새롭게 보였다. 나름대로 세상을 잘 읽고 처신을 잘하고 계시구나 하는 안도감이 들었다. 장시가 열리면서 물질적인 속물주의가 판을 치고 있다. 양반사대부계층은 그들대로, 중인서리계층은 인허가권을 쥐고 있으니 더욱 그랬다. 양민들도 현실의 추세에 쫓아 자연의 느긋한 법칙에 따르지 않고 급한 마음을 갖는다. 농사짓기보다는 장사를 해서 한탕 하겠다는 생각들이 앞선다. 그러니 부랑배들이 양산되고 있는 실정이다. 법은 사건을 뒤쫓아만 간다. 그러니 주먹이 앞서고 혼란이 가중된다. 순수한 백성들을 모두 범죄인으로 몰아가는 형국이다. 더욱더 큰 문제는 권력을 쥔 자들이 잘못을 인정하고 해결하려고 하기보다는 사건을 덮기에만 급급하다는 점이다. 모두 물욕이 넘쳐서 생긴 현상들이었다.

"진정한 부는 시장에 있는 것이 아니고 우리의 내면에 있다는 것을 공자는 깨닫게 해주는 거야. 이러한 가르침은 재물의 소유하고는 상관없어. 사람들이 삶을 살아가는 데 재물은 편리한 도구가 되고 수단이 될 수 있다. 하루하루를 살아가는 데 있어서, 그것은 어떻게 보면 가장 중요한 것이 될 수도 있을 것이다. 쌀 한 톨이 없으면 가족들이 굶어죽게 되는 것이 현실이다. 욕망이고 지성이고 간의 문제가 아니다. 하지만 그것은 전부가 아니라 피상적인 것에 불과할 수도 있음을 명심해야 돼. 육체와 정신의 균형을 잃어버리면 욕망에 허덕이는 동물의 수준에서 더 나아갈 수가 없게 되는 것이다."

아버지 신광흡의 장기 두는 손에 눈이 머물렀다. 갑자기 부친의 손이 떨리고 있는 것이 보였다. 항상 패하더라도 힘있게 앞만 보고 나아가던 손이 오늘은 굉장히 신중한 자세를 취하고 있고, 한 수 한 수를 심각하게 고민하면서 두는 듯이 보였다.

"'자왈 견의불위 무용야(子曰 見義不爲 無勇也).'니라. 사람들은 재물을 일구는 경쟁에서 뒤지지 않을까 두려워하는 법이다. 두려움은 의심을 많게 하는 것이지. 의심을 없애려면 믿음이 전제되어야 하는데…… 우리는 신뢰로 들어서기에 많은 부족함을 갖고 있어. 충분한 지성을 갖추지 않으면 자신을 보호할 의심의 울타리를 치게 되는 법이거든. 의심이 넘치면 경계심을 풀어버리지 않게 되거든. 확고한 믿음은 지성에서 출발하는 것이야. 그래서 공자님은 '용기'라는 표현을 쓴 것이야."

아버지 신광흡의 행동에서 비장함을 본 것은 오랜만이었다. 신재효는 두렵다기보다는 존경의 눈빛을 가지고 신광흡의 동작 하나하나를 뚫어지게 보았다.

"개미같이 일해서 돈을 많이 버는 것은 쉽지만, 어려운 것은 남에게 베풀 수 있는 용기다. 재효, 너는 욕망에 충실하기보다는 지성으로 무장하기를 바란다. 지성은 경계의 벽을 허물고 용기를 가져다주는 법이야. 그것은 불공정한 세상을 바로잡을 수 있는 유일한 방책이 될 수 있어. 세상이 어려울수록 용기를 가져야 돼. 나눔은 마음속에서는 이루어지지만 현실에서 실천하기는 매우 어려운 법이야. 자기 것을 모두 내줄 수 있을 때 진정한 친구가 생기고 동지도 만들어지는 것이야. 네가 살아가면서 평생의 화두로 삼았으면 한다. 진정한 '용기'를 갖는 군자가 되란 말이야. 그것이 어려운 난국을 풀어가는 지혜가 될 수 있을 것이다."

신재효는 모처럼 부친과 수많은 이야기를 나누었다. 그동안 가슴속에 자리잡고 있던 체증이 가라앉는 느낌이 들었다. 해는 서산을 넘어가서 사위는 어둑어둑해졌지만, 기와지붕 너머로 한줄기 빛이 비쳐지는 듯했다. 장기판을 들고 자리에서 일어섰다. 신광흡에게 큰 절을 하고 대청마루를 내려왔다. 걷는 발걸음이 경쾌했다. 그 이후 신재효는 신광흡과 깊은 속내의 이야기를 나누지 못했다. 부친 신광흡이 운명을 달리하고 난 뒤에도 신재효의 귀에는 군자는 참다운 용기를 가지기가 어렵다는 말이 들렸다. 환청이었다.

아버지 신광흡의 장례식을 마친 후 신재효는 큰 결심을 한다. 기존의 이서세계에서의 존재감을 얻는 것도 중요하지만, 더욱 요구되는 것은 새로운 시대에 걸맞는 자신만의 생존방법을 모색하는 것이다. 그는 며칠을 고민하면서 사색에 잠겼다. 다른 영리가문들은 족보를 만들고 조상의 묘를 으리으리하게 만들려는데 혈안이 되어 있었다. 다른 방안은 한양의 유행을 따르는 방법이었다. 중인서리계층에서 시회를 자주 열고 심지어 시집을 출간하기까지 했다. 그 중심에 정조임금 때의 옥계시사와 진경시화 모임이 있었고, 현재도 위항시인 조희룡을 중심으로 한 시서화론이 상당한 파장을 가져오고 있었다.

양반사대부들이 즐기던 시수창모임이 중인계층과 양반계층이 한데 어울려 즐기는 모임으로 변모되고 있다는 반가운 소식이 들려왔다. 이러한 신분 붕괴와 소통의 모임은 장시(場市)의 발달과 함께 큰 사회적 파장을 가져올 가능성이 높았다. 신재효는 무릎을 탁 쳤다. 자신의 예술적 취향과 맞아떨어지는 움직임이 새롭게 태동하고 있는 것이다. 조희룡은 한양에서의 모임에서 부친도 상면한 적이 있다고 들었다. 기회가 되면 조희룡을 한번 만나봐야겠다고 생각했다.

사실 조희룡의 출발점은 '옥계시사'에 있다고 할 수 있다. 옥계시사란 무엇인가? 바로 푸른 계곡 물 옆에서 시를 짓고 인생을 즐긴다는 중인과 일부 양반계층의 시창작 모임을 말한다. 이러한 시모임이 시작된 것은 조선 봉건왕조를 떠받치던 신분제가 흔들리는 현상과 관련이 있다. 시장이 활성화되면서 공물의 출납과 상거래의 인허가권을 쥐고 있던 경아전(京衙前, 서울 관아의 아전)과 외아전(外衙前, 지방 관아의 아전) 계층이 신분의 상승을 모색하기 시작하였기 때문이다. 여기에서 양반의 피를 타고 태어났지만 소외되었던 서얼계층과 3~4대째 과거에 나가지 못해 몰락하거나 한미한 양반계층까지 뒤엉키면서 대 혼돈의 시대가 시작된 것이다. 또 탐관오리의 횡포에 신음하던 양민과 천민계층이 동학의 믿음을 쫓아 세상의 모순과 부조리에 행동을 함으로써 기름에 불을 지른 격이 되었다.

영조의 탕평책에 편승한 위항인들의 한문학 운동은 정조임금 대에 와서 한 단계 더 무르익어 옥계시사의 조직으로 이어졌다. 그들은 시수창모임을 주관할 뿐만 아니라 적극적으로 신분상승을 도모하여 1786년 『옥계사수계첩(玉溪士修禊帖)』을 펴냈고, 1791년에는 『옥계사시첩(玉溪士詩帖)』을 간행했다. 여기에서 거론되는 '옥계'라는 곳은 한양의 도성 안 금교 입구에서 서북으로 몇 리 거리에 있던 인왕산 속의 계곡을 의미한다. 인왕산에서 발원한 옥계 부근을 옥계동이라고 불렀는데, 이 계곡을 끼고 살고 있던 경아전들 13명이 시사를 결성한 것이다. 이들의 직업이 주로 중인계층이었던 규장각 서리라는 데 큰 의의가 있다. 규약을 만들고 시사를 만든 대표적인 인물로는 천수경·장윤·임득명 등이 있다.

"청풍정사(淸風精舍)에서 옥계시사(玉溪詩社)를 결성하면 좋을 것 같은 데 다들 어떤 생각을 가지고 있어?"

천수경이 자주 만났던 사이인 장혼·임득명·김낙서 등에게 질문을 던졌다.

"우리가 교유한 지가 상당히 오래되었으니 시수창

모임을 결성하는 것은 당연하다고 보는데, 그렇지 않나?"

장혼이 천수경의 발제에 취지를 보태면서 모임 결성을 거들었다.

"우리가 시종일관하기 위해 규약을 만들었으니, 큰 의미를 둘 수 있을 거야. 사람의 사귐이란 친하면 들러붙고 소원하면 끊어지므로 반드시 담담하기는 물과 같고 달기는 감주와 같음을 택할 때 관포의 의리를 이룰 수 있을 것으로 생각하네."

그림을 도맡아 그린 임득명이 좀 더 포장된 미문으로 시사의 결성에 대해 설득력 있는 취지로 말했다. 또 이인위는 삼강오륜에서 친구들 간의 '의'를 중요하다고 했으므로 동지들이 모여 문회를 결사하는 것은 시로써 이름을 붙여 뜻을 말하려 함이지, 음영 수창의 자료로 삼으려는 것은 아니라고 강조했다.

"같은 동네에 살면서 취미가 같은 이들이 모여 옥계 위에서 수계(修禊)하여 문회를 여는데, 신의로써 하되 음풍영월에 뜻이 있다고 해서 무슨 문제가 되겠는가?"

조광린이 문회(文會)에 대해 너무 어렵게 설명하지

말자는 취지의 말을 했다. 다들 수긍하는 분위기였다.

그들 13명은 함께 모여 문회를 결성하면서 22개항의 규약도 만들었다. 그 대신 요즈음의 계모임과 같이 작은 이해를 얻으려는 계모임과는 성격이 다르다고 강조했다. 그만큼 중인계층인 그들은 양반 사대부계층들이 즐기던 시회를 모델로 삼아 자존심을 지키고 싶었던 것이다. 양반들은 실제 행동과는 달리 글로 남긴 기록에서는 점잖음과 관념적인 것을 앞세웠기 때문이다. 규약 22개항 중 처음의 열 개 규약만 나열한다면, 상당히 폐쇄적인 조직규약임을 알 수 있게 된다.

첫째, 자신들의 계는 문사로써 모이고 신의로 맺으므로 속인들의 계와는 다르다. 비용을 감당하기 위해 각기 일정량의 돈을 내고 이식을 도모한다.

둘째, 동인들의 사귀는 도리에 대하여 솔직하고 실천에 힘쓰며 잘못된 것은 바로 잡아주어 안과 밖이 따로여서는 안 되며 금란지교(金蘭之交)를 저버리면 안 된다.

셋째, 규약을 어기는 사람이 있다면 내치고 끝내 회개하지 않으면 영구히 외인으로 삼는다.

넷째, 모이는 횟수는 한 달에 한 번으로 하되 칠석, 단오, 유두, 종양절, 동지 등 길일로 하고 관련문서는 외인이 보지 못하도록 한다.

다섯째, 모일 때마다 사헌(社憲)을 소매 속에 갖고 오도록 한다.

여섯째, 시회 때 시를 완성하지 못하면 상벌을 시행한다.

일곱째, 동인들의 시는 책을 만들고 베껴내어 후일의 면목으로 삼는다.

여덟째, 연이어 세 번 장원하는 이는 예주 한 병을, 연이어 세 번 꼴찌 하는 이는 벌주 두 병을 후일의 모임 때 바치도록 한다.

아홉째, 동인들이 정원이나 산수 간에 모여 노는 모습은 그림으로 그려 이야깃거리로 삼는다.

열째, 동인 중 불선(不善)한 행동을 한 일이 있다면 경중을 헤아려 벌을 논한다.

규약의 다음 조항은 경조사에 대한 것으로 문상과 부의하는 규정까지도 상세하게 모아놓고 있다. 즉 자신들의 문회가 조직의 이익만을 대변하여 결성한 것이 아니고 애경사 등 어려운 일에 서로 돕는다는 정신을 내세우며 잘못된 일에는 경계하는 항목도 넣음으로써 그러한 취지의 타당성을 적극 설명하고 있는 것이 특징이다.

옥계시사의 가치는 수계첩에 '옥계사 십이승'이라고 소항목을 달면서 열두 경치에 시를 지어 붙이고, 규약에 있듯이 그림도 그려서 붙였다는 점이다. 다만 현재는 네 폭만이 남아 있는 점이 아쉽다. 진경산수화의 그림은 모두 임득명이 그렸는데, 당시 유행했던 진경산수화와 진경풍속화의 화풍을 따르고 있다. 특히 임득명의 화풍은 겸재 정선의 작품을 사숙했다고 해서 그런지 사실주의적 화풍이 더욱 도드라져 있는 것이 특징이다.

"<등고상화(登高賞華)>라는 그림이야. 대각선으로 두 개의 산등성이를 배치하고 그 아래 꽃들로 둘러싸인 기와집들을 즐비하게 묘사했지. 일곱 명의 동인들을 묘사했는데, 한 명은 술동이를 들고 권주하고 있고, 나머지 여섯 명은 풀밭에 앉아 담소를 나누고 있어. 화창한 봄날을 자축하는 분위기를 사실적으로 그린 것이라고 할 수 있지."

"적여재(積餘齋) 천수경이 자신의 시에서 '서등필운대(西登弼雲臺, '서쪽 필운대에 오르니'라는 뜻)'라고 한 것을 그림으로 묘사한 작품이네. 봄날의 북촌마을의 실제 경치를 사실적인 화풍으로 잘 그렸네."

"자네들이 '상'자를 운으로 달아 시를 수창하니, 나도, 그림으로 응대를 해야 하지 않겠어? 봄기운에 만물이 소생하고 꽃도 만발하는 생동감을 있는 그대로 그려본 것이라네."

西臺百花紅　正是同玩賞

少者成新服　老者扶竹杖

紫綠呈萬狀　樓臺相望敞

春遊觸處成　芳草隨閒往

서대에 온갖 꽃이 붉게 피니 이를 함께 완상하리.

어린이는 새 옷을 입고, 노인은 대지팡이를 짚었네.

붉고 푸른 여러 가지 경치 누대 위에서 바라보기 시원하도다.

봄놀이 즐기기 좋은 날 향기로운 풀 따라 한가로이 가보세.

이인위가 '등고상화'라는 같은 주제에 잘 부합하는

시를 지어 붙였다. 영정조 대의 옥계시사는 19세기 초의 신광흡─신재효가 살았던 순조─철종 대에 오면 조희룡으로 그 전통을 이어간다. 조희룡은 옥계시사 이후 인왕산 부근에서 모임을 가졌던 서원시사, 비연시사, 직하시사의 맥을 계승하고 있었다. 그중에서 철종 4년인 1853년에 결성된 '직하시사(稷下詩士)'의 중심을 이루는 시인이자, 화가였다.

정조임금 대에 북학사상은 널리 퍼져나갔다. 북학은 학예일치의 경지를 이상으로 시, 서, 화를 겸수의 문인취미를 추구하는 경향이 강했다. 중인계층은 위항문학운동에 의해 한시에 대한 소양 증대와 하급관리로서의 당연한 기능인 글씨, 그리고 화원이라는 그들 가전의 직업적 연관에서 시, 서, 화의 삼절이라고 일컫는 수많은 예인을 배출하였다. 이러한 예인의 대표적인 인물이 조희룡이다. 그는 추사 김정희의 제자였다. 김정희는 서얼이었던 북학사상의 학자 박제가를 스승으로 받들었고, 자신의 문하에는 이상적·방의용·전기·김병선·김석준 등의 중인 신분의 인물들을 두고 있었다.

조희룡은 젊은 시절 화가인 이재관·이학전 등과

각별하여 산천을 주유하면서 화기를 닦았다. 스무 살 전후 친구들과 도봉산 천축사에 놀러갔다가 날이 저물어 서원에서 하룻밤 묵어갈 것을 청했을 때 원생들이 냉대하자 조희룡은 이재관에게 서화를 그릴 것을 제안했다.

"우리들이 공산, 추성 중에 연하지기로 배고픔을 달랠 수는 있으나 시서화조차 없겠는가?"

이재관은 이에 응해 즉석에서 <추산심시도(秋山尋詩圖)>를 그리고 조희룡은 그 위에 제(題)하여 시를 지어 붙였다.

偶向鍾魚地

來敲俎豆家

此行非乞食

已是飽煙霞

우연히 사찰로 향하다가

서원의 문을 두드리게 되었네

이리 행차한 건 걸식 때문이 아니오.

저녁노을로 이미 배가 부른 것을

원생들은 그 둘을 신선으로 생각하여 변명을 늘어
놓았다.

"서원에 오랫동안 기거했으나 지나가는 객이 기숙
을 청하는 날이 없어서 냉대한 것이 온대 신선께서
분림(賁臨)하실 줄 어찌 기대했겠습니까?"

원생들은 하인을 불러 밥을 지어 올리고 죽 늘어앉
아 동태를 살피었다.

"우리들이 인간 세상에 노닌 지 이미 500년이 되었
는데 마침 자네들에게 들켰으니 어찌 더 숨을 수 있
겠는가?"

조희룡과 이재관 두 화가들은 원생들에게 그림을
몇 장 그려서 나눠주고 돌아와서 주변에 이야기를 해
주니 모두들 포복절도 하였다. 또 조희룡은 오창렬·
강진·김학연·김양원 등과 서원에서 자주 시회를 열
었다. 그것이 바로 직하시사였다. 그 들 중에서 오창
렬은 의관으로서 시(詩)·의(醫) 두 가지로 국왕의 지
우(知遇)를 받았다.

특히 조희룡이 스승 김정희에 대해 인간관계에 있
어 신의를 지킨 것은 유명하다. 김정희의 지우인 영의
정 권돈인이 철종의 왕위계승이 부당하다는 '진종조

예론' 사건을 야기하자 이에 연루하여 김정희는 유배를 가게 되었을 때, 조희룡 부자는 오창렬의 장자 오규일과 함께 김정희의 조아복심(爪牙腹心)으로 지목되어 엄형에 처해진 것은 인구에 회자되는 이야기이다.

조희룡은 시서화를 즐기던 풍류군주 헌종의 총애를 받아 금강산을 유람하고 승경을 시로 묘사하여 바치라는 어명을 받고 이에 복명하고 그림으로 그려 바치기도 할 정도로 시서화 모두에 능통했다.

신재효는 중인계층으로서 한양에서 예술가로서 큰 활약을 펼치고 있던 호산 조희룡을 만나러 갔다. 소문대로 조희룡은 인왕산이 호랑이처럼 걸터앉아 있는 사직동에 살고 있었다. 시인이며, 서예가 그리고 화가였던 조희룡의 초옥은 인왕산 아래 깊은 산중에 있었다. 초가 집안의 서재는 책이 쌓여 있고 화병에 매화가 꽂혀있는 소담한 공간이었다. 조희룡의 서재모습을 짐작해볼 수 있는 근거가 있다. 그 자료는 바로 조희룡이 그린 <매화서옥도>이다. <매화서옥도>는 눈이 내리듯 매화가 흐드러지게 핀 깊은 산골에 위치한 조그만 선비의 집이 등장하는데, 둥근 창을 통해 책이 쌓인 책상을 마주한 주인공이 보인다. 책상 위에 놓인 주둥이가 좁고 가는 술병에는 매화 한 가지가 꽂혀 있다. 조희룡은 그림을 그리다가 신재효가 멀리 고창에서 찾아온 것을 알고는 화선지를 뒤로 밀고는 일어서서 객을 맞이한다.

"누추한 곳을 찾아주시니 영광이올시다."

"아닙니다. 익히 명성을 들어 알고 있는 선생님을 직접 만나 뵈니 감개무량하옵니다."

생각보다 조희룡은 검소하게 살고 있었고 성격도 소탈해서 자신보다 연하인 신재효를 극진히 맞아들였다. 다기를 가져와 직접 녹차 잎을 거르는 그릇에 올려놓더니 뜨겁게 다린 물을 붓는다. 몸은 둥글고 주둥이는 홀쭉한 다기 위에 초록빛 물을 부어서 걸러낸다. 그 둥근 그릇을 들어 찻잔에 다시 붓는다. 신재효는 화가가 직접 끓여주는 녹차의 향기가 서재에서 풍겨오는 묘한 내음과 혼합되어 몽환적인 상태에 빠져들었다. 몽롱한 가운데 신재효는 매화그림이 걸려 있는 벽 쪽을 천천히 바라본다.

"무슨 일로 찾아오셨소?"

조희룡은 찻잔을 입에 대고 한 모금을 마시더니 이내 찾아온 용건을 묻는다. 멀리 전라도에서 내방했다면 중요한 용무가 있을 것이라는 생각이 들었다.

"특별한 용무가 있어 찾아온 것은 아닙니다. 다만 중인신분으로 예술적 재능을 뽐내는 선생님을 뵙고 그 비법을 전수받고자 왔습니다. 특히 저도 고창현에서 새로운 시대의 흐름에 발맞추어 시수창모임도 주관하고 있습니다. 아울러 판소리 여성 창자를 모아 예인으로 육성하려는 포부도 가지고 있습니다. 시회의 경우, 한양에서는 활발한 활동이 정조대왕 때부터 진행되고 있다고 해서 그 움직임에 대해서도 소식을 들으려고 왔습니다."

조희룡은 다시 찻잔에 손이 가다가 행동을 멈추고는 고창에서도 시회가 열린다는 말에 기쁨을 표시한다. 옥계시사와 직하시사의 전통이 전라도와 경상도 등지까지 퍼져나간다는 것이 신기했다.

"그래 활동하는 문인들은 몇 명이나 되나요? 모임에서 매번 시를 지어 읊조리고 그것을 모아 시첩도 만들고 있나요?"

조희룡은 꼼꼼하게 신재효가 주관하는 시회의 현황에 대해 물어본다.

"양반계층도 참여를 하는지요? 또 시제에 부합하는

그림을 그리는 화가도 있는지요?"

신재효는 친한 양반들이 일부 참여했다고 말하면서
단지 화가는 가담하지 않았다고 아쉬움을 표했다. 조
희룡은 시사 운영의 몇 가지 비책을 조언해주며 신재
효의 인물됨에 호감을 표시한다.

"질문하고 싶은 것이 있습니다. 장시 때문에 신분
제가 흔들리고 있습니다. 이제 양반사대부계층만이
조선의 주인인 세상이 바뀌게 될 것이라고 확신합니
다. 그러한 견해에 동감하시는지요? 전 그런 세상을
예술을 통해서 열어가고 싶습니다."

신재효의 충격적이고 진지한 질문에 조희룡은 미소
로 답을 했다. 당연한 것을 그렇게 심각하게 표현하는
것이 이상하다는 감정을 말하는 듯했다.

"장시 때문에 세상이 변화하고 있기도 하지만, 청
나라의 영향도 무시할 수 없습니다. 중국은 이미 서양
의 과학문물을 받아들이고 있지요. 서양의 의사와 건
축가와 예술가들이 청나라로 밀려들고 있어요. 이제
도문일치라는 성리학적 이념은 껍데기에 지나지 않다
고 봅니다. 예술가가 자신의 개성과 감정을 얼마나 솔
직하게 표현할 수 있는가가 중요하게 인식되는 세상

입니다. 선생도, 그러한 변화에 동참해야 합니다.”

신재효는 조희룡의 안목에 속으로 감탄을 했다. 우리나라의 내적인 변화뿐만이 아니라 청나라의 움직임까지 파악하고 있다는 사실에 놀란 것이다. 특히 이념적인 무장이 되어 있는 것에 존경심을 느꼈다. 조희룡은 북학파인 박제가를 스승으로 모셨던 추사 김정희 문하에서 서론과 화론을 익혔던 기품이 우러나오고 있었다. 박제가는 실학자이자 북학사상의 거두였던 연암 박지원의 제자가 아니었던가? 특히 박제가는 서얼계층으로 중인계급이었다.

“우봉 선생을 만나 뵈오니 그동안 쌓였던 내부의 체증이 내려가는 느낌입니다. 선생의 통찰력과 안목에도 심히 놀랐습니다. 돌아가서 좀 더 학문을 닦고 창작에도 연마를 해야 할 것으로 생각되었습니다. 우리는 공통점이지만, 우봉 선생은 화가의 세계를 개척하고 있는데 반해, 저는 음악인의 길을 가고 있는 것이 차이점입니다. 또 선생은 조선의 중심인 한양에서 활동하는 데 반해 저는 저 남쪽 전라도 지방에서 새로운 변화의 물결을 만들어나가고 있습니다. 서로의 장단점을 합쳐서 새로운 사회를 열어 가는 데 사용했으면 합니다."

"참으로 좋은 말씀입니다. 저도 열심히 하겠지만, 동리 선생의 앞으로의 활약상에도 큰 기대를 하겠습니다."

흔히 세상에서 인간의 감동적인 만남을 이야기할 때 퇴계와 율곡의 만남을 말한다. 퇴계와 율곡은 나이 차이가 크다. 1570년 율곡이 서른다섯 살에 드디어 대학자인 퇴계를 찾아간다. 그때 퇴계는 일흔 살이었다. 이념과 지향성이 달랐지만 두 사람은 선생, 숙헌이라고 부르면서 화목하고 은근하게 지냈고, 서로 편지로 왕래하였다. 서로가 사상적인 측면에서 일치하지 못한 것은 퇴계는 주리론자인데 비해 율곡은 주기론자였기 때문이었다. 원나라 정복심이 그린 <심학도>에 대해 율곡이 비판한 것에 대해 퇴계는 답신을 통해 "숙헌의 고명하고 초탈한 견해에도 이 그림을 보는데 이렇게 구애되고 막힐 줄은 생각지 못했습니다."라고 실망감을 드러낸다. 퇴계와 율곡의 시대를 초월한 만남처럼 오늘 두 사람의 만남 또한 한국 문화사에 있어서 한 획을 그을 것이다. 조희룡은 큰 틀에서는 스승인 김정희의 예술관에서 벗어나지 않고 있다.

시, 서, 화의 겸수(兼修)라는 예원(藝苑)의 풍조를 습득하는 것이라든지, 『한와헌제화잡서(漢瓦軒題畵雜序)』에서 "난을 그리려면 만 권의 서적을 독파하여 문자의 기운이 창자에 뻗치고 뱃속을 떠받치고 있어서 열 손가락 사이로 넘쳐 나온 뒤라야 가능하다."고 하여 시품·문품·서품이 어우러진 시서화 일치(詩書畵 一致)를 추구한 것이 대표적인 예가 될 수 있다.

하지만 추사가 조희룡의 난초 그림에 대해 "조희룡과 같은 무리가 나의 난초를 배워 그리나 끝내 화법 일로에 지나지 못하는 것은 그의 가슴속에 문자기(文字氣)가 없기 때문이다."라고 비판한 것에 대해 "새줄기 쭉쭉 푸른 비취가 돋아 오르듯 봄의 꽃모습을 그려내야지…… 가을 길가 들 난초 묶음이야 난초라는 이름뿐 다섯 푼 값도 못되고 말지……"라고 하여 맞받아 친 것은 유명한 일화다. 스승의 서화론에 맞서 수예론(手藝論)과 성령론(性靈論)을 들고 나온 것은 다양성과 개성의 발로이다. 오히려 조희룡의 서화론은 청나라를 통해 유입되던 서구적인 예술론과 상통한 점이 많다. 조희룡은 시론에 있어서도 "무릇 시를 지음에 공허한 문사를 꿰어 놓는 일을 면치 못하고 스스로 기저(機杼)에 나와 홀로 성령(性靈)을 표방하는 자 몇 사람이나 되던가?"라고 반문하면서 시나 글이란 그 사람의 영혼의 목소리이며 영감에서 나온다는 영감론을 강조했다. 또 그 표현을 위해서는 기저를 충실하게 닦아야 한다는 것이라고 하여 습작의 중요성과 기예의 소중함도 논했다. 추사와 그 제자 조희룡의 관점과 예술론의 차이는 다음의 글에서 분명하게 확인이 된다.

예서를 쓰는 법은 가슴속에 청고하고 고아(古雅)한 뜻이 없고 문자향과 서권기(書卷氣)가 없으면 팔뚝 아래 손가락 끝에 피어날 수 없는 것이니 심상한 해서에 비길 바가 아니다.

-秋史

글씨와 그림은 모두 수예(手藝)에 속하니, 그 수예가 없으면 아무리 총명한 사람도 종신토록 배워도 할 수 없다. 때문에 손끝에 있는 것이지 가슴에 있는 것이 아니다.

-又峰

조희룡은 스승이라 하더라도 문인사대부들의 오만함에 대해서는 발끈했다. 일반화사나 중인계층은 책을 많이 안 읽어서 문인화의 기품있는 세계에 도달할 수 없고 품격있는 화풍을 유지할 수 없다는 지적에 대해 맞받아쳤던 것이다. 하지만 "시문, 서화의 무너짐은 속(俗) 한 자에 있다. 이 속(俗)이란 한 글자의 무거움은 대기력(大氣力)으로도 뽑아 버릴 수 없다. 사람의 품격 역시 그러하니 사람의 속됨을 무엇으로 고칠 수 있겠는가?"고 하여 시문, 서화에서 가장 경계해야 할 것이 속기(俗氣)이며, 인품이 결국 작품을 좌우한다는 지론에서는 벗어나지 않음으로써 스승의 예술관의 큰 틀은 유지한다. 이렇게 개성이 넘치는 조희룡과 신재효가 선뜻 만난 것이 조선 후기 문화발전에 어떠한 기여를 하게 될 것인지 궁금하다.

조희룡을 어렵게 만나고 돌아온 신재효는 한동안 멍멍해서 일이 손에 잡히지 않았다. 도가적인 풍모와 지성미를 겸비한 화가 조희룡과의 만남은 신선한 충격으로 다가왔다. 자신도 아버지세대와는 다른 삶을 살아야 하겠다는 다짐을 해본다. 시회도 좀 더 혁신적으로 발전시키고 판소리와 민요채집에도 보다 심혈을 기울여야 할 듯하다. 또 진채선이 교방에서 교육을 잘 받고 있는지도 궁금하다. 편지를 인편으로 보내 채선이에게 잠시 다녀가라고 전갈을 했다. 웬일인지 오늘 밤에는 채선이가 보고 싶다. 여복이 지지리도 없는 신재효라서 그런지 진채선은 신재효 자신에게는 하늘에서 내려온 선녀로 인식되었다. 제자이면서 연인의 경계에서 아른거린다. 자리를 펴고 누웠는데도 어둠 속에서도 채선이의 고운 얼굴이 떠오른다. 치마 끝을 잡고 구성진 소리를 토해내는 그녀의 자태가 다가와 잠을 쉽게 이루지 못한다.

여인의 향기

　신재효는 잠이 오지 않아서 괴로워했다. 모로 누워
도 잠이 오지 않았고, 배를 깔고 누워도 잠이 오지 않
았다. 밤새 뒤척이며 전전반측(輾轉反側)을 했다. 다시
일어나 호롱불을 켜고 『논어』를 꺼내 읽는다. 글 읽
기가 진척이 되지 않았다. 겨우 몇 장을 넘기다가 피
로감에 다시 불을 끄고 누웠다. 땀을 흘리며 헛소리까
지 하면서 비몽사몽간에 잠이 들었다. 꿈에 산속의 깊
은 소(沼)에서 목욕을 하다가 별안간 천지가 컴컴해지
더니 몸이 승천했다. 뭉게구름이 뒤덮여 있는 신비로

운 공간에 사뿐히 내려앉았다.

"이곳은 어디인가? 참으로 신비로운 일이다."

저 멀리 한 동자가 나타나 자신이 있는 곳으로 다가오는 것을 보았다. 피리를 불고 있는 동자는 인간의 모습이기는 하나 비단옷을 걸쳤는데, 인간세상에서는 본 적이 없는 차림이었다.

"어디를 찾아 가는 길인가요?"

"참으로 기이한 일이오. 좀 전에 깊은 산중에서 목욕을 하고 있었는데, 그 다음 일은 도저히 알 수가 없소이다."

"당신은 길을 잘못 들었소이다. 이곳은 천상세계입니다. 어찌되었든지, 이곳으로 오셨으니 나를 따라 오세요."

신재효는 동자를 따라 산 중턱으로 난 좁은 길을 따라 하루 종일 걸어서 대궐 같은 집에 도달했다. 주변은 깎아지른 듯한 절벽과 하늘을 누를듯 솟아 있는 기암괴석으로 이루어진 큰 봉우리로 둘러싸인 신비로운 곳이었다. 마치 태산같이 솟아 있는 깊은 산중에 구중궁궐 같은 화려한 궁전이 나타날 줄은 꿈에도 몰랐다. 위부인이 관장하는 선계인가고 혼자 생각을 해

본다. 웅장한 문을 지키는 문지기가 다가와서 신분을
묻는다.

"나는 봉황을 찾으러 가는 중에 이 남자를 만나서
데리고 왔소이다. 서왕모님께 데리고 가서 자초지종
을 말하고 출입을 허가 받아야 할 것으로 생각되오니
만……."

"알았소. 연락을 해 보리라. 나를 따라오시오"

신재효는 문지기 장수를 따라 궁궐 안으로 들어갔
다. 서왕모라면 견우와 직녀를 멀리 떨어져 있다가 칠
월칠석날만 만나게 해준다는 천상계의 여제가 아닌가.
문을 들어서자 풍광이 한 눈에 들어왔다. 곤륜산 꼭대
기에 자리잡고 있어서 시야가 탁 트인 것이 가슴의
막혀 있는 부분을 내려가게 해주는 느낌이었다. 서왕
모의 궁전은 지상과 천계를 연결시켜 주기 때문에 인
간이 쉽게 더듬어서 갈 수 있는 곳이 아니다. 궁전 왼
쪽에는 요지(瑤池)라는 아름다운 연못이 있고, 오른쪽
에는 취수(翠水)가 있으며, 산 밑으로는 약수라는 강이
흐르고 있었다. 낭떠러지 밑은 눈이 어질어질할 정도
로 깊어서 대장관이지만, 오랫동안 쳐다볼 수가 없었
다. 그 아래 바다에는 파도가 높게 쳐서 인간이 감히

접근할 수 없는 공간으로 생각되었다. 고립된 산 정상에 위치한 서왕모의 궁궐은 광활한 평지에 위치하고 있으며, 황금과 대리석으로 벽이 장식되어 있어서 휘황찬란하였다.

"대단하군. 어떻게 이렇게 위용 있는 궁궐을 지을 수 있었을까? 아마도 인간이라면 만들 수 없는 건축물인데, 신들이 움직여서 가능했을 거야."

"왜 혼자서 중얼거려요? 말없이 나를 따라오시오."

문지기는 수문장에게 신재효를 인계하고 자신은 다시 정문을 향해 나아갔다. 수문장은 미리 보고를 하였는지 신재효를 바로 서왕모의 집무실로 안내하였다. 서왕모를 친견하러 가는 길에 많은 신과 신선들을 만났다. 탁탑천왕과 제천대성, 그리고 태상노군으로 보이는 신선들을 오고가면서 마주쳤다. 탁탑천왕은 칼과 창, 불타오르는 바퀴방패 등 6개의 손을 움직이며 여러 가지 무기를 휘두르고 있어서 그 위용이 대단했다. 제천대성은 『서유기』에서는 손오공으로 나오는 인물인데, 사후 서왕모의 궁전으로 불러와서 궁궐을 지키는 신선으로 활동하고 있었다. 원래 제천대성은 천계의 옥황상제로부터 필마온이라는 마구간을 지키는 직위를 받았지만, 차분하게 그 직무를 수행하지는 않아서 신들 중에서 문제아로 낙인이 찍힌 인물이다. 그는 태상노군이 만든 불로장생의 비첩인 단약을 몰래 훔쳐 먹기도 하고, 서왕모의 반도를 빼돌리기도 하는 등 신출기묘한 행동을 일삼아서 옥황상제의 노여움을 산 인물이다. 결국 옥황상제는 분기를 참지 못하고 그를 체포하라고 명령을 내린다. 하지만 그를 잡는 것도 쉽지 않은 일이었다.

탁탑천왕과 이랑진군 그리고 나타삼태자가 함께 나서서 제천대성을 잡아보려고 했지만, 번번이 실패하고 만다. 결국 태상노군이 자신의 왼쪽 팔목에 끼고 있던 금강탁이라는 팔찌를 던져 어렵게 그를 체포할 수 있었다. 제천대성은 천계에서는 문제의 신이지만, 인간계에서는 인간에게 큰 도움이 된 신이다. 그는 사귀를 물리치고 악령들의 위협에서 인간을 보호해주는 신으로서 현실에서는 민중들의 신앙의 대상이 되었다. 우선 제천대성이 태어난 과정과 성장과정도 재미가 있다. 먼 옛날 우주로부터 떨어진 운석이 해와 달의 정수를 흡수하여 원숭이가 되었다는 탄생신화가 그것이다. 제천대성은 외계로부터 우주로 흘러들어온 것이다. 그 운석 아래에서 자란 씨앗이 운석으로부터 떨어지는 이슬을 마시고 자라났다는 이야기가 전해진다.

태상노군은 도가의 개조로 칭송되는데, 본명은 이이이고, 전국 시대 초기에 실재했던 인물이기도 하다. 그는 '노자'로 불리는 인물인데, 사후 천계로 흘러들어가 신선이 된 인물이다. 주나라 때 왕실의 장서를 관장하는 사관을 지냈다고도 하고 철학자로 이름을 날렸으나 자신을 숨기고 이름을 드러내지 않는다는 생각을 가지고 있었기 때문에 그 위대함이 민중들 속으로 퍼져나가지 못했다. 그의 기본 사상은 '무위자연' 사상이다. 이 사상은 만물의 근원은 '무'이며, 무의 성격은 곧 '자연'으로, 사물에 부딪히거나 거스르지 않고 항상 높은 데서 낮은 데로 흐르는 물과 같다는 의미이다. 이러한 무가 바로 우주의 생명의 근원을 이루는 본질이라고 설명한다. 천상계로 와서 노자는 제천대성인 손오공을 벌하기도 했는데, 그 외모는 신기하게 생겼다. 신장이 보통 인간의 세 배나 되고 코는 새의 부리와 비슷하게 생겼으며 눈썹은 매우 길고, 귀도 길어서 신비로움을 감추고 있는 형상이었다. 항시 거북으로 만든 침대에 길게 누워서 지내는데, 몸에는 오색구름이 휘감겨 있으며, 천계의 동서남북을 지키는 수호신인 청룡·백호·주작·현무가 호위하며 머리 위에는 번개가 빛나고 있었다.

태상노군 노자는 어머니가 오얏나무 밑에서 낳았으므로 오얏 이씨가 되었고, 어머니가 유성을 보고, 기를 느끼는 순간 잉태하였으므로 탄생 또한 신비롭기만 하다. 노자의 어머니는 잉태한 지 72년째에 노자를 낳았다. 탄생할 때도 보통 인간과 달리 어머니의 왼쪽 옆구리를 열고 나왔으며, 애당초부터 흰머리여서 '노자'라고 널리 불렸다.

"강령하신지요? 몹시 뵙고 싶었습니다."

"나를 만나서 무엇을 하시려고? 우리 같은 신선과는 피하고 사는 것이 행복이 될 것이외다."

신재효는 평소 존경하던 태상노군을 알아보고 예를 갖추어 허리를 굽혀 절을 했다. 수문장을 따라 점차 깊은 구중궁궐로 들어간 신재효는 드디어 신비로운 분위기가 감도는 여신 중에서도 여신인 여제 서왕모를 친견하게 되었다.

"그래 왜 지상에서 사는 선비가 이곳 천상계의 궁

궐로 들어오게 되었는가?"

"그냥 비몽사몽간에 서왕모님의 궁전으로 들어오고 말았습니다. 용서해 주시옵소서."

"혹 우주에서 좋아하던 처자가 있어서 그를 몹시 생각하다가 돌연 들어오게 된 것은 아닌지?"

"물론 현실의 꿈속에서는 '진채선'이라는 제자를 흠모하였습니다만……."

"누구를 말하는 것인가? 구천현녀인가 아니면 천선낭랑인가? 그도 아니면, 혹 자란선자, 자미선자, 자매를 말하는가?"

"전 현실의 인물만을 기억합니다. 천상계로 인도된 다음에는 잘 모르겠사옵나이다. 기억이 나지 않습니다."

"그렇겠지요. 지상의 시간과 천상의 시간이 많이 다르니까요. 대개 천상계의 하루는 인간계의 일 년에 해당되니까요."

서왕모는 신재효에게 여러 가지 현실세계의 문제를 물어보고 인간 됨됨이에 대해서도 질문을 던졌다. 유교와 불교에 대해 이것저것 꼬치꼬치 물어보면서 신재효의 종교관에 대해 질문을 던졌다. 맹자의 '인의예지'가 설득력 있는 생활철학인지 확인을 해보기도 했다.

"맹자는 인의예지를 후세 학자들이 설명한 사단(端)이라는 용어를 사용해서 그 덕을 발생시킬 수 있는 가능태가 인간의 본성에 있다고 설명했지요."

"인간은 근원적으로 착하다는 전제를 바탕에 깔고 말한 것이겠지요?"

"네에. 그렇습니다. 인간의 마음에는 측은하게 여기는 마음이 있는데, 이러한 마음은 인간의 본성에 인(仁)이라는 본성이 있다는 것을 보여주는 끝이라는 것이라는 설명입니다. 측은하게 생각하는 마음은 남이 불행에 빠졌을 때 그냥 보고 넘어가지 못하고 도우려는 마음이 생긴다는 뜻입니다. 맹자는 우물에 빠지려는 어린아이를 보았을 때를 예로 들면서 그 지나가는 남자가 부모를 미리 아는 것도 아니고, 마을사람들에게 도와주었다는 소문을 의식해서 한 행동도 아니라고 설명했습니다. 우리의 마음속에 본성으로 그러한 어진 마음(仁)이 자리잡고 있기 때문이라고 말했습니다."

"설명을 들어보니 인간세계의 철학자치고는 매우

영리하고 대단한 논리를 가진 학자라는 생각이 듭니다."

"맹자는 측은하게 생각하는 마음은 인의 단서이고, 부끄러워하는 마음은 의(義)의 단서이며, 사양하는 마음은 예(禮)의 단서이고, 시비를 가리는 마음은 지(智)의 단서라고 말했습니다. 인간이 이 네 가지 단서를 가지고 있는 것은 마치 사람이 몸을 움직이는 사지를 가진 것과 마찬가지라고 설명했습니다."

"그렇다면 만약에 아무리 생각해보고 반성해봐도 자신이 잘못한 것이 없는데, 상대방이 내게 도리에 맞지 않게 행동한다면, 어떻게 하겠는가? 충돌이 일어나고 갈등이 발생하지 않겠는가?"

서왕모는 예리한 질문을 했다. 신재효는 공맹의 제자로써 자신의 생각을 보태어 답변을 했다.

"맹자는 군자가 보통 사람과 다른 이유는 그 마음을 간직하기 때문이라고 말했습니다. '군자는 인으로써 마음을 간직하고 예로써 마음을 지킨다.' '인한 사람은 남을 사랑하고 예를 지닌 사람은 남을 공경한다. 남을 사랑하는 사람은 남도 항상 그를 사랑하고 남을 공경하는 사람은 남도 항상 그를 공경한다. 어떤 사람이 자신을 도리에 어긋나게 대할 경우, 군자는 반드시 자신을 돌아보고 반성하며, 내가 참으로 어질지 못해서 그럴 것이라고 생각한다'는 것입니다. 맹자는 자신이 반성하고 반성해도 도리에 어긋나지 않게 행동했는데도 불구하고 상대방이 예의에 벗어나게 행동하면, '이 사람은 몹쓸 사람이구나! 이 사람은 금수와 다를 바가 없지 않은가'라고 생각했습니다."

"자네는 세상을 살아가는 데 가장 소중하게 생각하는 금언을 가지고 있는가?"

"네, 저는 '과유불급'이라는 말씀을 좋아합니다. 『논어』에도 나오고, 『중용』 33장에도 구체적으로 언급되어 있는 말씀입니다."

"그 뜻은 쉽게 풀이하면 어떤 의미를 지니는가?"

"'지나친 것은 모자람과 같다'는 뜻입니다. 『논어』 '선진편(先進篇)'에 나오는 말로, 자공이 공자에게 "사(師: 子張의 이름)와 상(商: 子夏의 이름)은 어느 쪽이 어집니까?" 하고 묻자, 공자는 "사는 지나치고 상은 미치지 못한다"고 대답하였다. "그럼 사가 낫단 말씀입니까?" 하고 반문하자, 공자는 "지나친 것은 미치지 못한 것과 같다(過猶不及)"고 답했습니다. 『중용』 33장에도 나옵니다. 주희는 그것에 대해 중(中)이란 한쪽으로 치우치지 않고 기울어지지 않으며, 지나침도 미치지 못함도 없는 것(不偏不倚無過不及)을 일컫는 것이고, 용(庸)이란 떳떳함(平常)을 뜻하는 것이라고 설명했습니다. 정자(程子)는 기울어지지 않는 것(不偏)을 중이라 하고 바꾸어지지 않는 것(不易)을 용이라고 좀 더 다듬어서 말했습니다."

"자네를 만나보니 그 동안의 내 가슴속에 있던 시름의 덩어리가 사라지는 느낌이 드는군. 바로 현세로 돌아가지 말고 이곳 세상에서 한동안 살아보면 어떻겠는가? 나를 도와서 천상계의 질서를 바로 잡아주면서 말이네."

"저로서는 영광입니다. 혹 불초소생이 여왕께 폐가 되지는 않을는지요?"

서왕모는 신재효의 사람 됨됨이나 품성에 감동을 받았다. 나름대로 철학관도 분명하고 모나지 않은 태도가 마음에 들었다. 보다 중요한 것은 그에게서 느낀 인간에 대한 진정성이었다. 사람과 사람이 만났을 때 가장 중요한 것은 인간미가 우러나오는가 하는 점이다. 서왕모도 신재효가 차분하게 말을 하는 가운데 느껴지는 진실성에 흡족감을 표시했다.

"자네를 천상세계의 문창제군으로 임명하려고 하네. 며칠 있다가 어전에서 중신들을 모아놓고 회의를 한 후에 통보해 줄 터이니 우선 객사에 가서 몸을 풀고 며칠 푹 쉬도록 하게나."

"네. 감사합니다."

문창제군은 북두칠성의 첫 번째 별부터 네 번째 별 사이에 있는 여섯 별을 신격화한 것이다. 다른 일설에는 당나라 때 태어난 장아 대신이었다고 전해지고 있다. 그는 고향인 절강성을 떠나 사천성 재동으로 가서 후학을 양성하였는데, 인품이 훌륭하고 문장력도 탁월했다고 한다. 명나라와 청나라에 들어와서 문창제군은 아주 인기가 높아져서 대부분의 교육기관에서 문창제군을 모시는 사당이 건립되었다. 문창제군은 학문의 신이기도 했지만, 수험의 신이기도 했다. 중국에서 그가 인기가 높았던 이유는 과거제도와 밀접한 연관성이 있다. 중앙집권제를 강화하는 데 목적을 둔 과거제는 모두에게 평등한 기회를 부여한다는 이상적인 제도에서 출발했다. 과거를 통해 등용된 인재는 귀족이나 호족과 인연이 없는 사람이므로 그들이 관료의 중심에 서면 토호세력을 누를 수 있다는 계산이 뒤따른다. 문창제군이 인기가 있게 된 것은 이러한 과거제도를 둘러싼 정치적인 이해관계와 관련이 있다. 어찌되었든 서왕모가 신재효에게 문창제군의 임무를 준 것은 신재효의 학문적 수준을 높이 본 것이고 그의 성품의 강직함과도 연관이 있다.

신재효는 서왕모가 딸려 보낸 시녀를 따라 객사로 가서 목욕을 하고 잠을 청했다. 다음날 시녀는 궁궐에 딸린 정원과 호수를 구경시켜 주었다. 신재효의 호기심을 자극한 곳은 바로 선도원이었다.

"저 정원이 바로 선도원인가요? 천궁의 복숭아나무가 수천 그루가 열린다는 곳이지요?"

"네에 맞아요. 저기 열린 복숭아는 아무 때나 따 먹으면 안 돼요. 큰일 납니다. 여제께서 아시면 큰 벼락을 맞아요."

천궁의 선도원은 유명하다. 매년 3월 3일에 서왕모의 생일을 지낼 때마다 '선도성회'를 열었다. 천궁 안의 어떤 명목의 연회라도 서왕모의 선도성회보다 더욱 사람을 미혹시키고 성대하게 거행되는 모임은 없었다. 1년에 한번 열리는 선도성회에서 여러 신선들과 각 지역의 신관들을 불러 모두 연회에 참석하게 하는데, 이때만 선도원의 복숭아를 먹어 볼 수 있게 했다. 이 복숭아나무 산에는 두 명의 숲을 지키는 신선이 있었는데, 그들은 매년 서왕모에게 복숭아를 진상했고, 서왕모가 먹고 남은 복숭아씨를 직접 하늘에 심은 것이다. 하늘의 토질과 공기가 좋았으므로 복숭아나무는 점차 무성해져 커다란 복숭아 숲을 이루게 된 것이다. 제천대성이 옥황대제의 명으로 파견되어 선도원을 지킬 때, 선도원에는 총 3천 6백 그루의 나무가 있었다. 앞쪽의 1천 2백 그루는 꽃이 작고 열매가 작으며 3천 년에 한번 열매를 맺고, 사람이 먹으면 신체가 튼튼해지고 몸이 가벼워진다. 중간의 1천 2백 그루는 꽃이 향기롭고 열매가 실하며 6천 년에 한번 열매를 맺고, 사람이 먹으면 불로장생한다. 뒤쪽의 1천 2백 그루는 꽃이 붉고 열매가 크며 9천 년에 한번 열매를 맺고, 사람이 먹으면 하늘과 땅처럼 장수한다. 천궁의 선도원의 경우 일 년 내내 꽃이 피어 시들지 않고 매년 잘 익은 선도를 딸 수 있었다.

"선도원을 구경해도 되나요?"

신재효가 걱정스럽게 물었다.

"네, 구경만 하는 것은 상관없어요. 단지 복숭아를 따거나 따서 먹으면 안 돼요."

그때 우연히 선도원에서 아리따운 선녀가 복숭아나무를 구경하면서 경치를 완상하고 있었다. 시녀는 신재효에게 천궁에서 가장 아름다운 선녀인 자란선자라고 소개를 했다. 신재효는 반대편에서 가깝게 걸어오는 자란선자를 보고 가벼운 목례를 건넸다. 자란선자는 부끄러운 듯 얼굴에 홍조를 띠고 미소를 머금고는 지나갔다. 신재효는 객사로 돌아와서 보료에 누웠으나 잠이 오지 않았다. 이해가 되지 않는 것은 자란선자를 처음 만났는데도 자주 만난 것 같은 친근한 모습이었다는 점이었다.

"정말로 이상하네. 자란선자는 지상에서 자주 만난 것 같아. 왜 그렇게 가깝게 느껴지는 것일까?"

그 순간 자란선자도 마찬가지로 잠을 이루지 못하고 있었다. 이리 뒤척 저리 뒤척 전전반측을 하고 있었다. 분명히 처음 보는 얼굴이었다. 아마도 외부에서 손님이 찾아온 것이라고 생각했다. 자란선자는 다음 날 선도원을 산책하면서 외부 손님과 다시 마주칠 기회를 잡아야 하겠다고 생각하면서 잠을 청했다. 자란선자는 새벽이 가까워서야 겨우 잠이 들었다. 아침이 되어도 간밤의 생각 때문에 몸이 찌뿌둥한 것이 몸놀림이 원활하지 못했다. 다른 선녀들에 끼어서 아침을 먹고 다시 산책을 나갔다. 평소의 그녀답지 않게 적극성을 띠고 있었다. 신재효도 시녀들이 차려준 아침식사를 하고 호수를 한 바퀴 돈 후 선도원으로 다시 접어들었다. 두 사람은 미로의 복숭아 숲 속을 걷다가 운명처럼 다시 마주쳤다. 가벼운 목례를 올린 두 사람은 누가 먼저라고 할 것이 없이 나란히 숲 속의 오솔길을 걸어갔다. 햇살이 얼굴에 비친 자란선자는 정말로 숲 속의 요정이었다. 머리에서 귀로 두른 흰색의 장식천이 신비로움을 감싸 도는 듯 느껴졌다. 흔히 아름다운 여인을 여상삼구(女相三俱)라고 하는데 자란선자는 '장목려안', '피윤옥골', '신장비이'를 잘 갖추고 있었다. 장목려안(長目麗眼)이란 눈매가 길고 고와야 한다는 것이고, 피윤옥골(皮潤玉骨)이란 피부가 매끄럽고 귀골이어야 한다는 의미이다. 신장비이(身長非異)란 키가 크지도 작지도 않아야 한다는 뜻이다. 자란선자는 신재효에게 이러한 여상삼구를 잘 갖춘 미인으로 여겨졌다. 그러한 화용월태에다가 걷는 자태가 버드

나무 가지처럼 허리가 짤록하고 부드러웠다. 요료(嫋嫋)한 걸음걸이는 남성의 눈을 요람처럼 흔들거리게 만들었다. 자신을 바라보는 눈웃음이 3요(妖)를 지니고 있기도 했다. 즉 웃음 지을 때 볼이 오목하게 들어가는 교태, 남자를 홀리는 눈웃음, 그리고 옥사슬 같이 가지런한 이가 보일 듯 말 듯 지어내는 미소가, 보름달이 사창에 비치는 은은한 모습과 흡사했다.

"참으로 아름다운 가인이군요."

"아니 소녀보고 하시는 말씀이신가요? 아니면 복숭아꽃의 아름다움에 대한 독백인가요?"

"재색을 겸비한 것도 같고…… 미인이되, 선인(嬋人, 몸매가 날씬한 여인)이기도 하니 인간세계에서는 만날 수 없는 아름다운 자태라오."

"저가 외모만 출중하다는 말씀이옵니까?"

"아니라오. 낭자에게서 향기가 나는 것이 마음을 빼앗긴 요인이올시다."

"저한테서 고운 향기가 난다고요?"

"그렇다니까요? 남성의 마음을 이끄는 묘한 내음이랄까?"

여인이 매혹적인 요인으로는 몇 가지가 있다. 그

중에서 후각을 자극하는 것은 매우 강렬한 이끌림으로 작용한다. 은쟁반에 옥구슬 굴러가는 가는 목소리도 자극적이고, 고운 자태와 둔탁한 엉덩이도 매력적이지만 가장 강한 흡인력은 향기로운 내음에서 나오게 된다. 그래서 예로부터 동서고금을 막론하고 여인은 향기가 나는 화장술을 발명했던 것이다. 고대 서양에서는 보석·의상·머리 모양 등의 장식을 다루는 법, 위생학, 의학적인 보호 수단을 지칭하는 화장술과 부자연스럽고 과도한 화장술로 구분하였다. 전자는 전통적으로 유녀들이나 소문난 성도착자들의 전유물이었다면, 후자는 자연스런 용모의 보존을 목적으로 하는 의학에 속하는 학문이었다. 이 때만해도 화장은 겉치레, 거짓, 허상에 속하는 것이었고 정당하지 않고 무의미한 순간적인 아름다움을 줄 뿐이었다. 하지만 동양에서 전해온 짙은 화장이라는 미개한 유행은 고대 도시를 매료시켰다. 또 지하수로의 개발로 2,300여 명을 동시에 수용할 수 있는 공중목욕탕을 창조했다. 여성들은 옷을 벗고 맨몸으로 남자들과 함께 목욕을 즐기거나 휴게실에서 수다를 늘어놨다. 중세에서 근대로 오면서 마른 체형의 여성인 어린 아가씨가 인기를 끌다가 통통한 체형이 인기를 끈 경우는 있어도, 향수를 넣은 욕조에서 목욕을 하거나 분을 바른 흰 바탕을, 관자놀이 부근은 갈색, 입술 주위는 밝은 색조로 칠했고, 광대뼈와 눈 가까이에만 원형으로 연지를 바르는 화장술은 변함이 없었다. 특히 향수를 푼 욕탕에서 정오까지 나른함을 즐기는 귀족 여인들의 향기에 대한 몰입은 남성들의 코를 예민하게 자극시켰다. 바이런은 하렘의 그늘 아래에서 창백해진 동양의 여인을 꿈꾸었다. 메카의 향유는 낭만적 아름다움을 가꾸는 데에 있어서 가장 적합한 화장품이 되었다. 단 편도(아몬드)의 기름이나 우유에 희석하여 사용했던 이 향유는 피부를 벗겨 희게 해주었다. 앵그르의 <목욕하는 여인>처럼 젖빛을 띤 하얀 등을 가진 여인은 모든 여성들의 이상이었다. 언제나 향기를 내뿜는 여인을 꿈꾸는 것은 더 이상 호사스러움이 아니었다. 이제 향수와 거울은 여인들의 상용품이 되었다. 박물장수만 기다리는 규방의 여인들을 생각만 해도 남성들은 싱그러운 향기에 몸서리를 치게 된다.

"고혹적인 향기를 뿜어내는 여인이라? 그러한 과찬을 하시면 나중에 어떻게 책임지시려고 그러세요? 그

나저나 어떻게 천궁에 오시게 되었나요?"

"우연히 꿈을 꾸다가 몸이 비상하여 곤륜산에 도달하게 되었소이다. 서왕모께서 예언처럼 말씀하신 바와 같이 아리따운 선녀를 만나려고 그랬나봅니다. 참으로 묘한 인연이올시다. 하필 호수와 선도원을 산책하는데, 낭자를 만나게 될 줄이야?"

"저도 그렇게 생각합니다. 자주 선도원을 걷곤 하는데, 남자 신선을 만난 적은 한 번도 없습니다. 특히 외부의 사람을 만나게 될 줄은 전혀 생각지 못한 일이옵니다."

신재효는 주머니에서 귀한 선물을 꺼내들었다. 값비싼 물건인지 몇 겹으로 비단 천으로 말아 싸서 바지주머니에 매달고 있었다.

"'도금투호삼작노리개'라오. 지상계에서는 매우 귀한 것입니다. 아주 귀족 부인이거나 큰 갑부가 아니면 가질 수 없는 보물이올시다."

"아니 그런 귀한 물건을 소저에게 주시겠다는 말씀이옵니까? 부끄럽사옵니다."

"상관치 말고 우리 인연을 소중히 생각하자는 의미로 드리는 것이니 받아주세요."

"그러면 저도 선물을 하나 드리겠습니다. 인간세계에서는 얻을 수 없는 복숭아를 한 개 따서 드리겠소이다. 저쪽 나무의 열매인 복숭아는 불로장생하는 과일입니다. 오래 사셔야 다시 천궁으로 오셔서 소저를 다시 만나게 될 것 아니옵니까?"

"아주 소중한 선물로 알고 받겠소"

신재효로부터 귀중한 장신구를 받은 자란선자는 그만 금기를 어기고 천도를 따고 말았다. 선도원의 복숭아는 그 아름다움을 감상만 해야지 절대로 따서는 안되었다. 이미 만 리를 내다보는 현안을 가진 서왕모는 자란선자의 이러한 행동을 샅샅이 살펴보고 있었다. 현자이자 군자인 문창제군을 꼬여 유혹하는 교태스러운 행동에 분기를 느꼈다.

"어떻게 처음 보는 남자에게 저러한 색태어린 행동을 할 수 있는가? 그러니 평소에도 많은 남자 신선들이 침을 흘리고 주변을 맴돌고 다니지 않나?"

"아마 자주 보지 못하는 고상한 인품의 남성에게 자신의 본분을 잊고 잠시 현혹되었나봅니다. 너그럽게 용서해주세요."

"안 되느니라. 천궁의 질서를 잡기 위해서라도 일

벌백계를 해야 한다. 저년을 당장 묶어서 동굴 감옥에 가두었다가 한 달 후에 인간 속계에 추방하도록 하라. 아울러 문창제군도 바로 인간계로 쫓아버려라."

"네에 분부대로 하겠나이다."

신재효는 낭떠러지로 끌려가 바로 아래로 밀쳐버리는 형벌을 받았다. 몸이 거꾸로 추락하는 가운데 놀라서 잠이 깨었다. 온몸이 땀으로 가득했다. 일어나서도 한동안 무릎을 꿇고 앉아 정신을 통일시키며 천궁에서의 체험을 기억해두려고 애썼다. 하지만 아침식사를 마치자 간밤에 백일몽은 그냥 사라져 버렸다. 천궁의 자란선자가 바로 진채선이라는 생각만 들었다. 전생에 득죄하여 지상에서 사제지간의 인연을 고통스럽게 이어가는 것이라는 사실을 받아들였다. 죄를 많이 지었으니 우리의 사랑은 단명하고 마는 것은 아닌가 걱정도 되었다. 그럴수록 더욱 진채선이 보고 싶었다. 그의 항아 같은 고운 모습을 바로 보고 싶었다. 진채선도 낭떠러지에서 밀쳐져서 추락했다. 지중해의 여신 페드라와도 같았다. 이룰 수 없는 사랑을 꿈꾸며 추락했던 페드라와 같이 머리가 먼저 땅으로 향하며 놀라운 속도로 떨어졌다. 슬픔을 감당할 시간도 없었다. 비명을 지를 여유조차 없었다. 천계에서의 인연은 끝이 났지만, 여인의 향기는 진한 잔상을 남겼다.

위기는 닥쳐오고

　진채선은 낙천적인 여인이었다. 어린 나이에 관기
로서 겪는 많은 슬픔과 고통이 있었지만, 항상 긍정적
인 생각으로 어려움을 이겨나갔다. 그녀의 밝은 미소
는 행수기생이나 윗전으로부터 좋은 평가를 받게 하
는 요인이었다. 특히 어머니의 신분과 연관해서 어려
서부터 놀림을 많이 받았지만, 이제는 그것의 장점을
활용하려고 노력한다. 조그만 꼬맹이 때에 동네 친구
들은 채선이를 무당의 딸이라고 놀렸다. 옆집 친구까
지 손가락질 하는 것이 어린 채선에게는 너무나 큰

고통이었다. 어머니 가람은 소위 당골이었다. 당골이란 무당을 말한다. 참으로 모순이었다. 동네사람들은 몸이 몹시 아프거나 집안에 안 좋은 일이 생기면 어머니를 찾아와서 점을 치거나 집안으로 초청하여 무당굿을 한다. 그만큼 어머니에 대한 마을 사람들의 친밀성과 의존도도 매우 높았다. 그러면서도 평소에는 무당이라고 놀리고 무시를 했다. 얼마나 모순된 행동인가? 어린 채선이에게도 이 점은 이해가 되지 않았다. 한번은 옆집 진옥이와 크게 다툰 적이 있다.

"니 왜 자꾸 무당 딸이라고 놀리는 거야? 울 엄니가 무당인 것이 니한테 뭔 상관이여?"

"무당 딸이 말끝마다 대드니 그런 놀림을 받는 거지? 무당 딸답게 굴어야제……."

"그래 무당 딸은 사람이 아니란 말이여? 무당 딸은 항상 굽신거려야 허여? 무당은 죽어지내야 되느냐고?"

"무당은 백정과 매한가지로 젤 천민이여. 그렁께 무시당하는 것이여. 누가 니 보고 천민으로 태어나라고 혔냐? 니 엄니한테 가서 캐물어보랑께?"

"네 이년 가만 놔두지 않을 거여. 한 번 죽어볼 꺼여?"

진채선은 진옥이의 머리채를 움켜쥐고 땅바닥에 뒹굴며 몇 대를 후려쳤다. 진옥도 채선의 몸 위로 올라타서 손으로 뺨을 갈겼다. 두 아이 모두 얼굴에 생채기가 나고 무릎도 까졌다.

싸우다가 진채선은 그냥 울음을 터뜨리고 말았다. 이유도 없이 슬펐다. 집으로 달려와서 엄마 가람의 무릎에 엎드려 눈물을 쏟아냈다.

"엄니는 왜 무당으로 태어나서 가스나들한테 놀림을 받도록 하는 거여? 울 엄니는 너무 나뻐…… 나뻐…… 너무해……."

가람은 자신이 당골인 것에 대해 크게 개의치 않았는데, 딸이 밖에서 놀림을 받고 들어오니 속이 상하고 부아가 올랐다. 당골이 무슨 죄가 있단 말인가? 그날 가람은 평생에 흘린 눈물만큼을 딸을 부여잡고 쏟아냈다. 서러움이 아래서부터 차올랐던 것이다.

우리나라의 무당에는 두 종류가 있다. 대개 지역에 따라 두 종류로 나뉜다. 신이 들려서 무당이 된 경우를 강신무라고 한다. 그 대신 신들림의 경험 없이 집안에서 내려오는 무당을 세습무라고 한다. 지역에 따라 강신무와 세습무의 구분은 분명하게 나뉜다. 한강

이북 지역인 태백산맥 서쪽 지역권의 무당이 강신무이다. 서울을 비롯해서 경기도·황해도·평안도·함경도 지역과 강원도 영서지역에서는 강신무들이 주로 활동을 했다. 그에 비해 수도권인 경기, 인천을 비롯해서 한강 이남의 경기도·충청도·전라도·경상도 그리고 동해안을 낀 강원도 지역은 세습무권에 속한다. 제주도는 세습무와 강신무가 모두 존재하는데, 점을 치는 신칼·요령·산판 등 무구를 중시하여 무당의 조상으로 모신다는 점이 특이하다.

세습무란 당골·무녀·무당 각시로 불리는 여자만이 사제자인 무당이다. 지역에 따라 광대·사니·화랭이·양중·창우·재인 같은 다양한 이름을 갖는 남자가 끼는 것이 특징이다. 남자는 간혹 굿 가운데 염불이나 여흥적인 놀이를 맡기도 하지만 대개 악사로서의 기능이 더 중시된다. 세습무가의 여자라 해도 대개 처녀 때에는 굿을 하지 않다가 혼인을 한 뒤에야 시어머니에게서 굿을 익혀 실행한다. 세습무는 일정한 지역의 마을을 자신의 독점 영역으로 가지고 있었다. 이를 당골판이라고 하는데 무당과 당골판에 사는 주민들 사이에는 일종의 계약이 성립되어 있었다. 곧 당골판에 사는 사람들은 누구나 의무적으로 봄·가을에 세습무에게 정해진 곡식을 주어야 하고 이것은 아무리 가난한 집도 예외일 수 없었다. 세습무와 당골판의 계약은 엄격한 것이어서 그 마을 사람들은 다른 지역의 무당에게 굿을 맡길 수 없었다. 이러한 엄격한 계약을 통해 세습무들은 그들의 생계를 보장받았다. 만일 이사를 가게 되면 다른 세습무에게 자신의 당골판을 돈을 받고 팔기도 했다.

"우허, 물러들 나거라. 손님이 들어오신다."

신칼이 날고 방울이 쩔렁쩔렁 울리는 것이 무슨 일이 정말로 이루어질 것 같은 신비로운 분위기이다.

"니들이 신령님을 잘못 모셔 고난을 당하는 것이여! 신령님께 무릎 꿇고 빌어야 돼! 얼릉……."

강신무와 세습무는 굿하는 방법부터 큰 차이를 보인다. 강신무는 굿하는 도중에 스스로 신이 들려 신격화한다. 신이 따라온다고 믿는 여러 종류의 화려한 무복을 입고 부채·방울·신칼 같은 무구를 들고 추는 춤을 통해서 강신무는 자신의 몸에 신을 싣게 된다. 무당이 신이 되어 인간에게 내리는 말씀을 '공수'라고 한다. 사람들은 강신무 굿에서 공수를 대단히 중요하게 여기고 신통력이 있는 것으로 믿게 된다. 따라서 강신무들은 날카롭게 간 작두 칼날 위에 올라서거나 무거운 떡시루를 입으로 무는 차력같은 묘기를 선보이기도 한다. 때로는 삼지창을 거꾸로 세우고 그 위에 쇠머리나 통돼지를 올려놓고 중심을 잘 잡아 손으로 '탁탁' 쳐도 넘어지지 않는 장면을 연기하기도 한다. 이러한 묘기들은 신이 굿판에 강림해 있음을 증명해 보이는 행위이기 때문이다. 그러나 세습무의 능력은 전혀 다른 기준에 의해 평가된다. 그들은 신들리지 않는다. 단지 춤과 노래를 통해 신을 기쁘게 하고 신에게 인간의 소원을 대신 빌어주는 역할을 할 뿐이다. 세습무의 가장 중요한 기능은 의례를 집행하는 것이다.

하지만 세습무의 굿은 상당히 예술적으로 세련되어 있다. 전라도나 경기도, 충청도의 무속음악은 시나위 권에 속하는데 가장 수준 높은 민속음악이라고 할 수 있다. 특히 동해안 지역의 양중들은 꽹과리·징·장구 같은 타악기를 다루는 솜씨가 뛰어나다. 무당들의 춤사위 또한 다양하여 우리나라 민속춤의 중요한 부분을 차지하고 있다.

어릴 때 진채선은 어머니가 당골이라는 것이 몹시 싫었고, 창피했다. 하지만 교방에서 교육을 받으면서 어머니에게 받은 예술적인 기질이 자신의 성장에 큰 도움이 되고 있는 것을 깨달았다. 조선시대의 관기들은 주로 가무를 맡아 했으며 이에 따르는 반주음악과 관현합주는 악공이나 관현맹인이 담당하였다. 관기들은 14~5세부터 가무를 학습했으며, 재주가 출중하면 서화도 익혔다. 일류기생이 되려면 악원의 사범들에게 호된 기합을 받으며 어려운 전수과정을 감수해야만 했다. 원래 궁중에서 선상기들은 궁중정재를 했는데, 처용무·춘앵무·보상무·포구락·향발무·산유락·항장무·수연장·만수무·무고·장생보연지무·가인전·목단 등을 주로 공연했다. 이러한 궁중정재는 궁중의 진연에서 주로 공연되거나 중국이나 일본의 사신들이 출입하던 한양에서 동래에 이르는 '통신사길'과 한양에서 의주에 이르는 '의주대로'의 사행로에서 주로 공연되었다. 하지만 지방관아에서는 민속춤인 탈춤과 함께, 승무·입춤·살풀이춤·소고무·농악무·예기무 등과 일부 궁중무가 함께 엮어져 선보였다. 그 외에도 춘향가·심청가·흥부가 등 판소리가 함께 공연되었다. 진채선이 소속된 전라도 교방에서는 궁중무는 거의 공연되지 않았고 주로 민속춤과 판소리가 공연되었다. 진채선은 판소리뿐만이 아니라 가무에도 능했다. 어릴 때부터 어머니를 쫓아다니며 살풀이춤과 농악무를 익혔기 때문이다.

"엄니, 살풀이춤을 추실 때의 손동작의 부드러움은 강에서 잔바람으로 인해 물결치는 자연의 흐름을 잘 표현하는 듯해요."

"사실은 억울하게 죽은 사람의 영혼을 불러내어 한을 풀어주고 극락으로 인도하기 위한 춤이여. 그렇게 슬펐다가 화가 풀렸다가 하는 감정의 변화가 잘 녹아 있는 것이여."

"전 흰색 옷과 무당의 모자가 너무 잘 어우러져 슬픔과 기쁨이 공존하는 느낌을 받아요. 한이 흥으로 변환되는 꼭지점의 표현이 정점을 이룰 듯혀요."

"인간은 생로병사를 겪을 수밖에 없고, 약한 존재임에 틀림이 없어. 따라서 그러한 인생의 고단함을 위로해주는 무당이 필요한 것이야. 특히 살풀이춤을 통해 죽은 귀신의 영혼을 위무해주는 것은 좋은 치료술이라고 할 수 있어. 사실 죽은 사람이 무슨 말을 할 수 있겠어. 사실상 무당의 굿이나 살풀이굿은 살아 있는 사람을 위한 치료술이라고 할 수 있을 거야."

진채선은 가람으로부터 체득한 살풀이춤을 떠올렸다.

"어릴 때부터 엄니를 쫓아댕김서 살풀이춤 추는 모습을 많이 봐서 그런지 따로 배우지 않아도 따라할 수 있을 것 같아요."

"많이 본 것도 있지만, 채선이 니가 재능을 타고 나서 그런 거여. 넌 탁월한 재능을 부여받았어. 평생 잊지 말고 부지런히 연마를 해야 돼. 잠시라도 게을리 하면 안되는 거여."

진채선은 살풀이춤을 다시 배우면서 어릴 때 어머니 곁에서 어깨 너머로 배우던 춤사위가 떠올랐다. 살풀이춤에서 춤꾼은 백색 치마저고리를 입고 무당이 쓰는 모자를 변형시킨 흰 모자를 눌러쓰고, 멋스러움과 감정을 한껏 나타내기 위해 하얀 수건을 들고 살풀이 곡에 맞춰 춤을 춘다. 흰 옷을 즐겨 입었던 조선 민중들에게 쉽게 공감을 불러일으킬 수 있는 색채감을 지닌다. 또 애잔한 가락은 삶 자체가 고통의 연속이었던 하층민들에게 감정의 흡인력을 가져오게 하는 마력이 있다.

전라도 악무의 대가인 도상어른 청옥이 가르쳐주는 승무와 입춤 그리고 예기무도 살풀이춤의 연장선상에서 유사한 춤사위를 가지고 있다. 다만 슬픈 가락에 맞춰 춤을 출 것인가, 아니면 입춤처럼 흥겨운 가락에 맞춰 춤을 출 것인가만이 다를 뿐이다. 승무를 출 때 청옥의 모습은 황진이를 유혹하던 지족선사 같기도 하다가 어느새 변모하여 동자스님 성진이를 깨우쳐주는 육관대사 같은 신성스러움이 느껴지기도 한다. 성과 속이 일순간에 변하는 쾌감 그것이 승무의 매력인 듯하다.

"춤은 손끝에서 시작되는 것이여. 그렇게 손가락의 유연성을 키우는 것이 중요혀. 쉬는 시간에도 손수건을 가볍게 잡고 움직이는 동작을 반복하는 연습을 해야 한다. 어깨의 동선도 매우 중요하므로 두 사람씩 상대방의 어깨를 잡고 가볍게 완급을 조절하면서 도는 동작을 연습해 봐야 해 알겠어?"

"네에. 분부대로 연습하겠습니다."

힘차게 대답은 하였건만 도상어른처럼 유연한 움직임이 음악가락에 묻어 나오지를 않는다.

"무한정 늘어지면 안 되는 거여. 느리다가 약간 빨라진 몸을 돌림서 버선발로 도는 율동이 절제 있게 돌아가야 헌다. 알겠는가?"

다시 한 번 관기들이 복창을 크게 한다. 승무는 지역에 따라 약간씩은 변형이 있지만 붉은 가사에 장삼을 걸치고, 백옥 같은 고깔과 버선코가 유난히 돋보이는 차림으로, 염불·도드리·타령·굿거리·자진모리 등 장단의 변화에 따라 일곱 마당으로 구성되는 춤을 춘다. 인간의 고통에 신음하듯 번민하듯 움질거리는 초장의 춤사위에서부터, 열반의 경지에서 범속을 벗어날 수 있었다는 하염없는 법열(法悅)이 불법의 진리와 더불어 표상된다는 말미의 춤사위에 이르기까지, 뿌리고 제치고 엎는 장삼의 사위가 서로 혼화를 이루어가며, 성스러움과 신비로움의 세계로 빠져들게 만든다. 도상어른이 추는 춤사위는 소쇄함 속에 신비로움이, 역동성 속에 정교로움이 감도는 조화의 극치를 이룬다. 한마디로 성과 속의 경계를 넘나든다는 표현이 알맞을 것이다.

"입춤은 원래 영남지방에서 유행하던 춤인데, 현감이나 목사님들이 임지가 바뀌게 되어 다른 지역에서 보고들은 것을 재현시켜 전라도에서도 공연하게 된 춤이여. 전라도의 육자배기가락의 애잔함보다는 흥겨움과 경쾌한 장단에 맞춘 가벼움이, 뚝배기 맛과 같은 속된 맛을 품고 앉아 있다는 표현이 어울릴 거여."

"네에. 동기(童妓)들이 특별히 복장을 갖춰 입지 않은 채 둘이 마주 서서 추는 춤으로 알고 있어요. 춤동작의 기본자세를 배울 때 가장 먼저 하는 춤이 맞지요?"

"그래 입춤은 무용의 기본적인 자세를 익히기 위해 훈련 삼아 추는 춤을 말한다. 그래서 '거드름춤'이라고도 부르기도 해. 자, 내가 하는 동작을 따라 해보도록……."

우선 악공들이 연주하는 악곡 자체가 흥겨워서 신바람이 난다. 슬픈 진양조 가락에만 맞춰 춤을 추었더니 괜히 우울했는데, 빠르고도 경쾌한 장단이 흘러나와 모두들 절로 어깨춤이 난다.

"이 춤은 팔만 벌리거나, 몸의 관절만 움직이거나, 또는 아래위로만 움직이면서 제멋대로 추어야 제 맛이 나는 법이여. 배김새춤·도굿대춤·막대기춤·몽둥이춤·절굿대춤 등 다양한 이름으로 불리고 있는 이유가 여기에 있어. 자유롭게 몸의 유연성을 늘리기 위해 한다는 마음으로 흥겹게 움직이도록 해봐."

오늘은 하루 종일 어려운 춤사위를 배웠더니 온몸이 만신창이가 되었다. 너무 과도한 육체적 피로는 수면에 방해가 되는 법이다. 평소와 다름없이 진채선은 친구 옥섬이와 잠자리에 누웠으나 잠이 도통 오지를 않는다. 집을 떠나온 지가 오래되어 어머니 생각도 나고 자상한 동리 선생님 생각도 난다. 며칠 전에 도달한 신재효 선생님의 서신을 읽다가 눈물을 흘린 적이 있다.

지금 진채선에게 닥친 고민은 친구 몇 사람의 시기 질투가 아니었다. 가야금 줄을 끊어버리거나 악기를 몰래 감추는 정도는 어린 예기의 치기나 애교로 볼 수도 있다. 가장 심각한 것은 진채선의 재능이 순창 곳곳 읍면에까지 알려지고 소리꾼으로서의 재능이 알려지자 많은 고을 사람들이 그녀를 한번 보고 싶어하거나 만나고 싶어 한다는 점이다. 문제는 일반 백성들의 선망이 아니었다. 새로 부임하는 지방관장이 고약한 사람으로 들어섰을 때 고통과 시련이 시작된다는 점이다. 지난 번 이임한 배기창은 외모도 출중했지만 마음씨도 고와서 순창군의 모든 계층의 사람들이 모두 좋아하고 흠모했다. 순창교방의 관기들도 그와 함께 연회를 갖는 것을 희망했을 정도였다. 그는 음율을 잘 알고 즐기는 사람이었다. 배기창이 음악을 좋아하고 즐기는 것은 공자님이 말씀하신 음악이 인간의 마음을 순하게 하고 일상생활에 의욕을 불어넣기 때문이라고 믿는 사람이었다. 그는 술을 마시는 것도 기분을 좋게 하고 감정을 풍부하게 하는 차원에서 음미를 했다. 술이 몇 잔 들어가 얼굴에 홍조를 띠게 되면, 가야금을 잘 연주하거나 거문고를 잘 타는 예기를 불러 거문고 산조를 신명나게 연주해보라고 지시한다. 그리고 장단과 고저에 맞춰 자신의 가곡음률을 읊조리면서 간간이 술잔을 입으로 옮겨간다. 한마디로 배기창은 인품이 고매하고 품성이 고운 관장이었다.

그러나 순창이 엉망이 되려는지 새로 부임하는 김상엽은 실로 고약한 사람임에 틀림없다. 아전들의 소문을 들어보면 그의 별명은 '3고'라고 한다. 세 가지 고약한 투정을 부린다는 의미다. 첫째, 돈을 너무 밝힌다는 소문이다. 앞으로 이권에 개입하여 정말로 별탈 없던 순창을 들쑤셔 놓을 것이 분명하다. 둘째, 여

색을 밝히고 술을 너무 좋아한다는 것이다. 우선 순창 교방이 직격탄을 맞을 가능성이 농후하다. 도상과 행수기생을 비롯하여 관기들의 걱정이 말이 아니다. 셋째, 성격이 고약하여 조석변개하는 특징을 보이며, 자신이 화가 나면 그 분기를 참아내지 못하여 주변을 모두 괴롭힌다는 소문이다. 아전계층뿐만이 아니라 고을 사람 모두가 긴장하는 분위기이다. 김상엽이 못된 기질을 소유하고 있음에도 외직이나마 관직을 버틸 수 있었던 요인은 중앙권력에 확실한 선이 닿아 있기 때문이었다. 뒷배경이 단단하다는 소문이 떠돌아다닌다. 세도정치의 폐해가 이제 착한 백성들의 고향인 순창군에까지 미쳐오게 된 것이다. 그는 순창으로 옮겨오기 전에 선천에서 목사를 지냈다. 그 곳에서의 패악을 순백의 땅인 순창으로 옮겨오려고 하는 것이다. 그는 기생점고부터 요란하게 준비시켰다. 지방 관아 근처 정각에서 하던 전통을 깨고, 멀리 강천산으로 유락을 나가자고 제안했다.

"순창에서 가장 아름다운 곳이 어디인가? 예로부터 선비는 봄가을로 자연풍광을 즐기는 법이니라. 경치 좋은 곳에서 바람을 쐬어야 가족을 두고 온 울적한 마음도 휑하니 뚫리는 법이다."

"네에, 신관 사또, 강천산이 최고로 명승지입죠. 강천산은 호남의 소금강이라고 불릴 정도로 도처에 기봉이 솟아 있고, 크고 작은 수많은 바위 사이로 폭포를 이루고 있습니다. 깊은 계곡과 계곡을 뒤덮은 울창한 숲은 자연 그대로의 아름다움을 뽐내고 있습죠."

"그곳에 좋은 누각이 있는가? 계곡의 물소리가 들리는 곳이면 더욱 좋겠는데?"

"더할 말이 없을 정도로 풍광이 아름답습니다. 홍광정이 산천이 수려한 곳에 자리잡고 있습니다. 유서 깊은 강천사와 삼인대, 강천사 5층 석탑, 금성산성 등 문화유적도 산재하고 도처에 비경이 숨겨져 있습니다. 특히 구장군폭포와 용소가 빼어난 물줄기를 자랑합니다. 강천사 입구인 도선교에서 한 오 리나 이어진 계곡은 천인단애를 이룬 병풍바위 아래 벽계수가 흐르고 군데군데 폭포와 그 아래 소를 이룬 곳이 10여 군데나 됩니다. 옥수와 같은 맑은 물이 고여 있는 용소는 명경지수 그 자체입니다."

"말만 들어도 빨리 가고 싶구나. 구장군폭포가 절경이라고 하니 그 옆에 단을 세워 기생점고를 하거나 홍광정이나 산수정에 연회를 차려도 좋겠구나."

"네에, 여분이 있겠습니까? 잘 준비해서 부사님의 객고(客苦)를 풀어드리겠나이다."

"내가 멀리 한양에서 내려오느라 고뿔이 좀 들은 듯하니 순창에 무슨 양이라고 하는 것이 유명하다고 들었는데, 무슨 양이냐? 그것을 으깨서 백비탕에 넣어 먹으면 즉효라고 하더구나."

통인 하나가 막지기고하여 겁결에 대답을 하며 말장난을 한다.

"양이라 하옵시니, 창고의 군량이오? 육고의 우양이오? 공고의 잘양, 마구의 외양이오, 감사 정배 귀양이오, 기생관비 속량이오, 어염집의 괴양이오? 불가의 공양이 아니오? 청백한자 사양이오, 수줍은 놈 겸양이요, 시냇가의 수양이요? 리결은 평양이요, 사정의 한냥이요, 흉한 놈 불량이요, 해 져서 석양이요, 남녀간 음양이오, 엄동설한 휘양이오, 허다한 양이 무수하되 무슨 양을 말하시는가요?"

"이놈이 어른을 데리고 희롱을 하고 있구나? 주리를 틀어야 바른 입이 되려느냐? 아니면 선선히 제대로 답을 하려느냐?"

부사가 화를 버럭 내니 통인이 정신이 버쩍 들어 제대로 응답을 한다.

"아마도 한약재로 쓰이는 '새양'을 말하는가 봅니다. 순창은 예로부터 땅이 황토라 새양이 잘 자라는 토양입니다. 의녀에게 새양을 갈아서 꿀을 넣어 백비탕을 끓여 오라고 당부하겠으니 조금만 기다려주옵소서."

그제야 부사는 흡족한 표정을 지으며, 여러 아전으로부터 순창군의 보고를 듣는다. 좌수별감 현알하고 제장교 군례 받고 육방아전 현신하고 기생통인 문안한 후에 고을의 대소사를 바른대로 고한다. 환상민폐 전결복수, 죄수로안, 대소사를 대충 고과한다. 다음 날 새벽부터 관아 통인 육방 아전들이 부산을 떤다. 호장은 전갈을 보내 관아의 도상과 행수기생에게 신신당부를 한다. 행수기생이 그동안 가르쳐온 예기로서의 솜씨를 뽐낼 절호의 기회인 것이다.

"너희들이 정신을 차려 준비한대로 춤을 잘 춰야 헌다. 왜냐하면 순창부사로 온 김상엽 부사가 선천부사로 있을 때 중국 사신들의 전별연에서 칼춤과 항장무를 이미 봤기 때문에 웬만해서는 만족한 표정을 짓지 않을 가능성이 높다는 거여. 알겠냐? 개성이 넘치고 흥미진진하게 극적인 전개를 해야 호응도를 높일 수 있는 거여."

"네에, 최선을 다해 배운 대로 공연을 수준 높게 하것사옵니다. 하루 종일 연습해서 무희끼리 호흡을 맞추도록 하겠으니 걱정 마시옵소서."

"악무가 가장 중요하고 다음으로는 가야금 병창과 판소리 공연 등 개인기도 비중이 있으니 전라도만의 민속악의 특색을 보여줘야 헌다. 알겠냐?"

행수기생의 주문에 모두 큰 소리로 복창하며 서로 기운을 북돋우며 격려를 한다. 동기들이 많아 긴장을 해서 실수를 유발할 수 있으므로 고참 관기들이 줄의 끝에 서서 눈짓으로 호흡을 맞추기로 약속했다.

김상엽은 이미 선천부사를 거쳐 순창군으로 내려왔다. 선천은 평양과 안주 다음으로 중국 사신들이 지나가는 사행로였기 때문에 사연과 전별연이 많이 열렸다. 사실 의례가 중시되는 사연(賜宴)과 풍류가 중심이 되는 사연(私宴)에 따라 공연의 내용이 각기 다른 양상으로 전개되었다. 의주대로에서는 황주·평양·안주·선천·의주 지역을 중심으로 전별연이 있었다.

당시의 지방문화를 확인할 수 있는 무대공간은 전별연이 열린 객사와 누각이었다. 이곳에서 교방에 소속된 기생들이 공연을 하였다. 관기들의 공연은 가(歌)·무(舞)·악(樂) 또는 이들이 결합한 극화된 형식이었다. 중국으로의 사행은 한양에서 의주로 이어진 의주대를 이용했다. 광해군 때 요양과 심양의 길이 막혔을 때도 평안도의 선천의 선사포나 안주의 노강진에서 배를 띄워 등주로 들어가는 뱃길을 주로 이용했다. 중국 사신들이 해로를 택할 경우에는 '선천'과 '안주'가, 육로를 선택할 경우에는 '의주'가 관문 역할을 했다.

이러한 사행로를 따라서 사신에게 지공(支供)이 지급되었는데, 연로에 위치한 고을에서는 지공으로 인한 부담이 적지 않았다. 사행로에는 지역의 규모에 따라 객사·원·역 등이 위치하고 있었다. 그 중에서 읍의 규모가 크거나 재정상태가 넉넉한 읍에서는 악공 등 관속 음악인을 두고 있었다. 그 외에도 지방관속 음악인으로 기생과 가동 등이 있었다. 규모가 큰 지역을 중심으로 숙박을 했는데, 이들 지역에 사행이 도착하면 숙소 주변의 누각에서 전별연을 행했다. 구체적으로 황주의 '월파루', '체인각', 평양의 '부벽루',

'연광정', 안주의 '백상루', 선천의 '의검정', '쾌궁루', 의주의 '백일원', '망신루'가 전별연 무대였다.

"어디 기생이 최고인가?"

"평양 기생이 최고가 아니겠어? '평양감사도 제 싫다면 그만'이라는 말도 전해지니 평양기생이 제일 예쁠 꺼야."

"아니야, 안주나 선천 기생이 더 예쁠 뿐만 아니라 춤이나 기예에서 월등하게 앞선다는 소문이 있어."

"그렇게 안주기생이 기예가 뛰어나는가?"

"선청기생의 검무는 우리나라에서 최고로 일컬어지고 있어"

이중에서 안주는 병마절도사의 병영이 있어서, 기생들은 황주와 평양에 손색이 없다고 전해진다. 선천도 땅이 비옥하고 곡식이 기름져 연경으로 가는 공미를 이곳에서 취하며, 부호가 많다고 알려진 고장이다. 선천교방만의 특기는 검무와 항장무였다. 이러한 전별연이 행해진 지역은 경제력을 갖추고 있으며, 관속 음악인을 키우는 교방이 있어서 궁중의 내외연에 선상기를 올려 보낼 수 있었던 것이다.

전별연에는 사신을 위로하는 공연이 이루어졌다.

이 공연에는 교방에 소속되어 있는 기생과 악공들이 참여하였다. 그런데 기생은 대소연에 쓰이는 것이 본래의 목적이었지만 공연에서는 수령이나 막료의 수청기 구실을 하는 경우가 많았다. 이로 인해 사행록에 기록된 기생의 대부분이 방기로 그려지고 있다. 방기란 '음악으로 흥을 돋우며 사객의 술시중을 들고 공공연히 시침(侍寢)까지 들던 기생'을 말한다. 김상엽은 선천에서 이러한 방기를 자주 들렀기 때문에 순창교방의 기생도 당연히 그러려니 하고 혼자 생각을 했다. 하지만 순창은 사행로가 아니고 섬진강과 영산강이 흐르는 깨끗한 자연풍광의 지역이라 백성들의 심성도 고결하고 착한 품성을 지니고 있었다. 따라서 여성들의 절개와 순결도 매우 중시되는 풍조였다. 관기들도 예기로서의 자부심이 강한 반면, 방기를 매우 혐오하는 성향을 지니고 있었다. 신임 사또와 관기와의 갈등과 충돌이 예상되는 형국이다.

쉬이.

"신임 사또 부임을 축하하는 연회가 열린다. 모두들 물러나거라."

쉬이……

"신임 사또가 별거드냐? 이렇게 행차가 요란하니, 우리들 등골이 휘겠구만."

"누가 아니겠어. 벌써부터 민가에서 우마차까지 빼 가니. 앞으로의 수난이 눈에 떠오르는구만."

신임 사또 축하연은 홍광정에서 열렸다. 순창관아로부터 무려 6~7리나 떨어진 곳에서 개최되었으므로 수많은 민가의 우마차가 동원되었다. 자연히 백성들의 원성이 나오게 마련이었다. 지금까지 수많은 순창부사가 부임하고 떠나갔지만, 김상엽 부사처럼 요란한 행사를 개최한 적이 없었다. 홍광정 누각에는 부사와 지역의 토호세력인 양반사대부가문 그리고 호장과 영리계층의 명문가문 사람들만 오를 수 있었다. 그 외의 사람들은 정자 아래에 차려진 임시장막에 둘러앉아 축하연을 구경하고 차려진 주안상과 음식을 즐기는 풍경이었다. 신임 사또 연회는 사행로에 있는 선천 못지않은 규모로 진행되었다. 20여 명의 악공과 50여명의 관기들이 총동원되었다.

축하연의 서막은 숭고하고 엄숙한 분위기를 조성하기 위해 궁중정재 못지 않은 악단이 <영산회상> 줄풍류 곡목을 연주하는 것으로 시작된다. <영산회상>

은 원래 7자의 가사를 붙여 노래하던 불교음악인데 차츰 세속화되고 기악곡화가 이루어지면서 '상영산·중영산·세영산·가락덜이' 등의 변주곡이 파생되고 '삼현환입'·'하현환입' 등이 첨가되며, '염불환입'과 '타령'과 '군악'까지 9곡으로 이루어진 일종의 모음곡이다. <영산회상>은 양금으로 연주하는 기악곡으로 '영산오장-중영산사장-세영산오장-세현도드리-하현도드리-염불-타령'의 순서로 진행된다. 그 다음으로 대취타가 연주된다. 징·자바라·장고·용고·나각·나발·호적 등의 악기로 편성되는 기악곡이다.

기악곡의 연주로 엄숙한 분위기를 자아낸 후에는 악무가 공연되어 흥을 돋운다. 신관 사또의 제안만을 기다리던 축하연 참석 양반들은 모두들 김상엽에게 축배제의를 부추긴다. 김상엽은 잔을 들어 모두 흥을 즐기라고 권주를 제안한다. 술과 안주를 들면서 가벼운 마음으로 악무를 관람한다.

"승무가 공연되는가봐"

"민속춤의 최고로 손꼽히는 것이 승무가 아닌가 베?"

"비장한 아름다움이 담겨 있는 춤이여."

평양과 선천 등지에서는 <포구락>, <처용무>, <사자무>, <선유락>, <헌선도>, <승무>, <검무>, <항장무> 등이 공연되었으나 전라도지방에서는 아직 전수가 되지 않아 <승무>와 <입춤>만이 선보였다. <승무>는 마치 탈춤의 <노장과장>을 연상케 하는 욕망과 파계의 쾌락적 내용과 풍자의 기법을 승화시켜 비장미와 숭고미를 보여주는 민속춤의 무언극으로 구성된다. 다만 교방으로 흘러들어오면서 탈춤을 사용하지 않고 기녀들에 의해 춤사위의 아름다움이 강화된 점이 변모된 모습이라고 할 수 있다.

관아의 노비들은 음식을 장만하느라 분주했다. 관아에는 손님들이 자주 찾아오므로 따로 반빗간(주방)을 배치하여 음식을 준비했다. 반빗간에는 쌀과 식품을 관리하는 주리(廚吏) 이외에 채소를 담당하는 원두한(園頭干: 밭에다 오이·호박·상추·참외·수박 등을 심어 기르는 사람)이나 음식을 만드는 칼자(刀子)가 머물러 있으면서 조리를 담당했다. 이들 조리 담당자는 일종의 공노비들이었다. 18~9세기의 조선시대에 궁중음식은 양반가문의 음식과 서로 닮아 있었다.

다만 차이는 같은 음식이라고 하더라도 명칭이 달랐다는 점이다. 궁에서 '신선로'라고 하는 것을 '열구지탕'이라 하고 궁중의 전골틀을 반가에서는 벙거지꼴이라 하였다. 궁중에서 밥은 수라, 국은 탕, 찌개는 조치, 조림은 조리개, 장아찌는 장과, 깍두기는 송송이라고 하는 등 부르는 음식명이 달랐던 것이다. 또 궁중에서는 12첩 반상 곧 수라상을 원반에 9첩, 곁반에 3첩을 차렸다. 또 전골상을 덧붙인다. 벼슬이 높은 사대부가에서는 9첩까지만 차리지만 전골상은 마찬가지로 차린다. 그 밑의 반가에서는 7첩 반상이 보통이다. 한양의 일반인들은 대개 3첩 반상인 '개다리 소반'을 점심으로 먹었다.

웬만한 대갓집에는 부엌이나 대청에 소반이 즐비하게 걸려 있었다. 밥상을 차릴 때에는 그 상들을 죽 늘어놓고 남자 웃어른부터 독상으로 차려냈다. 대주는 큰사랑에서, 사내 자제들은 안사랑에서, 노인 어른은 별당에서 상을 받았다. 바깥채에서 드는 밥상 심부름은 남자종이, 안채 심부름은 여자종이 맡았다. 안주인이 지휘를 하고 찬모·반모·무수리들이 음식을 마련했다.

"바삐들 서둘러라. 손님들이 정자에 오르실 거니까 음식이 제대로 갖추어져야 한다."

"여분이 있겠습니까. 쟁반 위에 손이 날라다닙니다요."

"실수하지 않도록, 음식의 간을 잘 맞추어라."

신임 사또의 연회도 대체로 9첩 반상으로 차렸다. 상차림에는 반상 외에도 술상, 신선로상, 님뫼상(입맷상)이 있다. 9첩 반상 차림에는 생선 조치, 맑은 조치의 조치(찌개) 두 가지, 생선구이·육구이 해서 구이 두 가지, 나물·회·수육·전유어·양볶이·자반·젓갈이 한 가지씩 올라가서 모두 아홉 가지 찬이 차려지며 김치와 지렁(간장)·초장·겨자가 곁들여 차려진다. 또 이 반상에는 전골상이 곁상으로 들여진다.

예로부터 전라도는 곡식과 해산물과 산채가 두루 풍부했다. 음식을 만들 때에 더 넉넉한 재료들을 가지고 정성을 많이 들여 음식이 매우 호사스럽다. 조선 왕조 왕가인 전주 이씨의 본관이 되는 전주를 비롯하여 전라도의 여러 곳에서 부유한 토반들이 대를 이어 좋은 음식을 전수해서 다른 지방이 따를 수 없는 풍류와 맛을 간직하고 있다. 대표적인 음식으로 전주비

빔밥, 조갯살을 다져서 된장을 넣고 양념한 다음 껍질을 채워서 구워낸 조개구이인 '유곽', 쇠고기의 살과 내장류·무·배추·버섯 같은 여러 가지 재료들을 볶아서 잣·은행·실고추 따위를 고명으로 얹은 호화로운 음식인 '두루치기', 미나리·편육·실고추·알고명을 두어 개씩 나란히 몰아잡고 늘어진 미나리 줄기로 똘똘 감아서 잡아맨 '미나리강회', 더덕짱아찌·갓김치·홍어를 토막내어 양념을 뿌린 다음 짚을 깔고 찐 '홍어어시욱', 낙지 발을 볏짚으로 돌려 말아서 양념장을 여러 번 바르며 구운 '낙지구이', 김·들깨송이·동백잎·감자·다시마·가죽나무잎 등에 찹쌀풀을 발라 말려두었다가 필요할 때마다 튀겨서 먹는 '부각', 완산군 약산 흑염소를 구어 전으로 붙인 음식, 생선조림, 각종 전붙임 등이 9첩 반상에 올려졌다. 술상과 안주는 따로 반상에 올려졌다.

전라도는 국내 최대의 미곡 산지답게 질 좋은 곡식으로 만든 다양한 떡과 한과 그리고 술이 발달했다. 다른 지방에 비해 가양주 형태의 토속주를 즐겨 빚었고, 순곡 청주보다는 가향주와 약주들이 발달했다

"정말로 귀한 전주 이강주와 임금께서 드셔서 어주

로 유명한 해남 진양주로 술잔을 가득 채우고 건승을 빌겠습니다. 진도 홍주도 맛이 좋고 술 도수가 높습니다. 건배합시다."

진양주는 어주라는 별칭이 붙은 전통 청주로서 장흥 임씨 가문의 비주이다.

술좌석이 질펀해질 즈음에 관기들의 일종의 개인기들이 펼쳐진다. 가야금병창과 단가, 타령 및 판소리공연이 연이어 진행된다. 옥섬이를 비롯한 6명이 등장한 가야금 병창 <고고천변>, 진채선의 판소리 <춘향가> 중에서 '사랑가' 대목이 공연되고 앵금이의 <매화타령> 등이 펼쳐지자 객석에서 추임새가 등장하고 일어서서 따라 춤을 추는 사람들까지 등장했다. 소위 연희자와 객석이 하나가 된 것이다. 특히 진채선의 <춘향가>는 절창으로 사람들의 '마음을 들었다 놓았다'를 반복했다. 모두들 진채선의 재창을 환호했다. 진채선은 <태평가>와 <화초타령>으로 화답했다. 그녀의 옥빈홍안(아름다운 귓머리와 붉은 얼굴)은 청춘을 뽐내었고, 옥부방신(옥과 같이 고운 피부와 향내 나는 몸)은 봄의 꽃향기가 부럽지 않았다. 타령과 민요를 부르면서 방긋 웃음 짓는 함소함태(웃음을 머금고 교태를 부림)는 양귀비를 희롱하는 듯했다. 김상엽 부사와 여러 양반 사대부들이 넋을 잃은 모양이었다.

"네 이름이 진채봉이냐 아니면 정경패냐? 금이냐 옥이냐?"

김상엽이 어안이 벙벙해서 술김에 내뱉은 말이었다. 하지만 언중유골이라, 그 속에는 음흉하고 노골적이고 육욕적인 속내가 들어 있었다.

"전 선녀가 아니라 현실의 가희이자, 무희입니다. 순창교방의 진채선이라 하옵니다."

자신의 소개도 달 속의 항아같이 단아하고 예쁘게 말을 하자, 단상의 객석은 일순간 환희의 물결이 넘쳐흘렀다. 도상인 청옥이와 행수기생 계수도 흡족한 표정을 짓는다. 진채선 덕분에 자신들도 칭찬을 받을 것이 뻔했기 때문이다. 다만 객석의 반응이 채선이에게만 몰리자 앵금이와 진옥이는 뾰로통한 표정을 짓는다.

"진실로 고운 자태로다. 미간을 찌푸리면 서시 같고, 미소를 지으면 달기가 환생한 듯하구나. 타령을 부르며 춤사위를 할 때에는 항용 조비연이로다. 이리로 와서 내가 주는 술을 한잔 받고 한 곡을 더 뽑도록 하라.”

진채선은 도도하면서도 요료(嬈嬈)한 자태로 사뿐히 단상으로 걸어가서 김 부사가 건네주는 술잔을 받는다. 반쯤 입술에 대더니 술잔을 내려놓고 다른 새 잔으로 백주를 한잔 섬섬옥수로 올린다. 신관 사또는 자신의 체신을 잃고 ‘어주축수애산춘‘(王維의 <桃源行>)의 몽롱한 상태에 젖어든다.

“그러면 사또님의 건강을 축수하는 의미에서 <액맥이타령>을 한 곡조 불러올리겠습니다.”

어루액이야 어루액이야 어기엉차 액이로구나
어루액이야 어루액이야 어기엉차 액이로구나

정월이월에 드는액은 삼월사월에 막고
삼월사월에 드는액은 오월단오에 다막아낸다

어루액이야 어루액이야 어기엉차 액이로구나
어루액이야 어루액이야 어기엉차 액이로구나

오월유월에 드는액은 칠월팔월에 막고

칠월팔월에 드는액은 구월기일에 다막아낸다

어루액이야 어루액이야 어기엉차 액이로구나
어루액이야 어루액이야 어기엉차 액이로구나

구월기일에 드는액은 시월모날에 막고
시월모날에 드는액은 동지섣달에 다막아낸다

어루액이야 어루액이야 어기엉차 액이로구나
어루액이야 어루액이야 어기엉차 액이로구나

정칠월 이팔월 삼구월 사시월
오동지 육섣달 내내 돌아 가더라도
일년하고도 열두달 만복을 백성에게
잡귀잡신을 물알로 만대유전을 비옵니다.

어루액이야 어루액이야 어기엉차 액이로구나
어루액이야 어루액이야 어기엉차 액이로구나

"정말로 절창이로구나. 구장군 폭포소리보다도 시

원하도다. '매화낙지역다자(梅畵落地亦多姿, 매화꽃은 땅에 떨어져도 역시 자태가 곱다는 의미)'란 말이 거짓이 아니로다."

"사또 어른께서 그렇게 과찬을 해주시니 몸 둘 바를 모르겠습니다. 이만 물러가겠나이다."

객석의 떠나갈 듯한 박수를 받고 진채선은 뒷자리로 물러났다. 다른 가희와 무희들의 공연이 계속되고 신관 사또도 흥에 겨워 '일준차진강루주(一遵且盡江樓酒, 강루의 술만 한 동이 다하도록 마신다는 뜻)'한다. 자리는 파했어도 가슴의 여운은 남는 법. 관아에 돌아왔어도 김상엽은 잠을 이루지 못한다. 진채선의 아리따운 자태가 창호지 문에 비치는 달빛마냥 아롱거린다. 다음날 기침하자 말자 체면을 무릅쓰고 호장을 불러 진채선을 방기로 돌리라고 명령한다. 신관 사또는 선천과 순창교방기의 현격한 차이를 아직 눈치 채지 못한 것이다.

"사또 어른, 아뢰기는 송구하오나, 순창의 교방기들은 예기로서의 자존심이 강해서 방기로 대동하라는 분부를 따르지 않을 것입니다. 그러니……."

"무슨 말이냐? 교방에 관기를 두는 것은 몇 가지

목적이 있느니라. 첫째는 사신들과 군관들의 접대를 위함이요 둘째, 신관도임 연회나 전별연 등을 위함이니라. 셋째, 지방관장들의 객고를 풀기 위한 방기로서의 기능도 있다고 들었다. 그렇지 않느냐?"

"그렇긴 하지만 각 관아마다 지역적 특색이 있나이다. 전라도의 경우 관기들이 예기로서의 본분에 충실하려고 하옵지요. 따라서……."

"알았다. 오늘은 일단 내가 참지만, 앞으로는 교방의 관기들의 기능을 바꿔나가도록 하겠다. 교방기의 임금은 관아의 이방을 통해 부사인 내가 주는 것이다. 호장은 분명히 직분에 따른 책임과 의무를 명심하도록 하라."

"예이. 명심하고 도상과 행수기생을 통해 은근하게 떠보도록 하겠습니다."

"다음에 지역 양반사대부가의 문필가들과 시회를 열어 시수창모임을 가질 때, 진채선과 몇 명의 관기들을 부르도록 할 터이니 그때는 호장이 앞장서서 예기들을 대령토록 하라. 알겠는가?"

"예이. 분부를 받잡도록 하겠습니다."

진채선은 여러 차례 호장을 통한 신관 사또의 유혹

에 일체 응하지를 않았다. 어떤 경우에는 몸이 깨끗하지 않다는 핑계를 대기도 하고, 칭병을 하기도 했다. 종국에는 고창현의 스승 신재효에게 서신을 보내 사정을 말하고는 돌아가게 해달라고 부탁을 하였다. 진채선은 김 부사의 공적인 영역의 무분별성에 화가 나기도 했다. 어린 나이라서 생각이 좀 모자라는 부분은 있더라도, 관기들도 한 인간인데, 성적 희롱의 대상으로 삼는 것 자체가 못마땅하다고 생각했다. 벌써 순창으로 온 지도 5년이 흘러가서 객수도 채선의 마음을 괴롭혔다. 어머님도 뵙고 싶고 신재효 어른도 그리웠다. 진채선은 다음 날 아침에 호장어른을 찾아뵙고 관기를 사직하고 고향으로 돌아가겠다는 뜻을 밝혔다. 호장은 난감한 표정을 지었다. 며칠만 참도록 하라고 설득을 했다. 고창의 신재효 호장 어른께 인편으로 서신을 넣어서 의견을 묻겠다고 약속했다.

진채선의 소식과 근황이 궁금했던 신재효는 순창 호장 임두학의 서신을 받고 더 이상 지체했다가는 곤란한 상황이 벌어질 것으로 판단하고 곧바로 순창으로 갈 채비를 한다. 우선 임두학에게 인편으로 서신을 보내 진채선을 예기로 키우기로 한 애초의 약속을 되새기면서 진채선을 곧바로 고창으로 돌려보내 달라고 호소하였다.

하지만 현실의 일상성은 진채선의 발목을 잡는다. 현재 진채선의 직분은 순창교방의 관기에 불과하다. 지방관아에서 월급을 몇 푼 받는 직업인인 것이다. 그 임금을 주는 직장 상사가 바로 김상엽 부사이다. 중세의 문제점은 아무리 불평등함을 느끼고 억울해도 해결할 방도가 마땅치 않다는 점이다. 특히 관기는 천민의 신분이라 노예처럼 예속되어 있다. 장시가 열리고 영조임금과 정조임금 시대를 거치며 탕평책의 정치적 여파가 약간 작용하더라도 아직 많은 한계가 존재하고 있다. 이러한 모순 때문에 진채선은 재삼재사 망설이고 멈칫거릴 수밖에 없다. 진채선은 오늘도 거울 앞에 선다.

"나란 도무지 누구란 말인가? 거울에 비춰진 나란 여인은 누구이며, 어디로 가고 있는가?"

면경을 두고 반문해 보지만, 돌아오는 대답은 아무것도 없다. 벽하고의 대화인 양 무미건조하다. 해답이 없기 때문이다. 거울을 옆으로 옮겨놓고 다시 얼굴을 쳐다본다. 하지만 달라지는 것은 없다. 밖에서 공노비

가 소리를 친다. 도상어른이 채선이를 찾는다는 것이
다.

"김 부사가 좌수, 별감과 시회를 하는데, 채선이를
비롯해 몇 명의 관기들을 모임에 초대하기를 원하는
데, 그 제안에 대해 어떤 생각이냐?"

도상인 청옥은 진채선을 배려하여 조심스럽게 반응
을 살핀다. 신임 사또의 정상적인 문화 예술 활동을
거부할 수만은 없지 않느냐고 설득한다. 도상어른의
어려움을 누구보다 잘 알고 있는 진채선이다.

"교방 전체를 위해서 시회에 참석하겠나이다. 마음
은 내키지 않지만, 대의를 위해 희생토록 하옵죠."

"고맙다. 너의 큰 뜻을 왜 모르겠느냐? 채선이가 참
석을 거부하면 교방의 경제적인 타격이 예상되므로
잘 판단해야 하는데, 너의 신중한 선택이 큰 힘이 될
듯싶구나. 아랫사람을 보호하고 도와줘야 하는데 그
러지 못해 미안하구나."

"도상어른이 이렇게 보잘것없는 불초소생과 상의하
는 태도를 보여주셔서 감사합니다. 사회가 바뀌고 시
대도 바뀌고 있는데, 아직도 과거의 생각으로 접근하
는 관장이 있으니 걱정스럽습니다."

"네 마음은 알겠다. 점차 규범과 관습이 바뀌어 가지 않겠느냐?"

진채선은 시수창에 대비해 가곡과 시조창을 며칠 동안 연습을 한다. 또 연적에 먹을 갈면서 서예공부도 열심히 했다. 그동안 교방에서 배운 문인화를 그리는 솜씨도 많이 늘었다. 특히 난초와 매화를 그리는 데에 주력을 했다. 붓을 잡으면, 마음이 안정이 되고 정신적인 수양도 되었다. 사서삼경에 나오는 글귀도 옮기다 보면 도덕적인 무장도 되는 듯했다. 원래 서예의 '書'는 붓이나 송곳 따위의 연장으로 금석·죽백·종이 같은 것에 무엇인가를 바르거나 쓰거나 또는 새기는 것을 뜻하는 동사였다. 서예를 중국에서는 '서법'이라고 하고 일본에서는 '서도'라고 한다. '서여기인(書如其人)'이란 말이 있듯이 서예는 그 사람의 인품과 학덕을 반영하게 된다. 행수어른으로부터 '서여기인'이란 말을 귀에 못이 박히도록 들었다. 글을 쓸 때, 자세도 중요하지만 먼저 학문적인 소양을 갖추고 기품을 유지하는 것이 더 중요하다는 교육을 받은 것이다.

조선시대에는 과거시험이 있었기 때문에 선비들 사이에서는 '문방사우'가 중시되었다. '문방사우'란 먹·

벼루·붓·종이를 말한다. 사실 묵색의 농담(濃淡)은 다채다자(多彩多姿)를 이룬다. 먹의 종류로는 석묵·송연묵·유연묵·유송묵이 있다. 석묵은 중국의 축양산의 묵산에서 나오는 재료를 사용하는 먹을 말하며. 송연묵은 소나무를 태워서 생긴 그을음을 받아 사슴·노루·소·말의 아교를 배합하고 거기에다 사향·주사·향료를 섞어서 만든 것을 말한다. 중국에서 옛날에는 주로 석묵과 송연묵을 사용했다고 한다. 유연묵은 식물의 씨에서 얻은 기름을 태워 그을음을 받아 만드는데 옛날 조정에 바치던 고급묵이다. 요즘은 양연이라 하여 카본 블랙을 많이 쓴다. 유송묵은 송연과 유연을 혼합해서 만들며 아교질이 적고 광택이 있는 것이 특징이다.

벼루의 경우 중국에서는 단계연과 흡주연·옥연·도연·와연 등이 있고, 우리나라의 것으로는 백운연·해주연·남포연이 좋다. 붓의 종류로는 자호·낭호·양호·겸호 등이 사용된다. 종이로는 먹이 잘 번지지 않는 종류로 유명한 종이인 징심당지·촉전·장경지 등과 우리나라의 고려지 등이 있다. 요즘은 화선지를 주로 쓴다.

서예의 종류에는 전서·예서·초서·해서·행서가 있으며, 붓을 잡는 법인 집필법에는 현완법·침완법·제완법·단구법·쌍구법 등이 있다. 현완은 대체로 앉아서 팔뚝을 어깨 높이로 들고 쓰는 이상적인 방법을 가리킨다. 침완은 왼손 등으로 베개를 벤듯하게 팔뚝 전체를 책상에 대고 쓰는 방법이고, 제완은 책상에 붙이고 팔뚝을 들고 쓰는 방법으로 침완보다는 자유롭다. 침완과 제완은 주로 작은 글씨를 쓸 때 사용된다. 진채선은 옥섬과 더불어 현완과 침완·제완 등 붓을 잡는 다양한 방법을 익힌다.

"글씨를 쓸 때는 점을 찍고, 획을 잘 그어야 하는 법이야!"

"중봉을 쓸 것인가, 장봉을 쓸 것인가는 중요하제."

"네 행수어른, 어김없이 획을 잘 긋겠습니다."

또 점을 찍고 획을 긋는 방법인 운필의 여러 종류인 중봉과 편봉, 장봉과 노봉, 원필과 방필을 차근차근 익힌다. 중봉은 붓을 곧게 세워서 필봉의 중심으로 쓰는 것이고, 편봉은 필봉을 뉘어 자못 붓 허리로 쓰는 방법이다. 장봉은 붓을 댈 때 붓 끝을 감추어서 쓰는 것이고, 노봉은 붓 끝을 노출하여 쓰는 방법이다.

노봉은 행서나 초서에서 많이 사용한다. 채선은 전서나 안진경 필체인 붓을 댄 곳과 뗀 곳이 둥근 형태인 원필도 습작하고 예서와 해서에 많이 구사되는 각을 이루는 방필도 연습한다.

서예의 기본법을 익힌 진채선은 행수기생으로부터 중국의 역대로 유명한 동진의 왕희지, 초당의 구양순, 당나라의 안진경, 북송의 소동파, 원나라의 조맹부, 명과 청의 동기창, 등석여의 필체까지 섭렵한다. 또 우리나라의 한석봉과 김정희의 글씨체까지 익혔다. 어느 정도 기초 실력을 갖추고는 신임 사또가 초청한 시회에 참여했다. 김상엽 부사는 시회에 참여한 좌수, 별감과 순창의 유명한 양반사대부가문의 시인들과 문인 화가들을 소개한 후에 당일의 운을 내려 시를 짓고 수창하기를 이어갔다. 또 벼루와 먹을 가져오라 하여 서예글씨와 문인화를 그리는 모임도 가졌다.

분위기가 무르익자 행수기생을 불러 술과 안주도 들여오게 했다. 갑자기 진채선에게 서예를 좀 아는가라는 질문을 던졌다.

"명나라의 동기창은 자신의 『화론』에서 육법을 애기 했는데, 그것이 무엇인지 알고 있는가?"

"행수어른으로부터 서법에 대한 교육을 받으면서 '기운생동'을 비롯해서 그 기초에 대한 가르침을 받은 바 있습니다."

"그러면 한번 말해 보거라. 본래 육법은 남제의 사혁이 『고화품록』에서 서술한 것이니라. 그렇지 않느냐?"

진채선은 잠시 생각에 잠기는 듯 눈을 감더니 앞으로 약간 당겨 앉으며 동기창의 육법에 대해 설명을 해나간다. 설명을 해나가는 것이라기보다 줄줄 암송한다는 표현이 맞을 것이다. 진채선의 식견이 보통이 아님을 말해준다.

"화가의 육법 가운데 첫째가 '기운생동'입니다. 기운은 배울 수 없는 것으로, 이것은 세상에 나면서 저절로 아는 것이며, 자연스럽게 하늘이 부여하는 것입니다. 그러나 배워서 되는 경우도 있습니다. 만 권의 책을 읽고 만리의 길을 걸으며, 가슴 속에서 온갖 더러운 것이 제거되어 절로 구학이 마음속에서 생기고, 산수의 경계가 만들어져 손 가는 대로 이 모두가 산수의 전신인 것입니다."

좌중의 손님들이 모두 놀라는 표정을 짓는다. 일개 기생이, 그것도 나이가 어린 기생이 가무와 소리만 잘 하는 것이 아니라 시서화론에 대해서도 줄줄 꿰고 있으니 경악할 수밖에 없었다.

"대단하구나. 그래 육법 중에서 첫째만을 언급했는데, 나머지 육법에 대해 설명해 보거라."

"사혁이 말한 육법을 동기창이 다시 자신의 책에서 재론한 것입니다. 육법의 둘째는 '골법용필'이고, 셋째, '응물상형'이며, 넷째, '수류부채', 다섯째, '경영위치', 여섯째 '전이모사'입니다."

"정확하게 알고 있구나. 육법에 대해 좀 더 풀어서 설명해보라."

"'기운생동'이란 기운은 배울 수 없다는 것으로 화가의 타고난 천분이나 인격 속에 기운이 있는 것으로 본 입장입니다. 천재적 솜씨는 타고난다는 의미입죠. '골법용필'은 대상을 정확하게 표현하는 선을 고르는 것을 말하고, '응물상형'이란 사물에 따라서 형상을 그려내야 한다는 것을 말합니다. '수류부채'란 사물에 따라 색을 칠하는 것을 의미하고, '경영위치'란 그림의 구도를 잘 설정해야 함을 지적한 것입니다. 끝으로

'전이모사'란 예부터의 유명한 그림을 모사해 보는 것이 필요하다는 당부겠죠?"

김상엽은 진채선이 한 마디 한 마디 할 때마다 그 아리따운 자태에 혼이 빠져나간 표정을 지었다. 그냥 예기가 아니라 학덕까지 갖추고 있는 점에 그저 놀랄 따름이었다. 그럼 벼루와 먹을 갈아서 문인화를 그려 보라고 제안한다. 진채선은 소동파의 <묵죽화>를 전이모사 한 그림을 그리기 시작한다.

"북송 때 소동파의 <묵죽화>가 유명합니다. 난초와 매화를 그리는 것도 좋아하지만, 오늘은 <묵죽화>를 흉내 내서 그려보겠나이다."

소식은 문학뿐 아니라 다방면의 예술에 능통한 사람이다. 자는 자첨이고 호는 동파거사를 사용한 사천성 미산사람이다. 그는 진사에 합격한 이후 한림학사·예부상서·병부상서 등 많은 벼슬을 했으나 나중에는 정치적인 풍파를 탄 대표적인 인물이다. 원풍년(1079)에는 황궁에 반하는 좋지 않은 시문을 남겨 죽음에 이를 뻔했으나 신종의 자비로 겨우 목숨을 구하고 황주로 유배를 간다. 이 시기에 서화론으로 시화본일률(詩畵本一律)을 터득하게 된다 즉 '시중유화 화중

유시(詩中有畵 畵中有詩)'를 주장하면서 유배생활 등에서 얻은 삶에 대한 회의와 염증으로부터 벗어나고자 끊임없는 해탈을 추구했다.

진채선이 묵죽화를 그리는 동안 손님들은 술잔을 주고받으며 담소를 나누고 있었다. 물론 눈은 모두 진채선의 손놀림에 모아져 있었다.

"그래 다 그렸느냐? 손님들이 모두 잘 볼 수 있도록 들어보아라."

채선은 그림을 펼쳐 둘러앉아 있는 객들에게 보여준다. 순식간에 그려나간 채선의 그림솜씨에 혀를 내두른다. 수묵화의 전형으로 손꼽히는 소동파의 <묵죽화>를 따라 그렸다니 더욱 관심을 기울이면서 바라본다.

"그런데 왜 대나무에 마디가 하나도 없느냐? 일부러 마디가 없게 그린 것이냐?"

"아니옵니다. 소동파가 그의 <묵죽화>에서 마디를 그리지 않아서 인구에 회자된 이야기가 되었습죠. 저도 소동파를 따라 해보았을 뿐이옵니다."

소동파의 절친한 친구 미불(米芾)의 『화사(畵史)』에 나오는 이야기이다. 소동파는 대나무를 그리되 대의 마디를 그리지 않았던 것으로 널리 이름을 떨쳤다. 이는 그가 대를 그릴 때 대의 외관을 그린다기보다는 대의 속성과 본질을 그리려고 했기 때문이다. 땅으로부터 마디가 없이 직선으로 뻗어 있는 대나무 그림을 기이하게 여겨 미불이 소식에게 "왜 마디가 없느냐?"라고 묻자 소식은 "대나무가 성장을 할 때 어찌 마디를 좇아 성장하겠습니까?"라고 답변을 했다고 전했다. 미불은 소식의 이러한 회화적인 특성을 상리(常理)라는 예술론에 입각하여 해석하였다. 그러나 진채선이 <묵죽화>를 그린 것과 그것에 마디를 그리지 않은 것은 여인의 내면을 바라다보지 않고, 성적인 쾌락만을 추구하는 김 사또의 허위와 가식을 꼬집기 위함이었다.

그렇지만 눈치 없는 김상엽은 욕망에 눈이 멀어 진채선의 내면의 목소리를 듣지 못하고 엉뚱한 행동을 한다. 진채선의 재능에 빈객들이 환호를 보냈다고 하면서 그녀에게 큰 상을 내리겠다고 제안한다.

"너의 재주는 매우 아깝구나. 선상기로 궁전으로 불려가도 누구나 환영을 할 것이다. 지난번 신임 사또 도임 연회에서는 판소리와 타령으로 흥을 돋우더니 오늘은 문인화로 다시 한 번 감동을 안기는구나. 무슨 상을 받고 싶으냐? 혹 받고 싶은 선물이 있는가?"

"소인은 상을 받을 만큼의 일을 하지 않았습죠. 부끄럽습니다."

"너에게 오늘 특별히 밀화비녀와 옥비녀를 선물하려고 한다. 전통 장신구 중에서 최상품이니 기쁘게 받도록 하라."

진채선은 달갑지는 않았지만, 겉으로 내색을 못하고 앞으로 나가 김상엽으로부터 비녀 두 종류를 받는다. 김상엽이 좋은 선물을 한 이유는 진채선으로부터 호감을 얻기 위함이었다. 비녀는 우리의 옛 관습으로는 '계례(笄禮)'와 관련이 있다. 그것은 아이와 어른을 구별하는 관습을 말한다. 이 계례는 남자의 관례와 더불어 성숙기에 행하여지는 까닭에 혼약이 성립된 뒤에 비로소 행하는 것이 통례였다. 하지만 19세기 중반의 기녀들의 머리치장에서 밀화비녀에 대한 묘사가 많이 등장한다. 기녀는 천민이었지만, 귀족 남성의 사치노예였던 만큼 그들의 의복과 장신구의 호사는 조선 초기부터 관대하여 금은의 사용도 허용하였다. 가사 <한양가>에 밀화비녀에 대한 묘사가 나오는 데에서 확인이 된다.

각색 기생 들어온다. 예사로운 노름에도

치장이 놀랍거든 하물며 승전노름

별감의 노름인데 범연히 치장하랴

어름 같은 누른 전모 자지갑사 끈을 달고

구름 같은 허튼머리 반달 같은 쌍어레로

솰솰 빗겨 고이 빗겨 편월 좋게 땋아 얹고

모단삼승 가르마를 앞을 덮어 숙여 쓰고

산호잠 밀화(蜜花)비녀 은비녀 금봉자(金鳳釵)를

이리 꽂고 저리 꽂고 당가화(唐假花) 향가화를

눈을 가려 자주 꽂고 도리불수 모초단을…….

김상엽은 최대한도의 호의를 베푼다. 선물을 통해
진채선의 환심을 사겠다는 의도로 보인다. 하지만 정
작 선물을 받는 입장인 진채선은 가시방석에 앉은 처
지였다. 유교적 전통 사회에서는 특히 여인의 절개를
최고의 덕목으로 생각하여 조선조 여인들은 정절의
상징인 매화와 대나무 문양의 비녀를 즐겨 꽂았다. 그
런 의미에서 김상엽은 진채선을 자신의 사치노예, 즉
방기로 삼으려는 내심을 드러낸 것이라고 할 수 있다.
김상엽과 진채선 간의 전쟁의 서막이 펼쳐진 것이다.

김상엽은 기회만 닿으면 진채선을 관아의 사랑방으로 불러올렸다. 좌수·별감 중에서 생일을 맞는 양반의 축하연을 해준다면서 두 사람 간의 식사자리에 진채선의 연주를 듣고 싶다고 불렀다. 좌수와 별감은 지방의 향사(鄕士) 중 가장 나이가 많고 덕망이 있는 사람을 향사가 천거하여 수령이 임명하였다. 유향소는 원래 지방풍속의 단속과 향리의 규찰 등을 그 임무로 했다. 사실 명분은 생일연회이지만, 그것은 형식일 뿐이었다. 실상은 김상엽이 그것을 핑계로 진채선을 가까이에서 보려고 하는 것이 주목적이었다.

"오늘 생신을 축하합니다. 일찍 따로 모시려고 했는데 기회가 닿지 않아서 이렇게 조촐하게 모시게 되어 미안하게 생각합니다."

"무슨 말씀을요? 고을 사또와 단 둘이 대면하여 한 반상에서 식사를 하다니 대단한 영광이올시다. 더구나 저를 위해 주안상뿐만이 아니라 관기의 공연까지 베풀어주신다니 몸 둘 바를 모르겠소이다."

"자. 제 잔을 먼저 한 잔 받으시옵소서. 오늘은 송강 정철과 김성원, 고경명 등이 시조창을 하면서 마셨다는 담양 추성주를 특별히 준비했소이다. 채선이 너도 한잔 하려무나."

"사또 어른, 특별주까지 준비하시다니요. 너무나 황송하옵나이다."

추성주는 담양 지역에서 자생하는 약초 등을 캐다 술을 빚어 마셨는데, 이 술은 신선주로 허약한 사람들과 애주가들이 애음했으며 그 비법이 구전될 정도였다. 추성주는 제조방법도 여간 복잡하지 않다. 밑술을 만듦에 있어 찹쌀과 멥쌀을 1 : 3의 비율로 섞어 물에 씻어 건져서 고두밥을 짓고 엿기름과 물을 부어 두 차례 당화시킨 다음 덧술을 만든다. 덧술은 누룩과 분쇄한 두충·창출·육계 등 20여 가지 한약재와 물·밑술을 섞어 10여 일간 발효시킨 술덧을 증류하면 한약재로부터 분리된 특유한 향미를 지닌 증류식 소주가 만들어진다. 여기에 홍화·구기자 등 여덟 가지 약재를 분쇄하여 달인 추출물을 증류하여 얻은 증류식 소주와 섞고 한 달간 숙성시킨 후 2차 여과를 하여 20도의 실내에서 한 달 가량 재차 숙성시키면 도수가 꽤 높은 완성된 담양 추성주를 얻게 되는 것이다.

"채선이도 한잔했으니 흥을 돋우기 위해 <태평가> 한 마디를 뽑으려무나. 좌수어른, 좋지 않소이까?"

"여분이 있겠습니까? 순창교방의 자랑인 채선이 소리를 듣다니 감개무량하옵니다."

"오늘은 손님들을 위해 <태평가> 한 곡을 불러드리겠나이다. 노랫가락이 흥겹고 태평시대를 가창하고 있지만, 가사는 사랑하는 님과의 이별의 내용을 담고 있어 애잔한 느낌을 줍죠."

짜증은 내어서 무엇하나 성화는 바치어 무엇하나 속상한 일도 하도 많으니 놀기도 하면서 살아가세

※ 니나노 닐리리야 닐리리야 니나노- 얼싸 좋아 얼씨구나 좋다 벌나비는 이리저리 퍼얼펄 꽃을 찾아 날아든다

청사초롱에 불밝혀라 잊었던 낭군이 다시 온다 공수래 공수거하니 아니나 노지는 못하리라

춘하추동 사시절에 소년행락이 몇 번인가 술 취하여 흥이 나니 태평가나 불러 보자
만경창파 푸른 물에 쌍돛단배야 게 섰거라 싣고 간 임은 어디 두고 너만 외로이 오락가락

개나리 진달화 만발해도 매란국죽만 못하느니 사군자 절개를 몰라 주니 이보다 큰 설움 또 있으리

꽃을 찾는 벌나비는 향기를 좇아 날아들고 황금 같은 꾀꼬리는 버들 사이로 왕래한다

학도 뜨고 봉도 떴다 강상 두루미 높이 떠서 두 나래 훨씬 펴고 우줄우줄 춤을 춘다

작작요요 도리화는 장안호접 구경이요 금장병풍 모란화는 부귀자의 번화로다

만산홍록 요염하여 금수병을 둘렀구나 노류장화 꺾어 들고 춘풍화류를 희롱하세

원앙금침 마주 베고 만단정회 어제런 듯 조물이 시기하여 이별될 줄 어이 알리

알뜰살뜰 맺은 사랑 울며 불며 헤어지니 쓰리고 아픈 가슴 어이 달래 진정하리

세상 인심 야속함을 저 두견이 먼저 알고 숲 사이 슬피 울며 사람들을 야유하네

눈 속에 밝은 빛은 전에 보던 그 달이요 찬바람 울리는 종 귀에 익은 종 소릴세

다락 위에 홀로 올라 시름 속에 잠겼을 제 성 넘어 먼산 머리 새벽구름 떠오르네

강물은 깊고 맑아 거울인 양 널렸는데 살랑살랑 부는 바람 고운 물결 일으키네

산이 막혀 물이 막혀 태우느니 이내 심사 하루에 열두 시로 임 계신 곳 바라보네

방초 언덕 푸른 풀빛 이내 시름 더욱 깊고 봄동산 고운 꽃을 주 두견이 애를 끊네

방초처처 우거지니 꽃들 곱게 피었는데 늘어진 버들 그림같이 성을 둘러 푸르구나

대취하여 노래할 제 달 뚜렷이 밝았는데 강언덕 꽃은 지고 저 두견이 우거지네

해지는 바다 위로 저녁 노을 잠겼는데 갈대 우거진 강가에는 맑은 이슬 어려 있네

강상에 임 보낼 제 바람마저 처량쿠나 떠나가고 보내는 정 말로 어이 다할소냐

뜬세상 구름 같고 백년도 꿈이어니 이 가운데 사는 우리 풀 끝에 이슬일세

고침단금 꿈길 속에 그린 고향 갔었더니 오동잎 지는 소리 놀라 깨니 허사로다

늦은 가을 밤에 바람 일어 잎이 지고 눈물 흘려 뺨 적실 제 귀뚜라미 슬피우네

새벽 일찍 몸을 씻고 높은 다락 올라오니 동녘 하늘 바
다 저쪽 환하게도 새는구나

맑은 물결 바람 일어 금빛 기둥 세우더니 찬란한 구름
사이로 해 뚜렷이 떠오르네

생일 축하연이 파하고 좌수를 배웅하고 돌아온 김
상엽은 진채선과 단둘이 앉아서 술잔을 기울인다. 흥
에 겨운 김상엽은 노골적으로 운우지정을 거론한다.
진채선은 밤이 늦었으니 물러가겠다고 아뢴다.

"사또 어른, 밤이 너무 늦었으니 이만 물러가겠나
이다. 용서해 주시옵소서."

"오늘 같이 즐거운 날, 밤이 지새도록 마셔보자꾸
나. 또 채선이의 노랫가락을 좀 더 듣고 싶구나."

"날이 밝은 날, 술이 취하지 않은 날, 제 목소리도
다듬어 꼭 들려드리겠나이다. 이렇게 늦은 밤, 사또
어른 옆에 오래 머물면 행수 어른께 크게 혼이 나옵
니다."

"누가 감히 관장과 함께 있는 관기를 혼을 낸단 말
이냐? 걱정하지 말라. 내가 행수기생을 불러 단단히
다짐을 받도록 하겠다."

술이 과한 김상엽은 노래를 부르는 진채선을 가까이 오게 하여 자꾸 끌어안으려고 시도한다. 이에 맞서 진채선은 멀리 떨어지려고 애를 쓴다. 진채선은 정색을 하며 사또께 드릴 말씀이 있다고 제지를 한다.

"사또 어른 며칠 전 호장어른을 찾아뵙고 순창교방을 떠나 고향으로 돌아가겠다는 뜻을 전달했나이다. 보고를 받으셨는지요?"

"무엇이라? 그런 전갈을 받은 적이 전혀 없다. 호장이 바빠서 아직 내게 보고를 하지 않았나 보구나. 그런데 왜 교방을 떠나려고 하느냐? 보수가 적어서 그런 것이냐? 아니면 누군가 너에게 해코지를 하는 자가 있단 말이냐?"

"사또, 저는 순창교방으로 온 목적이 분명하옵나이다. 예기로서 기예를 익히러 왔습니다. 그런데 사또 어른처럼 기생을 방기로 취급하는 것에 마음이 매우 상하옵니다."

순간적으로 김상엽은 당황하는 기색이다. 관기가 지방관장에게 하늘 무서운 줄 모르고 건방지게 토를 달고 항변을 하지 않는가? 하지만 진채선의 모든 행동이 귀엽고 예쁘게만 보이는 김상엽은 그녀를 달래서 진정시키려고 한다.

"다 너를 예뻐해서 그런 것이 아닌가? 내 말만 잘 들으면 남부럽지 않게 해줄 것이야. 알겠니?"

"저는 어머니 곁으로 돌아가려고 하옵니다. 어머니가 몸이 편찮으시다고 전갈이 와서 가야만 합니다. 홀로 계시는 어머니를 제가 돌보지 않으면 누가 돌보겠나이까?"

"네 어머니를 순창으로 오게 해서 내가 돌봐드리면 안 되겠는가?"

"아니옵니다. 어머니는 제가 혼자서 모실 수 있습죠."

"나, 김상엽이가 너를 좋아하는 것이 싫어서 그러느냐? 남자로서 진정으로 너를 좋아하는데 무엇이 두렵단 말이냐?"

"사또는 저를 그냥 인형으로 대하려는 것 뿐입니다. 진채선의 육체적인 아름다움을 취하려는 것이지 내면적인 아름다움을 좋아하는 것이 아니지 않습니까?"

"아니다. 난 너의 겉과 속, 모두를 사랑하느니라."

"거짓말 마시옵소서. 욕망에 의해 하룻밤 쾌락을 위해서 품으려는 것이지 정신적 사랑을 위해서 취하려는 것이 아니지 않습니까? 저는 미천한 신분이지만 자유로운 의지에 따라 인격적인 사랑을 나누고 싶지. 껍데기만의 육욕적 사랑은 정말로 싫사옵니다."

진채선은 육체적 사랑만큼은 정신적이고 정서적인 결합 욕구를 느끼는 사람과 나누고 싶었다. 자신의 육체적인 아름다움만이 아니라 내면적인 아름다움도 내다볼 수 있는 사람과 마음을 교감하고 싶었다. 결국 인간은 결핍의 동물이므로 유한성을 극복하기 위한 장치가 필요하다. 서로 상대방의 부족함을 보완해주는 사랑의 손길이 필요함을 말하고자 하는 것이다. 현실에서 그것을 얻을 수 없다면 예술세계에서라도 얻고 싶었던 것이다. 사또가 너무 취했다는 것을 핑계로 소피를 보러 간다고 대청마루로 나와서 교방으로 급하게 물러갔다.

다음날 진채선은 서신을 행수기생과 호장에게 남기고 짐을 싸서 고창을 향해 떠났다. 그동안 많은 고심을 했건만 결행을 미룬 이유는 행여 신재효 호장 어른께 누가 될까 하는 걱정 때문이었다. 더 이상 결심을 미룬다면 큰 화가 닥칠 것으로 판단했다. 사실 순창부사의 분노가 고창현까지 미칠까도 두려웠다. 진정 패악이 현실로 닥쳐온다면 몸을 숨겨서 산속으로 은신해 버리자고 속으로 다짐했다. 엄니가 너무 보고 싶다. 오늘 내일 신재효 어른이 순창으로 오면 함께 떠나는 것이 바람직할까도 생각했다. 그러나 호장어른이 순창부사를 설득해 공식적으로 길을 떠나는 것은 불가능해 보였다. 채선은 새벽에 남장으로 변신해 결심을 실행에 옮겼다. 가슴 속에 너울 파도가 밀려왔다.

제2부 장시는 열렸는데

행복의 씨앗

　귀복과 몽돌은 먼 길을 여행하고 지금 고창현으로
돌아오는 중이다. 한양에 머물고 있는 경주인 신광흡
을 만나고 무장장과 흥덕장에 일을 보기 위해 가고
있다. 바야흐로 시절은 봄이라 만물이 움트고 개울의
개구리도 겨울동안의 동면을 벗고 활동을 시작했다.
올챙이들이 개울의 맑은 물과 좁은 돌 사이 틈을 헤
엄치며 제 세상을 만난 듯 활개 친다. 수양버들에도
물이 올라 잎에 푸릇푸릇 생기가 돌고 있다. 길가에
핀 패랭이꽃에도 벌이 날아든다. 산천의 변화는 인간

의 마음 또한 움직인다. 큰 고개를 넘어 논밭이 펼쳐져 있는 마을로 접어들자 긴 여행에 지친 육체이지만 날렵한 발걸음은 고향집을 향해 힘차게 보폭을 넓혀간다. 귀복의 집에서는 어머니가 한 달 넘게 보지 못한 아들의 귀환을 눈이 빠지게 기다리고 있다. 일찍 아비를 잃고 정성을 다해 키운 아들이 아닌가?

"엄니, 안에 계신감요? 저, 귀복이 왔어라."

순길은 부엌에서 밥을 짓다가 아들 목소리가 들려 급히 뛰어 나온다. 안에서 밖으로 나오니 빛이 들어와 눈이 부셔 두리번거린다.

"뉘여? 누가 밖에 왔능가?"

"네. 엄니, 귀복이가 한양 다녀왔서라."

"그래 무사히 일 보고 왔능가?"

"그럼요. 한양 구경도 잘하고 시전, 육의전도 돌아보고 왔시유. 한양은 사람이 너무 많아요. 어디에나 바글바글 거려요. 어머니를 한번 모시고 가서 구경을 시켜 드려야 하는디…… 워낙 길이 멀어서……."

"그래 말만 들어도 기분이 좋구나. 저녁은 아직 못했지? 점심은 잘했능가? 누가 함께 왔능가? 귀복이에 신경 쓰느라 함께 온 사람을 대접 못했네."

"네. 몽돌이도 함께 왔어요. 몽돌아, 엄니께 인사 드려라."

멀찌감치 뻘쭉 서있던 몽돌은 두 모자의 모처럼만의 상견례를 지켜보고만 서 있다. 가족이 없이 홀로 고아처럼 커온 자신의 처지에서는 참으로 정겨운 풍경이다. 눈물이 나오려는 것을 감추고 시간이 멈춘 듯 묵묵히 바라보고 서있다.

"엄니, 저도 왔어요. 몽돌이여라우. 전에 몇 차례 인사를 드렸지유?"

몽돌이의 정중한 인사에 미소를 띄우며 순길은 다가가 두 손을 맞잡고 반가움을 표시한다. 얼마나 고마운 사람인가? 전국을 혼자 누빈다면 위험에 항상 노출될 수 있는 직업이 아닌가? 그런데 몽돌이가 옆을 지켜주니 수호무사처럼 든든하지 아니한가?

"그래. 자네도 왔구만. 잘 댕겨온 거지? 모처럼 아들과 담소를 나누느라, 몽돌이 자네도 함께 온 것을 잊어버렸어."

"아닙니다. 두 분의 정겨운 만남에 눈물이 났어요. 참으로 징한 핏줄입니다. 보기가 좋습니다."

"함께 들어봐요 찬은 별로 없지만, 텃밭에 있는 채

소와 밥만 겨우 해서 저녁이나 푸짐하게 먹소. 겨울동
안 혼자 있으면서 밥을 굶는 날도 많았지만, 자네들이
오니, 내일 기갈을 면치 못하더라도 오늘은 잘 먹어야
제."

평생 밥 한 끼니도 제대로 못 때우는 날이 많았던
순길이지만, 오늘만큼은 옆집에서 빌려오더라도 아들
과 친구를 잘 대접해야 하겠다는 생각을 한다. 하층민
들의 삶이 언제나 그렇지만, 햇볕들 날이 생기는 것이
현실이다. 그런 가운데 얼마나 애써서 키운 자식인가.
귀복이만 잘되기를 정화수 올려놓고 낮이나 밤이나
빌고 있는 어머다. 그래도 요즈음은 장시라도 열려
귀복이가 노비나 소작 품앗이 생활을 면하고 보부꾼
으로 돌아다니니 어깨에 힘이 들어간다. 얼마나 좋아
진 세상인가?

부엌에 들어간 순길은 아들이 돌아오면 준다고 몰
래 감추어놓은 탁주 한 사발을 가져 나온다. 술안주는
허드렛 김치와 마늘종이 전부다. 그래도 가난한 살림
에 이게 어디인가? 귀복과 몽돌이 술을 한잔 나누는
사이에 어머니는 신바람이 나서 군불을 피우고 보리
쌀을 씻어 앉히고 건어 생선 한 마리를 굽느라 부산

을 떤다.

"그래 저녁밥 먹음서 한양 이야그나 좀 하게나. 차린 것은 별로 없지만, 그래도 끼니나 때우게."

"엄니 형편도 안 좋은디, 생선 한 마리도 굽고, 밥도 따뜻하게 하셨네요? 찬거리는 어떻게 마련하셨어요?"

"그냥 대충 차렸어. 귀복이, 니가 오면 줄려고 이웃에 빌리기도 했구. 니가 장에서 돈을 많이 벌어야 살림이 펴질 것인디. 안 그러냐?"

이번 한양 길에서 돈을 좀 벌어왔는지 아들의 눈치를 보는 어머니다. 간혹 동전 꾸러미를 던져 주고 길을 떠나는 아들이 대견하기만 하다. 어릴 때 젖이 나오지 않아서 울고 보채는 아이를 엉덩이를 때려 잠을 재울 때는 함께 죽어버리고 싶은 적도 많았다. 아비 없는 자식이라도 길에서 놀림을 받고 들어오는 귀복이를 용렬한 놈이라고 한 대 더 때리던 어미의 마음이 얼마나 시리고 아팠겠는가?

숭늉을 마시며 한양이야기로 꽃을 피운다. 이런 것이 순길이 바라던 행복이 아니겠는가? 행복은 신분이 높은 것에서도 오지 않는다. 양반 사대부라고 행복한가? 영의정 3정승이라야만 행복한가? 그렇지 않을 것이다. 행복은 돈이 많다고 해서 얻을 수 있는 것도 아니다. 한양과 중국과의 무역 상단을 장악하고 있는 행수라고 행복하겠는가? 아니다. 행복이란 조그마한 것에서 찾아진다. 어머니랑 숭늉 한 사발 마주앉아 마시는 것에서 올 수 있다. 귀복은 요즈음 위험을 무릅쓰고 먼 길을 다니면서 돈을 벌기 위해 불나방처럼 쫓아다니면서 행복이 무엇인지 생각하게 되었다. 어릴 때 어머니로부터 어깨너머라도 글을 배우라는 가르침을 받지 않았다면 얻을 수 없는 소득일 것이다. 글을 깨우치니 길을 가면서도 순간순간 깨달음을 느끼게 된다. 진정한 행복은 따뜻한 가슴에서 얻어지는 것이다. 돈에 미친 다른 보부꾼을 도우면서 욕망을 절제하고 마음을 어루만져 줄 때가 바로 행복인 것을 알게 되었다. 돈과 욕망에 미치면 인간에서 점차 멀어지고 짐승이 되어 간다. 다른 사람을 해쳐서라도 욕망을 성취해야 직성이 풀리기 때문이다. 어머니를 오랜만에 만나 따뜻한 마음을 나누게 되니 별별 생각이 다 떠오른다.

"엄니랑 숭늉 한 사발 나눠 먹으니까 참으로 행복

하다고 느껴지네요. 엄니도 그렇지요?"

"그래, 이 엄니도 너만 건강하고 열심히 살아가는 것을 보는 것이 행복이란다. 너무 욕심내서 다른 사람에게 피해를 주는 것이 없도록 노력해라. 이 늙은 어미가 더 바랄 것이 있겠느냐. 다만 니가 돈을 조금 벌어서 다정다감한 여자와 오순도순 자식 낳고 사는 것을 보는 것이 마지막 소원이다."

"꼭 엄니, 소원을 이루어드리도록 힘쓸게요. 세상이 하도 험악해서 돈 벌기도 쉽지 않습니다만, 착하게 살면서 돈을 벌도록 노력하겠스라요."

몽돌이도 옆에서 귀복이 말에 동감을 표시하면서 고개를 끄덕인다. 몽돌이도 잠시 눈을 감고 생각에 잠긴다. 참으로 고달픈 인생이란 것을 깨닫게 된다.

"네, 어머님 말씀을 저도 새겨듣겠습니다. 돈을 번다는 것이 정말로 어려워요. 노력한 만큼 벌어지는 것이 아니랑께요. 하지만 세상에 쉬운 일이 어디 있겠어요? 예전보다 기회가 많이 열려 있으니 힘껏 부대껴 봐야 하겠지요."

"엄니, 한양에서는 없는 것이 없어요. 장사꾼도 무장이나 고창하고는 비교가 안 되라우. 처음 가서는 눈이 뒤집혀졌어라우. 어리벙벙하기도 하구요. 몽돌이 니도, 안 그렇냐?"

몽돌이가 대답을 한다.

"어머님, 어깨를 스치지 않으면 시전을 지날 수 없습니다. 또한 걸립패, 사당패가 여기저기서 공연을 하기도 하고, 그러다보니 도둑도 많습니다. 잠시 한눈을 파는 사이 몽땅 털리기도 합니다."

"한양이 그렇게 넓고 크단 말이여? 임금님만 으리으리한 곳에 살고 계시다고 말씀만 들었는디, 일반 백성들도 그렇게나 많이 사는 것이여?"

"시전과 난전이 막 섞여 있어서 정신이 없어라우. 엄니, 혼자서 길을 다니다가는 잃어버리기 십상이에요."

"그렇게 복잡하단 말이여? 몽돌이, 자네 생각도 그려?"

가만히 귀복이 이야기를 듣고 있던 몽돌도 얘기에 끼어들어 한마디를 한다. 자신도 눈이 휘둥그레졌다고 말한다.

"한양은 정말로 예쁜 색시도 많아요. 장삼인가 뭔가를 뒤집어쓰고 다녀도 대충 보아도 예쁜 건 알잖아요. 기생들은 교꾼이 끄는 가마를 타고 다니는데 혹 가마의 장막을 거두면 어여쁜 아가씨의 손을 보게 되는 경우가 있어요. 하얗고 뽀얀 손을…… 징말로 예쁘지요…… 징말로"

"총각이라서 그런지 색시 이야기만 하는구만. 다른 신기한 것은 못 봤능가?"

"걸립패들, 남사당 패거리들의 공연도 재미있어요. 태평소 소리를 못 들어봤지요? 꽹과리를 알잖아요? 하여튼 시끄럽고 요란한 소리와 함께 여러 명의 사람들이 그렇게 복잡한 장터에서 이리 폴짝 저리 폴짝 뛰면서 재주를 넘는데 기가 막힙디다."

"귀복아. 어미도 너를 따라 죽기 전에 한번 한양 땅을 밟아 봐야 쓰겄다. 그렇게 볼게 많다고 허니 더 늙기 전에 가봐야겠어. 안 그냐?"

"곧 엄니 소원을 풀어드리는 날이 있겠지요? 열심히 몽돌이랑 뛰어다니면서 돈을 벌텡께 걱정 붙들어 매시요"

육의전의 역사는 오래되었다. 조선 초기부터 국가의 공물을 납품 받기 위해 국가가 상행위를 허용한 것이다. 태종 때부터 서울 종로의 간선도로를 중심으로 건물을 제공하여 시전(市廛)을 설치하고 궁중이나 국가기관의 수요물품을 담당하도록 상행위를 허용했다. 시전은 처음에는 규모와 경영방식이 비슷했다. 조선 후기로 가면서 점차 도시가 번영하고 상업이 발달하자 경영방식이 달라져, 각 시전마다 관청과의 관계와 국역부담에 차이가 생겼다. 이들 중에서 국역을 부담하는 시전을 유분각전(有分各廛)이라 하고, 국역부담이 면제된 시전을 무분각전(無分各廛)이라 한다. 이들 유분각전 중 가장 많은 국역을 담당하는 6종의 시전을 육의전이라고 말한다. 대체로 육의전의 형성 시기는 인조 15년 무렵인 1638년으로 추정한다. 육의전은 선전(線廛: 각종 匹緞을 취급)·면포전(綿布廛: 白木廛과 銀木廛 그리고 綿布·銀子를 취급)·면주전(綿紬廛: 각종 명주를 취급)·지전(紙廛: 종이류를 취급)·포전(布廛: 苧布·麻布를 취급)·내외어물전(內外魚物廛: 각종 어물을 취급)으로 구성되었다.

시전의 위치는 보신각 종루가 있는 종로 네 거리에 있었다. 고려 개경에 있던 시전을 본떠서 종로 네 거리를 남북과 동서로 나눠 형성되었다. 종로의 중앙 간선도로의 좌, 우에 공랑점포를 지어 상인들에게 점포를 대여하고 장사를 하게끔 허가를 하면서 그들로부터 점포세와 상세를 받은 데서 비롯된다. 육의전의 각 전들은 저마다 도가라는 사무실과 도중이라는 일종의 도업조합을 조직하였다. 그들의 조합원을 도원이라고 하고 도령위(都領位), 대행수, 수령위(首領位) 등의 임원을 선출하였다. 도중의 가입에는 예전(禮錢)이라는 기본가입금과 면흑예전(面黑禮錢)이라는 가입 축하 향연비를 내야 했다. 이들 육의전을 감독하는 기관은 한성판윤 아래에 있는 경시서(京市署)였다. 경시서는 시전의 검사·도량형의 감독·물가 조정 등의 의무를 맡았다. 국가에서 육의전에 국역을 부담시킬 경우는 경시서를 통해 상납시킬 품목과 수량을 시전의 도가에게 하명하면, 도가는 소속된 육전의 부담 능력에 따라 비율을 정하여 총괄하고 미리 각 전에서 물품을 징수 보관했다가 명령이 있는 즉시 납품하였다. 국역을 부담한 유분각전은 10분전에서 1분전까지 10등급으로 나뉘어졌다.

"대단하구만."

"맨 처음 시전은 어떤 목적에서 시작되었나요?"

"국가에서 필요한 물품을 조달하기 위해 개설되었

고, 상점의 난립을 막기 위해 일정한도의 제한을 하게 되었어."

"그렇군요."

이렇게 한양의 시전상인은 왕실과 관아에 필요한 물품을 조달하고 이에 대한 반대급부로 물품의 고유 전매권을 소유한 상인인 것이다. 이러한 고유전매권을 금난전권(禁亂廛權)이라고 한다. 시전상인은 국가로부터 시전 행랑(行廊)을 대여 받고 한 점포마다 한 가지 물품만을 독점적으로 판매하면서 평시서로부터 가격과 품질을 검사 받았던 것이다. 금난전권이란 시전 상인의 판매물품류를 허가 받지 않은 난전이 판매하는 것을 규제하는 것을 말한다. 그러나 시장의 확대와 상품수요의 증대는 사상인의 활동을 오히려 활발하게 진행시켰다.

대부분의 상점은 지붕도 없이 널판이나 멍석 위에 물건을 올려놓고 팔았다. 원래 한양의 종로는 상점들이 없는 반듯한 대로였다. 그러던 것이 조선 후기로 오면서 인구의 증가와 상업 활동의 발달로 인해 바뀌게 되었다. 처음에는 남의 집 담에 좌판이나 광목을 깔고 물건을 팔다가, 점차 차양도 치고 담을 두르다가 결국에는 상점을 만들어 길을 점유하게 되었다. 따라서 한양의 길거리는 반듯하지 못하고 좁고 굽은 길투성이로 형성된다. 결국 종로의 상점이 행상에서 좌판으로, 다시 노점에서 상점으로 발전하는 과정은 상업경제가 발달하는 일반적인 사회의 모습과 유사하다.

귀복 일행이 한양에서 급히 내려온 것은 한양의 거상 김동석 행수의 부탁으로 전라도 세목과 천일염을 구하기 위함이었다. 그래서 귀복은 어머니와의 달콤한 하룻밤을 보내고 바로 무장장과 흥덕장을 향해 나귀를 몰고 길을 떠났다. 고창읍성에서 무장으로 나가는 길은 약 6리 정도 된다. 두 사람은 좁은 길을 따라 몇 시간을 걸어간다. 당나귀의 방울소리가 처량하게 들릴 때도 있고 경쾌하게 들리기도 한다. 밥도 제때에 못 먹고 지칠 때는 그 울음소리가 슬프게 느껴지기도 하다가 물건을 빨리 구해서 일확천금한다는 생각을 할 때는 발걸음이 가벼워진다. 예로부터 조선에서 포목은 매우 중요하게 간주된 상품이다. 모든 사람에게 쌀 다음으로 중요한 것인 옷은 반드시 입어야 하기 때문이다. 조선 팔도에서 포목과 관련해서 유명한 명산지가 있다. 경상도는 안동포(安東布), 전라도는 세목

(細木, 고운 무명), 충청도는 한산(韓山) 모시, 함경도
는 육진환포(六鎭環布), 평안도는 안주고라(安州古羅),
황해도는 해주백목(海州白木), 경기도는 강화반포(江華
班布, 반베), 강원도는 철원명주(鐵原明紬)가 유명했다.
귀복은 무장현의 보부상 응복을 찾아갔다. 아마도 응
복은 본방에 있을 것이다. 본방은 각 장시에 있는 보
부상의 본거지를 말한다. 본방이 모여 다섯 읍의 본소
가 되고 그 우두머리로 접장을 선출한다.

"안에 응복이 있능가?"

귀복은 조심스럽게 무장장터의 본방(本房)으로 찾아
가서 응복이 안에 있는가를 확인했다. 그는 마침 본방
에서 다른 보부상들과 담소를 나누고 있었다.

"그래, 어떻게 나를 찾아왔능가? 응복일세."

"난 한양에서부터 전국을 찾아다니는 떠돌이 행상
귀복이일세. 여기는 나와 함께 다니고 있는 몽돌이여.
서로 인사 나누게."

"어따 반갑네. 전에 전주장터에서 한번 본 적이 있
지 않나? 벌써 일 년이 그렇게 흘렀는가? 그동안 잘
지냈능가?"

"보다시피 나야 물론 잘 지내고 있제. 자네는 그동

안 어떻게 지냈능가? 장사는 잘 되는가?"

"그래 다른 큰 도시와는 다르제. 자그마한 무장장에서 무슨 큰 돈을 벌겠능가? 자네처럼 한양을 발판으로 해서 전국을 누비는 게 장땡이 아닌가?"

"아니여. 자네가 더 실속이 있지 않나? 우리 같은 행상이야. 겉으로 남고 속으로 골병드는 뜨내기지 뭐."

귀복은 오랜만에 만난 웅복이가 살갑게 느껴졌다. 같은 고향사람인데다가 보부상을 같이 하고 있지만 사실상 전라도 주변을 맴돌면서 특산물을 구매하면서 무장장과 홍덕장에서 직접 내다 팔거나 위탁판매를 하니 탄탄한 인적 조직이 되어 있어서 실속이 많다고 할 수 있다. 그에 비해 전국을 누비는 자신과 몽돌은 신변상 위험에 많이 노출되어 있다는 점이 한계이다.

"이참에 자네를 찾아온 이유는 전라도 세목을 많이 구매하고 싶어서여. 산지를 직접 찾아가기 전에 지역에 발이 넓은 자네를 통해 잘 아는 동업자를 소개받기 위한 목적이제…… 세목을 생산하거나 좋은 세목을 산지구입해서 재판매하는 믿을 수 있는 지역 상인을 좀 소개해 주시게."

"잘 찾아왔네. 세목하면 전라도 아닌가? 사실 충청 도의 한산모시를 최고로 치지만 진안·장수·남원 등 지의 모시도 질이 매우 좋당께. 그 담에 장흥과 강 진·해남에서도 생산이 되고 있긴 하제. 모시는 여름 옷감이니 봄철에 구매해서 바로 옷으로 만들어야 하 닝께 매우 바쁠 수밖에 없어. 내가 자네를 위해 사람 을 딸려 보낼 텡께 함께 가서 구매를 하시게. 여기에 서는 역시 남원장을 찾아가는 편이 좋을 것이여. 거리 상으로 가장 가까우니 그곳이 좋겠어. 좋은 모시를 구 하면 딸려 보낸 내 하인에게 거간비나 두둑하게 쳐주 소"

"고마우이. 은혜 갚는 날이 있겠지. 사람까지 딸려 보냄서 도와준다니 고마움에 어찌 답을 해야 허까?"

"우리 사이에 무슨 은혜를 갚는다는 말이 통하겠 나? 다음에 자네에게 큰 신세를 질 때도 있겠지. 그 때는 자기 일처럼 나서줘야 하네. 알겠어?"

"고맙네. 다음에 한양에 오면 내가 크게 대접함세. 한양에서는 유곽도 많고 좋은 물화도 많으니 꼭 찾아 오시게."

사람이 살아가는 데 세 가지가 필수품이다. 흔히 그

것을 의식주라고 말한다. 그 가운데 의생활의 기본이 되는 옷감을 짜는 일은 고되지만 인간이 피해갈 수 없는 분야이다. 다만 이러한 힘든 일을 옛날 조선의 여성들이 도맡아서 해왔다는 사실이다. 조선의 옷감 중에서도 모시·무명·비단의 세 가지가 가장 많이 사용되었다. 명산지도 한산에서 만드는 한산모시, 전라도 나주에서 만드는 무명, 그리고 경상도 성주에서 만드는 명주를 그 제조기술이나 아름다움 때문에 최고로 쳐왔다. 모시는 각종 문헌에 저·저포·저마포 등으로 기록하고 있다. 『박통사언해』에서는 "중국의 저마포를 고려에서는 모시포(毛施布)라고 부른다."고 서술하고 있다. 모시는 베와 같이 너비가 좁지만 습기를 잘 흡수하고 발산하는 것이 빨라서 여름에 많이 입으며 만드는 방법도 비교적 까다롭다. 우리나라에서 모시를 언제부터 짰는지 분명하지 않지만, 『삼국지』에 신라 문무왕 32년에 30승포(升布), 40승포의 극세포를 중국에 공물로 보냈다는 기록이 보인다. 고려시대에는 모든 백성들이 모시를 제작할 수 있었으며 사원과 관청에 소속된 장인들의 솜씨가 뛰어났다. 고려 말기 충숙왕부터 공민왕 때까지 30여 년간에 원나

라는 무늬를 넣어서 짠 모시(織紋苧布)를 공물로 요구
했다. 조선 후기에는 한양에 모시전을 두어 궁중을 비
롯한 각 관아에 필요한 모시를 세금으로 바치게 했다.

　제작과정은 우선 모시풀의 밑둥을 베어서 겉껍질을
벗긴 줄기, 즉 '태모시'를 물에 담근 다음 볕에 말리
는데, 이 과정을 여러 번 반복하면 좋은 품질의 모시
를 얻을 수 있다고 한다. 우리나라 기후는 모시풀을
재배하기에 아주 알맞다. 다음은 태모시를 한 올 한
올 쪼갠 후 모시올의 머리 쪽과 다른 모시올의 아래
쪽을 비벼서 연결해 16개의 뭉치를 만들면 모시 한
필 분량이 된다. 모시올의 굵기는 7~15승까지 있는
데, 대체로 8~9승이 가장 많으며, 10승 이상은 세모
시라고 한다. 모시 뭉치를 베틀에 걸고 옷감을 짤 때
날실이 마르면 물틀개로 적셔주며, 충분한 습기가 필
요하므로 한 더위에도 움집에서 짠다.

　우리나라에서 최고로 치는 한산모시는 충청도 서천
군 한산면에서 자라는 모시풀의 인피를 쪼개고 이은
실을 베틀에 걸어 짜낸 직물이다. 한산모시는 품질이
우수하고 섬세하기로 유명하다. 밥그릇 하나에 모시
한 필이 다 들어간다는 말이 생길 만큼 결이 가늘고

고운 것이 특징이다. 모시는 태모시 만들기, 모시 째기, 모시 삼기, 모시굿 만들기, 모시 날기, 모시 매기, 모시 표백 등의 힘든 과정을 거쳐서 짤 수 있다. 여기에서 모시 째기는 모시 섬유의 굵기를 결정하는데 쪼개는 굵기에 따라 모시 품질의 상, 하가 가려진다. 모시 째기가 끝나면 쪼개진 모시올을 연결하는데, 이것을 '모시 삼기'라고 한다. 짤막한 모시올의 두 끝을 침을 묻혀 무릎 위에서 손바닥으로 비벼 연결한다. 이렇게 만든 실 가운데 날실로 만드는 것을 '모시 매기'라고 한다. 모시 매기는 모시 삼기를 해서 만든 실에 콩가루와 소금 그리고 물을 섞어 만든 반죽을 묻혀 이음새를 매끄럽게 하고 왕겻불로 말리는 것을 말한다. 씨실로 사용하기 좋게 모양을 내는 것을 '꾸리 감기'라고 한다. 실이 완성되면 베틀을 이용해 모시를 짠다. 날실을 베틀에 고정시키고 씨실은 북에 담아 좌우로 엮으면 모시가 완성된다. 이러한 힘든 과정을 오랜 전통으로 조선의 여성들이 해왔던 것이다.

응복이가 손님 대접을 하기 위해 제안을 한다.

"그건 그렇고 오늘은 무장현에 왔으니 터줏대감인 내가 한잔 내야 하지 않겠나. 나를 따라 나오게. 오늘

밤은 늘어지도록 마시고 여각을 잡아줄 것이니 그곳에서 푹 쉬고 내일 아침 새벽같이 길을 떠나게."

"말은 고맙지만, 자네에게 신세를 지기가 미안하네, 그려."

"무슨 소리를 같은 동향으로 술 한 잔 못 사겠나. 나를 따르게."

웅복이는 귀복과 몽돌을 이끌고 무장현의 읍내로 데려가 무장장터로 향한다. 작은 마을이지만, 5일장으로 열리는 장시는 그런대로 인파로 붐빈다. 마침 5일장이 열리는 날이라 사람들로 주막에서 몇 사람의 손님이 술잔을 기울이고 있었다. 술집 주모가 웅복이를 반갑게 맞으며 인사를 한다.

"아니 누구여? 오늘은 일찍부터 술 마시러 왔네."

"한양에서 보부꾼들이 왔당께. 그랑께 한잔 대접하려고 하니 술은 탁주로 하되, 술안주를 한상 크게 봐와야 겠네."

"여분있나. 단골손님이 왔는디…… 보꾼들은 오늘밤 여각에서 쉬어간당가?"

그렇게 나이가 많지 않고 찰지게 생긴 주모는 귀복을 흘깃흘깃 쳐다보며 어디서 유숙하는지 물어본다.

"왜 여각에 묵으면, 주모가 질펀하게 객고라도 풀어줄라고 하능가?"

"아니, 우리 주막 손님이니까 궁금해서 물어보는 것이지. 넘겨짚기는."

"곱상한 손님이 한양에서 기생께나 울렸겠는디⋯⋯ 시골의 곰같이 생긴 나 같은 인물을 거들떠나 보겠어?"

호들갑을 떨며 주모는 야릇한 표정을 짓고는 찬을 차리려고 부엌 안으로 들어간다. 저고리가 짧아서 허릿살이 슬쩍 보이는 것이 몽돌의 가슴을 울린다.

"무장, 남원에서 모시를 구매하면 일이 끝나는가? 바로 한양으로 길을 떠날 생각인가?"

"아니여. 모시를 구입한 후 염전을 들려서 질 좋은 소금도 배편으로 실어 한양에 급히 보내야 혀."

"염전이라. 염전도 5월부터 10월까지가 제철이니 지금쯤 구매하는 것이 바람직하지. 좋은 생각이여."

"염전에 아는 사람이라도 있는기여? 자네야 전라도에서 발 넓기로 유명하지 않나?"

"염전에는 직접 가보기는 했지만, 친하게 지내는 사람은 없구만, 무장장이나 홍덕장에 소금장사가 있으니 당연히 그들을 통해 염전의 생산자를 연결할 수가 있지. 염전 중에서 어디 소금 구하기를 원하는가?"

그때 마침 주모가 술상을 받쳐 마루에 올라온다. 옹복이의 단골집이라 그런지 술안주를 제법 차렸다. 육포도 있고 돼지 수육도 놓여 있다. 새우젓갈에 찍어 먹기도 좋고 김치로 보쌈을 해먹어도 금상첨화일 것이다. 주모가 귀복이 곁으로 다가 앉으며 한잔 따르겠다는 시늉이다. 귀복이도 치마를 접으며 무릎이 닿을 정도로 다가오는 주모의 분냄새가 싫은 눈치는 아니었다. 그보다 몽돌이가 코를 벌룸거리며 술잔을 양손으로 움켜쥐며 급하다는 표정을 짓는다. 주모는 귀복이에게 먼저 따르고 다음으로 몽돌에게로 술병을 옮긴다.

"자, 시원한 탁주로 목축이고 한양 얘기나 지껄여 보시유."

주모가 처음 보는 손님에게 오랜 단골인 양 코맹맹이 목소리로 칭얼거린다. 몽돌이는 그런 주모가 맘에 들어 어쩔 줄을 모른다. 귀복이만 옹복에게 술을 따라주느라 딴청을 부린다. 술을 마시는 것이 며칠 만인가? 한 일주일은 된 듯싶다. 거푸 몇 잔을 들이키니

구릿빛 얼굴이 빨갛게 익은 가을 홍시마냥 달아오른
다. 몽돌이는 주모에게 딱 달라붙어 무릎을 툭툭 치며
빨리 술잔을 따르라고 재촉을 한다.

"주모는 어떤 남자가 제일 좋다요? 외모가 잘 생긴
남자, 담력이 세고 강한 남자, 아니면 달변가로 속삭
여주는 남자? 그중에서 어떤 남자가 맘에 든다요?"

주모도 술을 몇 잔 들이키니 홍조를 띤 얼굴에 약
간 취기가 올라 말꼬리도 좀 올라간다. 남자들 세 명
과 술을 마시니 모든 남자가 자기 것인 양 흡족한 표
정을 짓는다.

"전 돈을 많이 벌어서 우리 집을 자주 찾아주는 남
자가 제일 좋지라. 보름달이 휘영청 뜬 날 밤에 혼자
사는 외로운 과부 방을 두드려 주는 괜찮은 남자 말
이지라…… 그런 남자는 돈 꾸러미를 통째로 던져주
고 가지라우 호호."

주모는 넉살 좋게 몽돌이를 툭툭 건드리면서 진한
농을 늘어놓는다. 역시 술집 주모답다. 이런 쓸데없는
말장난을 늘어놓는 주모 덕분에 주막이 흥청거리나
보다. 그때 구렛나루가 덥수룩한 한 남자가 찾아왔다.
응복은 올라앉으라고 권유한다. 응복이 가게 일을 봐

주는 경득이다.

"이 사람을 새로 소개하겠네. 여러분들을 남원까지 모시고 길을 안내할 경득이라네."

"안녕하시오? 행수어른을 모시고 있는 경득이입니다. 만나 뵈어서 반갑습니다."

귀복이와 몽돌이도, 취기가 약간 깨면서 상기된 표정으로 경득이를 살펴본다. 수더분한 모습이다. 구렛나루가 나이를 들어보이게 한다.

"만나서 반가워요. 우리랑 함께 행동하게 돼서 고맙지만, 미안하게 생각해요. 하여튼 좋은 기회로 만듭시다."

"마침 다른 일도 있고 해서 함께 남원으로 가려고 해요. 잘 부탁드리요……."

경득이의 시원시원한 성격이 맘에 들었다. 네 사람은 서로의 행운을 빌어주기 위해 잔을 들어 건배 제의를 한다.

"행운을 빌어요. 안전한 여정을 위하여."

상당한 시간이 흘러 네 사람은 주막을 나왔다. 웅복이는 경득을 시켜 여각으로 안내하라고 지시한다. 다행히 여각은 주막으로부터 그리 멀지 않은 곳에 있었다. 귀복은 응복에게 후의에 감사한다는 인사를 전하고 경득을 따라 여각으로 향한다. 몽돌은 주모와 회포를 더 나누고 싶었지만, 아쉽게도 일행이 일어나니 할 수 없이 따라 주막을 나섰다. 여각에 돌아온 귀복은 자리에 누워 잠을 청했다. 그러나 함께 자리에 누운 몽돌은 잠이 선뜻 오지 않고 주막의 주모 얼굴이 떠올랐다. 잠시 옷을 다시 입은 몽돌은 바람을 잠시 쐬고 온다고 말하고는 밖으로 나왔다. 보름달이 비친 여각 앞의 길에는 지나는 사람이 없어 을씨년스러웠다. 길을 걸으면서 달빛이 자신의 마음을 주모에게 전해줄 것이라고 믿었다. 몽돌은 조금씩 걷다가 어느덧 주막에 도달했다. 주변을 살피고 주모의 방 쪽으로 발을 옮긴다. 창호지 문 쪽으로 다가가서 문을 조그맣게 두드린다. 안에서 인기척이 들린다.

"이 밤중에 뉘요? 바람소리는 아니겠지?"

주변을 의식해서 몽돌은 잠시 떨리는 마음을 진정시키고 아무 소리도 내지 않는다.

"내가 잘못 들었나?"

안에서 주모의 걸쭉한 소리가 나더니 다시 조용해진다. 몽돌은 창으로 다가가 속으로 기어들어가는 목소리로 말을 한다.

"저에요 아까 옆자리에서 술을 함께 마셨던 몽돌이요 문 좀 열어주시요."

"네에? 몽돌이가 누구요? 이렇게 늦은 시간에 왜 과부 혼자 자는 방에?"

아까 함께 술을 마실 때와 다른 주모의 태도에 움찔 놀라 뒤로 물러서는 몽돌이다. 술 취할 때와 술 깨고 나니 달라지는 성격인가? 그래도 남자의 뱃심이 중요하다고 속으로 다짐하고 다시 기어들어가는 목소리로 말을 건넨다.

"문 좀 열어주시요. 술을 한잔 더하고 싶어 다시 왔지요."

그제야. 주모는 걸어둔 치마를 대충 걸쳐 입고 문을 열고 밖으로 나온다.

"누구셔요? 늦은 밤에?"

좀 전에 함께 술을 마신 몽돌이라고 재차 말을 한다. 주변에 들릴까봐 큰 소리도 못내는 자신이 답답했다.

"몽돌입니다. 좀 전에 옆에 앉아 있던……."

"아…… 누구라고? 서 있지만 말고 누군가 볼까 두

러우니 어서 안으로 들어오시요."

주모가 연 문으로 들어온 몽돌은 불청객이지만 용기를 내어 술을 한잔 나누려고 왔다고 전한다. 방안으로 들어온 몽돌에게 주모는 다정하게 대한다. 계면쩍은 몽돌에게 술상을 봐 오겠다며 부엌으로 갔다. 주모는 술독에서 술을 담아 김치와 함께 반상에 들고 들어온다. 호롱불이 깜빡 거리는 것이 곧 꺼질 듯 어른거린다. 호롱불빛에 비친 주모의 발그레한 얼굴이 예쁘게만 느껴진다.

"밤늦게 다시 와서 놀라셨지요?"

순진한 총각을 한두 번 상대해본 여인이 아니라는 사실을 잘 모르는 몽돌은 순진함과 서투름을 그대로 표출한다. 주모는 그러한 모습이 귀엽다는 듯 웃기만 한다.

"아침에 해장술이나 한잔 하시지 이 밤중에 뭔 일로?"

"주모생각에 잠이 안와서 얼굴이나 한번 보고 가려고 왔지라우."

"자…… 기왕 왔으니 내 술이나 받으시오"

자리를 댕겨 앉으며 주모는 천연덕스럽게 술잔에

술을 따른다. 주모와 단둘이 앉아 술잔을 받으니 주막에 처음 올 때의 망설이던 기분은 주모의 친절에 사라졌다. 몽돌은 기분 좋게 주모가 준 술을 들이킨 후 주모에게 잔을 건네며 말한다.

"주모도 한 잔 하시지요."

"그러지요. 합환주라 생각하고 기분 좋게 마십시다."

주모의 시원시원한 성격과 태도에 몽돌은 긴장이 풀어진다. 몽돌은 취기가 오른다. 주모의 유혹하는 눈빛과 질펀한 말투에 몽돌의 마음이 뒤흔들린다. 얼굴만 보고 가겠다던 생각과 달리 주모와 마주 앉으니 신방을 차린 기분도 들었다.

주모는 더욱 농도 짙은 말을 이어간다. 아울러 몽돌의 몸 쪽으로 자신의 몸을 더욱 밀착시킨다. 마치 변강쇠와 옹녀가 만나 첫날밤을 나누는 형세가 되고 말았다.

"그렇게 벌쭉하게 앉아있지만 말고 내 치마 속에 손이나 넣어보시구려. 안에 뭐가 있는지? 깊은 산속 옹달샘인지, 아니면 천상의 항아리가 마시는 용천물인지?"

몽돌이 주모의 음부에 손을 대자 그녀는 부르르 몸

을 뜬다. 급하게 닥친 지진에 놀란 몽돌 또한 몸서리를 친다. '경천동지(驚天動地)'라는 말이 딱 부합되는 말이다.

"나비가 화창한 봄날에 연산홍을 제대로 만났구료. 호접지몽이 따로 없구나."

주모가 다시 몸을 비튼다. 경련이 주모의 미간을 덮친다. 달빛은 벌거벗은 주모의 펑퍼짐한 둔부와 허리를 흘러내린다.

"당신은 어색한 듯 보이드만, 막상 접하니까 자주 만난 사람처럼 보이요. 몸을 뜨겁게 만드는 묘한 매력이 있어라. 운우지정(雲雨之情)이란 작은 충동이 만들어가는 것인가 봐유. 벼랑 끝에서 아주 작은 틈새가 만드는 물줄기 같소"

사실 주모는 자다가 일어나면서 치마와 저고리만 걸쳤지 고쟁이는 급해서 입지도 않았다. 그러니 달빛에 허벅지와 시꺼먼 갓옷 속의 음부가 그대로 드러난다. 은은한 달빛이 바다에서 은파의 물결을 이루는 듯 흔들린다. 갑자기 손목이 잡힌 몽돌의 손은 주모의 아래를 훑어내려 간다. 온몸에서 짜릿한 전율을 느낀 몽돌은 주모의 얼굴을 붙들고 자신의 입술을 가져간다.

비릿한 냄새에 주모는 잠시 고개를 돌린다. 다시 억센 몽돌의 손에 얼굴이 돌려진 주모는 앞뒤도 가리지 않고 현란한 솜씨로 몽돌의 입술과 입안의 혀를 핥기 시작한다. 주모는 자신의 이부자리로 몽돌을 인도한다. 몽돌은 주모의 푸짐하고 펑퍼짐한 엉덩이를 두 손으로 꽉 붙잡고 자신의 몸을 주모의 몸에 실어 포갠다. 격렬하게 부싯돌 비비듯이 비벼댄다. 어떤 선비는 여인의 엉덩이에 대해, 응석부리는 나이 때에는 응댕이, 방정 떨 때는 방댕이, 궁상 떨 때는 궁뎅이, 엉뚱하게 호박씨 갈 때는 엉뎅이로 나누었다. 또 다른 선비는 농으로 청상과부나 남편이 멀리 출장 갔을 때 궁한 응덩이가 궁뎅이가 되었다고 말한다. 몽돌은 혼자 생각에 주모의 엉덩이는 '궁뎅이'라는 생각이 들었다.

"천천히 살살 다루시요 서두르면 그릇이 깨져버린당께…… 그라믄 물이 쏟아져 버리지라우."

"임금님 찻잔인가 그렇게 살살 다루게? 삼국지 장비가 휘두르는 칼날같이 예리하게 폐부를 확 찔러버려야제. 단칼에 일을 봐 뿌려야제."

"아잉. 미치겠어요 얼릉 들어와요 살짝이…… 조심

스럽게……."

"별주부전의 거북이인가? 천천히 조심스럽게 다가
가게?"

몽돌은 사위가 조용한 밖의 소리에 귀를 기울인다.
봄날의 부엉이는 잠도 없는가보다고 생각한다. 몽돌
은 어릴 때 우연히 본 돼지 종묘장의 모습이 떠오른
다. 암퇘지를 향해 돌진하던 수퇘지의 치달음이 주모
의 얼굴에서 겹쳐진다. 은은한 달빛이 흔들거리는 두
사람의 날몸을 애잔하게 비춘다. 돌고래와 백상어가
큰 바다에서 만나 승부를 겨루는 형국이다. 백상어의
아가리와 돌고래의 꼬리가 겹쳐진다. 깊은 바닷속에
서 큰 소용돌이가 친다. 끼득끼득 거리는 갈매기 소리
가 맨살에 부딪치며 흘러나온다. 땀과 애액이 뒤범벅
이 되어 질펀해진 이부자리에서 곰팡내가 물컥 난다.
소피생각이 난 주모는 몸을 서서히 일으킨다. 아랫도
리를 가리며 치마를 찾아 입는다. 그리곤 오강에 앉아
몇 달 만에 접한 경천동지할 운우지정에 흐뭇한 미소
를 짓는다. 제대로 된 서방질이었다고 생각한다. 어디
서 주책 맞은 암탉이 새벽인 줄 착각하고 울고 있다.
벌써 오경이 된 느낌이다. 주섬주섬 옷을 챙겨 입은

몽돌은 허리춤에 차고 있던 동전 몇 잎을 바닥에 조용히 내려놓고는 문을 나선다. 뗑그렁 소리에 벌레 한 마리가 기어가다가 멈춘다. 새벽바람이 제법 쌀쌀하다. 잠에 취해 곯아 떨어진 귀복의 옆자리로 돌아온 몽돌은 옷을 벗고 잠을 청한다. 기분 좋은 봄날이었다. 바로 코를 곤다.

까칠한 혓바닥에 아침을 먹는 둥 마는 둥 세 사람은 세 필의 나귀를 끌고 길을 떠난다. 아침햇살이 나귀에 실린 안장과 각종 물건들을 훑어 내려간다. 세 사람의 얼굴에 비친 햇살은 새로운 기운을 가져다준다. 간밤에 무슨 사연이 있었는지 그 비밀은 달빛만이 알 수 있다는 듯이 속삭인다. 고창에서 남원까지는 대충 60~70리가 되는 먼 길이다. 나귀와 함께 걷다가 쉬다가 가니까 족히 사나흘은 가야만 한다. 고창에서 정읍을 거쳐 순창, 임실을 건너뛰고 남원으로 들어간다. 가장 험난한 길은 정읍과 장성 사이에 놓여 있는 내장산이다. 가을 단풍이 절경이지만, 험난한 산세는 사람에게도 힘이 드니 당나귀야 더할 나위가 없다. 내장산은 전북 정읍과 순창군 일대에 위치하고 있다. 원래 영은사의 이름을 따서 영은산이라고 불리었으나 산안에 숨겨진 것이 무궁무진하다 하여 내장산이라고 불리게 되었다. 정읍 남쪽에 위치한 내장산은 순창군과 경계를 이루는 높은 봉우리가 기암괴석이 말발굽 모양으로 능선을 그리고 있어서 예로부터 '호남의 금강'이라고도 불린다. 내장산은 예로부터 조선 8경의 하나로 이름이 나 있으며 동국여지승람에는 남원 지리산·영암 월출산·장흥 천관산·부안 능가산과 함께 호남의 5대 명산으로 손꼽힌다. 또한 호남정맥에 있는 내장산은 서쪽의 입암산, 남쪽의 백암산 등과 함께 산맥을 이루고 있으며 내장산과 입암산의 북쪽사면은 동진강의 상류가 되고 입암산과 백암산의 남쪽사면은 영산강의 상류인 황룡강으로 흘러 들어가며, 내장산과 백암산의 동쪽사면은 섬진강의 상류가 된다. 노령산맥의 노령이란 이름이 유래된 갈재의 서쪽에 있는 고창 방장산과 동쪽에 있는 입암산, 백양사의 뒷산인 백암산을 연결하는 능선이 곧 전라북도와 전라남도의 경계가 되기도 한다. 뚜벅뚜벅 걸어가던 일행은 정읍에서 늦은 점심을 먹기로 한다.

"어제 탁주를 걸쳐서 그런지 걷는 것이 숨도 차고 힘이 드는구만. 역시 '술에는 장사가 없다'는 옛말이 맞는 거구만."

말없이 앞장서서 걷던 귀복이가 한 마디 툭 건넨다. 일행 모두가 지친 기색이 역력하다. 갈 길이 멀고 아직 초입인데 귀복은 걱정이다. 길 안내를 하기로 한 경득이가 말을 거든다.

"이렇게 걷다가는 일주일은 족히 걸리겠구만. 점심 먹고 잠시 눈 붙이고는 속도를 내야 하겠어라. 싸게 싸게 걸어야제."

역시 젊음이 좋다. 귀복이도 예전에는 홍길동처럼 날아다녔다. 그와 반생을 같이한 당나귀도 눈빛이 초롱초롱하고 발걸음도 경주마와 같았다.

"어제 음식이 잘못 되었는가 웬일인지 발걸음이 점차 무거워지는구만. 왜 그렇지? 오늘 푹 쉬면 내일부터 잘 걸을 수 있게 될랑가 몰라."

누구도 몽돌이의 몸이 무거운 이유를 눈치 채지 못한다. 지친 기색이 역력해도 마음만은 가볍다. 하룻밤 풋사랑도 사랑은 아니겠는가? 아직도 허벅지 사이가 뻐근하다. 머리에서도 통증을 느낀다. 어디 가서 동치미 막국수라도 한 그릇 했으면 좋겠다는 생각을 혼자서 해본다.

"자네, 어제 밤늦게 바람 쐰다고 나가더니 혹시 계집질 한 것 아니여? 다리가 벌어지는 것이 무슨 사달이 난 것 같아 보인다…… 안 그렇나?"

귀복은 말끝을 흐리면서 몽돌의 기색을 살핀다. 몽돌은 손사래를 치며 고개를 절레절레 흔든다.

"무슨 소리여? 곰방대 한 대 피우고, 취기가 안 내려가 좀 걷다가 들어와서 곯아떨어졌구만."

얼굴을 붉히는 몽돌의 강한 부정이 다른 장돌뱅이들에게는 웃음거리가 된다.

"엣따, 이 양반. 총각이 외로워서 바람 좀 피웠거니 무슨 허물이 되겠나? 그런데 왜 그렇게 심하게 말을 맞받아치는가? 좀 이상하지 않응가? 무슨 냄새가 나는 듯한데?"

모두들 놀리는 소리도 몽돌에게는 그렇게 맘에 와 닿지를 않는다. 걸으면서도 간밤의 추억이 미소를 짓게 하기 때문이다. 무장에 하루를 더 묵었으면 주모를 한번만 더 만나서 만리장성을 쌓아두는 건데. 그래야 마음에 자신을 담아두어서 다른 놈이 주모 눈에 들어오지 않을 것이라고 믿었다. 그래서 남원으로 가는 발걸음이 그에게 가볍지 만은 않다. 어느덧 정읍으로 접어들었다. 산외면의 한우사골을 푹 고운 사골탕 집이 인근에서 유명하다고 소개한다. 곰탕도 국물 맛이 일품이라고 경득은 말한다. 거기에 수육에 김치라도 있으면 금상첨화다. 온 김에 조금 더 걸어서 그 마을을 찾아가기로 한다. 점심을 한다고 하니 갑자기 발걸음이 가벼워진다. 지치고 배가 고프니까 주변의 아름다운 봄 풍경도 눈에 들어오지 않는다. 만물이 생장하는 봄은 새의 울음소리도 다르게 하나 보다.

"새소리도 지저귀는 것이 봄이 왔다는 것을 축하해 주는 것 같지 않나? 울음소리가 교태를 떠는 기생 같구만. 새가 울고 벌이 날아다니는 것을 보니 봄은 봄인가 봐. 만물은 움트고 생기발랄한데 우리 인생은 왜 이렇게 처량하기만 한 것인지?"

몽돌이의 콧소리에 다들 나뭇가지 사이를 날아다니는 꾀꼬리를 쳐다본다. 하늘도 흰 구름 사이로 푸른빛이 싱그럽다. 남자들 셋이 가는 길이라서 그렇지 주모나 기생이라도 한 명 동행했다면 분명 내장산 계곡으로 들어가자고 유혹했을 것이다. 정자에 앉아서 술도 한잔 걸치고 풍류도 즐기면서 다니면 얼마나 좋을 것인가? 삼정승 육판서가 안 부러울 터인데, 산수절경을 모두 지나치고 하루 종일 걷기만 하니 얼마나 무료한 일이겠는가?

"자네는 여전히 여자들 생각만 하면 흥이 샘솟듯 일어나는가 보우이. 우리에게도 그런 욕망이 끓어오르는 샘물이 좀 있었으면 좋으련만."

귀복이가 몽돌을 칭찬하는 것인지 힐난하는 것인지 애매한 말을 툭 던진다. 경득이가 알 듯 모를 듯한 미소를 짓는다. 몽돌은 못들은 척 딴청을 부리며 계곡의 물소리를 들으며 땅을 바라본다. 아지랑이가 세상을 울렁거리게 만든다. 봄의 대향연에 풍류가가 절로 난다.

함평천지 늙은 몸이 광주고향을 보랴하고
제주어선 빌려 타고 해남으로 건너갈 제

흥양의 돋은 해는 보성에 비쳐있고
고산의 아침 안개 영암을 둘러있다.
태인하신 우리성군 예악을 장흥하니
삼태육경이 순천심이리요

방백수령이 진안군이라 고창성에 높이 앉아

나주 풍경을 바라보니 만장운봉이 높이 솟아

층층한 익산이요 백리담양의 흐르는 물은

구부구부 만경인데 용담의 맑은 물은 이 아니 용안처며

능주의 붉은 꽃은 곳곳마다 금산이라

남원에 봄이 들어 각색화초 무장허니

나무나무 임실이요 가지가지 옥과로다

풍속은 화순이요 인심언 함열인데

이 초난 무주허고 서기넌 영광이라

창평한 좋은 시절 무안을 일삼으니

사농공상은 낙안이요 부자형제난 동복이로구나

강진의 상가선은 진도로 건너갈제

금구의 금을 일어 쌓인 게 김제로다.

농사허던 옥구백성 임피사의 둘러입고

정읍의 정전법은 납세인심 순창이라.

고부 청청 양유읍은 광양 춘색이 팔도에 왔네.

곡성의 묻힌 선비 구례도 하려니와

흥덕을 일삼으니 부안 제가 이 아닌가

호남의 굳은 법성 전주 백성 거느리고

장성을 멀리 쌓고 장수를 돌고 돌아

여산 석에 칼을 갈아 남평루에 꽂았으니

삼천리 좋은 경은 호남이 으뜸이로다
거드렁거리고 놀아보세.

    <호남가>는 흔히 광대들이 판소리를 완창하기 전에 목소리를 풀기 위해 부르는 단가 중 하나이다. 남도창의 대표적인 노랫가락이 바로 <호남가>인 것이다. 사실 <호남가>는 판소리 명창이나 관기들만 잘 부르는 것이 아니라 전라도 시골마을에 소리깨나 하는 한량 풍류객들이 중머리 장단에 맞추어 잘 불렀던 56구로 된 소리곡조다. 작곡가와 작사가가 누구인지 뚜렷하게 알려진 것은 없으나 척제 이서구라는 설이 있다. 정조 17년(1793)과 순조 20년(1820) 두 차례나 전라도 관찰사를 지냈던 이서구가 호남마을 52개 고을을 순방하다가 우연히 만난 기생으로부터 육자배기 노랫가락을 듣고는 흥에 겨워 그 곡조에 입혀 가사를 지었다는 풍문이 전해온다. 뒤에 경복궁 낙성식 때 진채선이 전라도 대표로 나가 장원을 하여 전국적으로 유행한 노래로도 유명하다. 가사를 보면 함평에

사는 늙은이가 고향인 광주를 찾아가면서 유람하려고
하는 희망을 표명한, 자구를 맞춘 노래인지 아니면 정
도전이 다듬은 조선의 건국이념인 '위민사상'을 담아
백성들 모두가 잘 사는 평등한 세상을 꿈꾸는 이상향
을 표현한 노래인지 구분이 잘 가지 않는다. 재미있는
것은 이 노래가 지배계층에게 자족감을 주면서 백성
들에게도 기대감을 한껏 충족시킨다는 점에 있다. 한
마디로 전라도 한량들이 부르면서 장시의 확대로 말
미암아 몰락한 양반 사대부계층으로서의 신세한탄을
자조적인 기법으로 묘사한 것으로 해석된다. 백성들
입장에서는, 조선 후기 상권의 확산에 따라 속량 등
신분상승의 욕구를 담아 새로운 세상에 대한 기대감
을 표현한 노래로 읽혀지기도 한다.

　몽돌이의 흥얼거리는 콧노래를 듣다보니 어느새 점
심식사를 할 수 있는 정읍의 시골마을로 접어들었다.
나귀를 나무에 묶어 두고 주막 안으로 들어갔다. 팔팔
끓는 사골탕 국물에 보리밥을 말아 한 숟갈을 입에
대니 모든 시름이 잊혀진다.

　"소고기 뼛국물이 제대로 우러나서 맛이 대단하구
만."

귀복이 경득에게 좋은 주막으로 안내해 준데 대해 고마움을 표한다. 경득도 국물을 맛보고는 다시금 감탄을 한다.

"오랜만에 다시 먹어도 옛 맛이 변치 않으니 <호남가>에 나오는 경치만 전라도가 최고인 것이 아니라, 인심도 조선팔도에서 최고가 아닌가 느껴진다우."

"맞는 말이야. 농부들이 살기가 곤란해서 장터로 몰려나와 모두가 돈독에만 올라있긴 하더라도, 변하지 않는 농심과 짐승이 아닌 인간으로서의 인심은 언제나 유지돼야 하거든."

귀복이가 제법 도학자 같은 자세로 열변을 토한다. 경득은 당나귀에게도 홍당무와 야채를 챙겨줘야 한다고 주인장에게 부탁을 한다.

"이렇게 맛있는 국물과 고기에 탁주가 없어서야 제맛이 나겠는가? 주모, 여기 탁주 한 동이만 주구려."

"밤새 강천산을 넘어야 하네. 보통 길이 아니거든. 그러니 따뜻한 것으로 든든하게 배를 채워둬야 함세."

"자네 말이 맞네. 금강산도 식후경이라 하는 말이 있지 않은가? 다 먹고 살기 위해 하는 일이니 참하게 먹어두게나. 밥값은 걱정 말고……."

귀복은 보리밥도 몇 그릇 더 시킨다. 주인장이 남새밭에서 가져온 채소와 순창 고추장을 비벼 보리밥을 배 터지게 먹는다. 늦었지만 푸짐한 점심식사에 다들 흥이 절로 난다. 당나귀도 잠시 쉬어서 그런지 힘찬 뒷발차기를 하고 꼬리를 흔든다.

밤새 산길을 넘고 전답 옆의 둑방길을 따라 내려가던 일행은 순창군으로 접어들어 강천산과 회문산을 남북으로 바라보면서 그 사이의 용추봉 고개를 넘어가고 있었다. 아침나절의 산 공기는 매우 맑았다. 계곡에서 시원한 계곡물을 마신 일행은 월파정을 향해 섬진강 쪽으로 나아갔다. 월파정을 목표로 삼은 것은 그 근처에서 짐을 풀고 낮잠을 한 숨 자고 길을 떠나야 한다는 생각 때문이었다. 오늘 밤늦게나 남원군으로 진입해서 주막에서 묵고 다음 날 아침에 남원장터로 나가볼 계획을 잡았다. 봄날이라 계곡에는 행락객이 좀 있었다. 목욕하러 나온 시골 아낙네도 있었다. 바야흐로 봄날은 자연뿐만이 아니라 인간에게도 새로운 생동감을 주는 활력소 역할을 한다. 겨울동안 추워서 하지 못했던 목욕을 함으로써 정화작용과 깨끗함을 상징하는 순결성을 유지할 수도 있었던 것이다.

"경득이, 이제 거의, 남원으로 접어들었나 보이? 길은 제대로 맞는 곳을, 잘 선택하고 있는 것인가? 길을 잘못 들면 큰일이니 중심을 잘 잡게나."

"알고 있소이다. 지금 길 한번 잘못 들면 지쳐서 낙오를 하게 될 것이외다. 지름길을 찾아서 안내하겠사오니 걱정 마시오"

그래도 다행인 것은 봄날이라 어느 곳에서나 봇짐을 풀어놓고 쉴 수가 있다는 점이었다. 장시를 찾아가는 보부상이 워낙 많아서 그런지 고을 사람들이 눈길 한번 주지 않았다. 간혹 읍을 넘어서는 경계에서 초병이나 장졸들의 검문이 있었으나 노인(路引)을 보여주면 된다. 보부상은 중앙 정부가 인정하는 조직이다. 이들이 내는 장시세는 국가의 중요한 재정의 토대가 된다. 국가에서 노인을 발급하면서 없는 사람에 대해서는 벌하였다. 따라서 노인 소지자는 매월 3장씩 새로 받고 납부하지 않으면 그것을 환수 당하였다. 보부상들은 밤을 이용하여 주로 이동한다. 잠시라도 빨리 옮겨 다녀야 이문이 많이 생기기 때문이다. 특용작물을 빨리 구해서 다른 지역의 장시나 보부상에게 넘겨야 큰 이문을 남길 수 있다. 따라서 보상이나 부상이나 발이 매우 빠르고 행동도 민첩하다. 시간이 그들에게는 바로 돈인 것이다.

　전라도가 조선 후기에 가장 먼저 장시를 개설하였다. 전라도에 정기시장인 장시가 15세기부터 형성된 것은 이 지역이 우리나라의 곡창으로서 의식주 중에서 먹는 것을 책임지는 공간이기 때문이다. 높은 농업생산력은 전라도 인구 전체를 먹이고도 잉여 생산물이 발생하게 되었고, 이것을 정기시장에서 내다 팔면서 동시에 자신들의 집안에서 필요한 수공업분야의 물건을 구입하거나 직접 매매하는 것을 선택할 수 있게 된 것이다. 전라도가 위치적으로 중요한 것은 화개와 광양, 순천 등지의 섬진강 주변의 군현 등은 경상도와 연결되는 교통의 요충지 역할도 맡고 있었기 때문이다. 그 뿐만이 아니라 섬진강의 나루터를 활용하여 한양과의 수로를 개설하여 선박을 통한 상업적인 유통조직을 활성화할 수 있는 장점도 있었다. 이러한 전라도의 장시망(場市網)과 장시권의 형성과 확산은 조선 후기의 신분제 등의 사회적 기반을 송두리째 뒤흔들어서 사라지게 만들었다.

　대체로 장시는 인근지역을 연계하면서, 각기 다른

날을 장이 서는 예정일로 정했다. 이를테면 곡성장이 3, 8일에 장이 선다면, 인접 지역인 남원군이나 구례군은 2, 7일이나 4, 9일을 선택함으로써 일정 지역 내에서는 연중무휴로 교역하는 장시권이 형성되는 것이다. 이러한 장시망은 특히 전국을 상권으로 잡아 일주일 내내 돌아다니는 보부상의 상업적인 영업망과 조직을 더욱 튼튼하게 다져주는 역할을 했다. 19세기 초반인 1830년대 전라북도의 장시권은 지경·임피·함열·익산을 중심으로 한 익산 장시권과 전주·삼례·김제를 중심으로 하는 전주권 그리고 정읍·고부·고창을 중심으로 하는 고창권과 독립적인 장시권을 형성하고 있던 남원군의 넷으로 나뉘어져 있었다. 이중환이 지은 『택리지』의 기록을 중심으로 전라도 전역을 구분하는 기준은 마이산·모악산·덕흥산·노령의 넷이었다. 즉 무주 덕유산에서 시작하여 진안 마이산과 금구 모악산을 거쳐 옥구에 이르는 전주를 중심을 한 북부권, 모악산이 남으로 뻗어 순창에 이르는 노령의 한 지류는 임실·장수·순창·남원을 포함하는 내륙의 동쪽인 동부 남원군, 그리고 순창·영광·장성을 포함하는 남부권, 해안지역을 묶는 부안,

고창권이 있었다. 조선 후기 전결수와 인구수를 비교해보면 전주가 약 7만 2천명이었고, 남원은 4만 3천명, 다음으로 부안은 3만 8천명이었다. 그 외에 순창·김제·고부·무장·태인·임실 등은 2만 6천명에서 3만 명 정도의 인구를 가지고 있었다. 조선 후기 자료를 보면, 전라도의 대읍으로는 나주·전주·광주·남원·순천·영광·영암의 일곱 개 읍이 있다.

사흘을 꼬박 걸어서 귀복 일행은 드디어 남원읍내에 들어섰다. 조선 전기에는 정부의 금압정책으로 인해 그 수가 그다지 증가할 수 없었던 장시는 조선 후기에는 대동법의 실시 등으로 상품 화폐 경제가 발달함에 따라 급격하게 그 수가 늘어났다. 남원의 장시는 무려 7개나 있었다. 4, 9일에 개설하는 남원읍내장을 비롯해서 2, 7일의 오수, 3, 8일의 아산, 2, 7일의 산동, 1, 6일의 번암, 3, 8일의 동화, 5, 10일의 횡탄이 있었다.

"어디부터 갈까?"

경득은 귀복에게 갈 곳을 물어본다. 당연히 가장 큰 규모의 장터인 남원읍내장으로 가야 할 것이나 혹 그가 다른 생각을 하고 있을까 궁금했기 때문이다. 모시 구입을 알아보려면 전도가(廛都家)부터 찾아가야 할 것이다.

"웅복 행수가 말했던 전도가의 행수부터 찾아봐야 하지 않을까? 그래야 흥정이 쉽게 이루어지고, 물건도 좋은 것을 천거해주지 않겠나?"

"알았수. 남원읍내장의 본방을 찾아가 봅시다. 전에 한두 차례 웅복 행수와 함께 와 본적이 있으니 쉽게 찾을 것이요"

귀복과 몽돌은 경득의 뒤를 쫓아 터벅터벅 걸어간다. 긴 여행에 힘이 들었지만, 목적지에 도달했다고 하니 힘이 솟는다. 특히 남원읍내성으로 향할수록 장돌뱅이와 노점상들이 소리치며 호객행위를 하는 것이 활기를 되찾는 계기로 작용했다.

"새우젓 사려, 창난젓 사려, 조개젓 사려, 꼴뚜기젓과 황새기젓도 있소 아주머니, 오징어젓 어떻소, 참말로 그 맛 쥑이는데…… 어이 친구들, 먼 길을 오느라 수고했는데, 세하젓이나 한통 사시오 최고의 맛인껭."

젓갈 장수가 먼저 자기 가게로 오라고 초입에서부터 소리친다. 담뱃대 장수도 목소리를 높인다. 이곳저곳에서 떠드니 정신이 없다.

"서산 용죽, 서천죽, 은조죽, 팔모죽 사려, 담뱃대 사시오. 민죽도 있고 용죽도 있소. 안으로 들어와 자세히 보시오. 안 사도 상관 안할 것이니 들어와 보시오. 오늘 개시도 못했으니께, 제발 한번 들어와 보시오."

"최고 상품인 금산초·영월초·진안초·안동초·횡성초, 향이 최고인 성천초, 충청도의 괴산초 등 없는 것이 없소, 엽초 사시오. 엽초 말이요."

정식 상점도 아니고 좌판을 펼쳐놓고 호객행위를 하는데도 일반 상점과 판매방법은 마찬가지다. 오히려 장시세를 내는 가게보다 좌판노점 쪽에 사람들이 더 많이 몰린다. 아무래도 값을 싸게 부르는 것이 묘미이기 때문이다. 양편의 장터, 가운데 줄에는 물건을 사러 오거나 구경나온 사람들로 발 디딜 틈이 없다. 좁은 골목에 사당패와 걸립패 그리고 무뢰배들까지 몰려들어오니까 짚세기 신은 발이 밟히는 경우도 다반사이다. 구경 나온 양반 댁 마님의 고운 가죽신이라도 밟아놓으면 무슨 봉변을 당하겠는가? 사당패 7∼8명이 꽹과리를 치고, 북치고 장고치면서 인파 뒤로 밀려든다. 어깨가 들썩이고 흥은 나지만, 도통 귀가 아파 멍멍해서 싫다. 다른 쪽에서는 씨름판이 벌어졌다. 조선 팔도의 힘 꽤나 쓰는 사람들은 모두 모인 듯하다. 씨름꾼들은 본방에서 대행수들이 초청했을 가능성이 높다. 그 목적은 뻔하다. 사람들을 불러 모아 장사가 잘되게 하려는 계획일 것이다. 대개 상인들이 추렴하여 줄을 걸고 줄타기 묘기도 보여주고 무대를 차려놓고 산대놀이도 펼친다. 요란하고 떠들썩하다. 대낮인데도 술이 취해 비틀거리거나 남의 노점에 들어누워버리는 무뢰배들도 있다. 곧 싸움이 일어날 판이다. 지지고 볶고 싸움이 일어나는 것이 난장판의 생리다.

장터 길을 따라 계속 앞으로 나아가니 어물전이 나온다. 전라도는 바다를 끼고 있어 부안·영광·해남·강진·장흥·고흥 등지에서 잡은 고기가 바로 얼음을 얹은 채 봇짐에 실려 남원읍내장과 규모가 가장 큰 전주장으로 흘러들어온다. 그러한 해산물이나 생선류는 섬진강나루에서 배에 실려 한양의 송파장으로 급송되기도 한다. 궁중이나 양반 사대부가의 명망가 집안의 아침상에 올리게 해야 큰 값을 받을 수 있기 때문이다. 보부상 접장이나 유력한 대행수의 손에 들어가 몰래 뇌물로 바쳐지는 경우도 많다. 길 바로 앞에 어물전이 나온다. 비릿한 냄새가 천지를 진동한다.

"북어 사시오, 술 마시고 속 쓰릴 때 북어 국이 최고요. 서방님 속 푸는 데 북어국이 최고야요. 북어 사야 하나이다. 숙취해소에는 새벽 북어국이 최고요. 콩나물과 무를 듬뿍 썰어 넣고 팔팔 끓이세요…… 통대구 사시오. 대구탕은 부모에게 효도하는 탕이외다. 효도하세요. 시어머니한테는 도미찜이 최고요. 고부간 앙숙 푸세요. 도미 사시오. 비싼 도미가 에누리되어 팔려요. 쌉니다. 춘향이도 먹다가 놀란 망둥어 사시오. 도미요. 민어·농어·망둥어 모두 있소. 들어와서 흥정들하시오."

상점마다 홍보 전략도 각양각색이다. 우스갯소리를 구수하게 넣어서 호객행위를 하는 장사도 있고, 목에 핏대를 세워 소리만 고래고래 질러 손님을 모으는 방식도 활용된다. 남자 손님의 손을 잡고 가게로 끌고 들어가는 막무가내형 판매방법도 있다.

또 다른 건어물집에서는 문어 말린 것과 새우·해삼·대합·홍합 등을 팔고 있다.

"계집질 할 때는 새우를 먹어야 힘을 쓰니, 새우 사시오 계집한테는 홍합을 먹이시오 그래야 물이 잘 나와요. 홍합 사시오 홍합. 불그레한 홍합은 운우지정에 최고다요. 홍합 사시오"

별별 걸쭉한 소리가 다 흘러나온다. 판소리 한 마당을 듣는 느낌이다. 엄마 손을 잡고 나온 색시는 부끄러워 눈을 다른 곳으로 돌린다. 다른 건어물집에서는 미역·김·파래·전복 등 각종 해조류 수산물을 취급한다.

"아이를 밴 임산부에게는 미역국이 최고여. 미역 사시오 기장미역도 특상품으로 좋지만, 장흥미역과 영광 미역도 좋소이다. 미역 사시오 김 사시오 노인 건강에는 김이 최고요. 김 사시오"

건어물 가게 몇을 벗어나자 과일전인 모전(毛廛)이 나온다. 봄철이라 청귤·앵두·대구 능금에다 이천의 문배까지 빼곡히 들어찼다. 하동, 산청의 지리산 곶감·김해진영의 단감·영암의 석류·안성의 포도·상주 밤·예천 모과·보은 대추까지 사시사철 철따라 내놓는다.

"귤 사시오 여인네 피부에 최고라는 청귤 사시오.

처녀들이 좋아하는 앵두 사시오. 앵두처럼 예뻐집니다요. 살구 사시오. 시큼한 것 좋아하는 여인네들 살구 사시오. 애 밴 여인네들, 살구 사시오. 지금의 살구 맛이 최고라요."

모전을 비켜가니까 유기전과 세물전이 나온다. 한양의 육의전 못지않게 안 갖춘 것이 없다. 시쳇말로 '없는 것 빼고 모두' 갖춰 놓았다.

경득이가 귀복과 몽돌의 팔을 잡고 앞으로 나선다. 모시 파는 저포전을 찾은 것이다. 전에 거래를 한 적이 있는 양덕 행수가 주인으로 있는 큰 상점이다. 대동법을 시행하면서 교환수단으로 미곡과 면포, 소액화폐인 동전을 사용한 것에서 알 수 있듯이, 면포는 조선 사람들의 의식주 중에서 중요한 한 축을 차지하는 옷감을 사고파는 것이기 때문에 시절을 타지 않고 매매가 된다. 농촌에서 생산된 미곡과 특용작물을 중심으로 직접생산자의 이해에 따라 장이 서게 되자, 그 이전부터 농촌을 돌아다니던 행상들의 활동도 큰 영향을 받게 되었다. 이들은 여전히 가가호호를 돌아다니기도 했지만 점차 장시의 순회에 생계를 의지하게 되었고, 종전처럼 유통과정에서 큰 이익을 노릴 수는 없었지만, 정기적으로 일정한 장소에서 구매자를 한 꺼번에 만날 수 있었기에 더욱 활발하게 활동할 수 있었다. 특히 제철에 맞는 옷감을 대량으로 구매해서 시기를 조절해서 매점매석할 수 있고, 지역에 따라 큰 차이를 보이는 가격체계를 활용해서 큰 수익을 올릴 수도 있었으므로 밤길의 위험성을 마다하지 않고 발로 뛰어다니는 것이다.

"양덕행수님, 안에 계시유?"

경득은 저포전 물건 사이로 난 좁은 통로를 통해 안으로 들어가서 전에 통성명을 나눈 적이 있는 행수를 직접 찾아들어간다. 상점 사환을 젖히고 바로 행수를 만나 흥정을 하겠다는 심산이다. 사환의 얘기로는 양덕은 손님이 와서 잠시 함께 밖으로 나갔다고 설명한다. 안에서 잠시 기다리기로 한다. 기다리는 동안 상점에 전시된 물건을 두리번거리며 살펴본다.

"이게 누구인가? 무장장의 응복이 행수의 집사 경득이 아닌가? 자네가 여기에 웬일로 나타났능가? 기다리게 해서 미안하이."

"함께 온 분들을 소개하려고 하니 통성명을 서로들 하시게요? 이쪽은 한양의 보부상 귀복과 몽돌입니다."

"저는 남원장의 행수 양덕입니다. 반갑소이다. 제가 도울 일이라도 있는지요?"

"저는 한양에서 온 귀복이입니다. 옆에는 제 집사인 몽돌이구요. 무장장의 웅복 행수의 추천으로 경득을 앞세우고 이렇게 쳐들어왔습니다. 용서하시오."

"네, 반갑습니다. 용무부터 말씀하시면 정성을 다해 도와드리도록 하겠습니다. 급한 물건이 필요하다면 급히 구하겠고, 우리 가게에 있는 것이라면 준비토록 하겠습니다. 흥정이 필요하면 기왕 오늘밤은 유숙하셔야 하오니 여각이나 주점에서 한 잔 하심서 얘기를 나누어도 좋습니다."

"이렇게 배려를 해주셔서 감사합니다. 제가 이번에 먼 길을 달려온 것은 전라도 특산물인 세목을 좀 구해서 한양 시전(市廛)에 넘겨야 하는 용건 때문입니다. 좋은 모시 좀 가지고 있소?"

"최고의 모시제품입니다. 제품의 질은 걱정을 안 하셔도 됩니다. 저희 가게는 최고의 품질만 고집합니다."

"알았소. 먼저 물건을 보여주시고 흥정을 합시다. 제가 싸게 구입해야 이문이 생기지 않겠습니까? 그래야 멀리 한양에서 이곳 남원 읍내시장까지 온 보람이

있지요. 위험을 무릅쓰고 왔으니…… 감안해 주서야지
요"

"잘 알겠습니다. 먼저 물건을 보여드리지요."

양덕은 사환을 불러서 최고 품질의 모시제품을 가
져오라고 지시한다. 사환은 물건을 찾으러 매대로 나
간다. 진안, 장수 것과 남원 제품, 그 외 여러 곳에서
생산된 제품을 들고 나온다.

"어느 지역 모시 제품이 많이 들어온다요?"

"우리 저포전에는 강진, 해남 물건도 많이 유입됩
니다. 하지만 역시 인근지역인 진안, 장수 지역에서
생산되는 모시와 남원에서 만들어지는 최고제품은 모
두 우리 저포전으로 들어와요. 남원지역 것은 우리가
거의 독점합니다. 그러니 가격 면에서 유리한 측면이
있지요."

"소문에는 한양사람들이 충청도 한산모시를 좋아한
다고 허나, 그것은 잘 몰라서 하는 말입니다. 사실은
남원 것이나 진안, 장수 것도 품질 면에서 우수한 편
입니다. 모시는 모시풀의 상태와 태모시가 가장 중요
합니다. 사실 모시 매기와 모시 삼기의 과정도 중요하
지만, 씨실을 사용하여 베틀에서 모시를 짜는 기술력

이 제품 질을 좌우합니다. 그런 면에서 남원과 진안 모시도 한산모시 못지않게 최고의 수준에 올라있습니다."

"그렇군요. 과거의 전통도 비중을 차지하겠지만, 앞으로는 수공업의 기술과 판매망이 제품평가의 기준으로 작용하게 될 것입니다. 진안과 남원 모시가 좋다고 널리 입소문을 내야 하겠어요. 그러니 우리 도가들에게 좋은 제품을 싸게 공급해주시요. 그래야 좋다는 소문이 발 빠른 보꾼을 통해 널리 퍼져 나갈 것 아니요."

"네. 이번 거래를 통해 손을 잡고 새로운 판매와 유통망을 형성해봅시다. 그러면 보다 값싸고 적기에 공급되는 질 좋은 제품이 우리 저포전을 중심으로 유통될 것이요. 이러한 흥정은 형님 좋고 매부 좋은 일이 아니겠소?"

"기대가 큽니다."

"제품 값은 어떻게 지불할 것이요? 화폐로 직접 지불할 것인가, 아니면 어음으로 거래하고 나중에 다른 물품으로 대체해서 지불할 것인가요?"

"반반 정도가 상호신뢰를 쌓는 데 도움이 될 것으로 생각되는데…… 그렇지 않소?"

"좋습니다. 응복이가 추천했으니, 귀복 씨를 믿고 거래를 한번 터보지요. 보증인으로 경득이도 있응께. 대신 경득이 자네가 수기를 좀 해줘야겄어."

대동법이 시행된 이후인 조선 후기에는 도고(都庫) 또는 도가(都家)라는 새로운 사상(私商)조직이 생겨났다. 17세기부터 이들의 세력 확대를 우려한 시전들이 권력과 결탁해서 금난전권을 행사해왔으나 상평통보의 전국적인 유통과 대동법의 시행은 매점매석을 통해 자본 축적이 가능했던 이들 사상도고들의 등장과 세력 확대를 막을 수가 없었다. 이들은 모든 상품을 취급하되 자본규모가 작았던 객주와 소금, 어물까지 취급하여 자본 규모가 상당히 컸던 여각까지 손을 잡고는 대리인들을 통해 본격적으로 생산지까지 진출하여 특정 상품을 매점하거나 일부 제품의 경우 생산자에게 원료와 생산비를 미리 대주고 생산과정 자체를 지배하거나 장악하여 큰 이득을 챙겼다. 특히 한양과 전주·대구·안동·상주 등지의 도시소비자들의 생계에 필수적인 쌀과 소금, 그 밖의 포목 등 생활일용품들을 매점매석하고 상품의 공급부족과 물가상승을 야기하여 큰 폐해를 유발하게 된다. 사상도고들은 점차 중앙권력과 결탁하여 중국과 일본 등지의 국제무역에까지 손을 뻗쳐 개성과 동래, 의주의 상권을 장악하는 동시에 금난전권이 폐지된 이후 한양 성 밖의 경강·송파·누원점과 같은 상업요충지에서 기반을 조성하게 된다.

양덕은 귀복과 남원·진안 지방의 모시제품에 대한 흥정을 어느 정도 마치고 자리를 옮겨 우정을 쌓자고 제안한다. 그래서 남원 읍내 시장 근처의 주막으로 일행을 데리고 간다.

"남원은 유동인구가 늘어서 전라도지역에서 하나의 큰 상권을 형성하고 있고 춘향이의 고향이라 주막과 색주가도 흥청거리고 있지라우. 오늘밤 주요 거래도 텄으니 객고나 풀러 나갑시다? 흥정도 끝냈으니 말입니다."

"우리는 내일부터 다시 염전을 둘러보고 한양으로 급히 올라가야 하니 크게 무리하면 안 됭께. 술에 장사가 없다고…… 발로 승부하는 우리 직업상 발이 무뎌지면 큰일이랑께."

"그래도 춘향이 고향에 와서 계집 맛을 보지 않고 올라가서야 쓰갔어요? 으찌까이?"

손님으로써 예의상 손사래를 치는 귀복이의 팔을 이끌어 양덕은 손님이 제법 많아서 시끌벅적하고 예쁜 주모가 있는 주막으로 데리고 갔다. 보통 주막에서는 여행자들이 오래 머물지 않고 출입이 잦으므로 간단한 국밥이나 국수가 주류를 형성하고 있다. 간단한 요기 거리로 국수가 인기가 있었는데, 국수집은 연 꼬리 같은 종이를 원형으로 굽힌 대나무에 주렁주렁 매달아 표시를 했다. 나그네는 말을 나무에 묶어 두고 서둘러 국밥이나 국수 한 그릇을 땅바닥에서 먹는 모습이 일상적인 주막의 풍경이었다. 양덕이 데리고 간 주막은 남원장의 규모가 말해주듯 상당히 흥청거리고 있었다. 국밥, 국수뿐만이 아니라 숯불로 산적도 굽고 술도 다양하게 비치하고 있었다.

"주모, 오늘은 한양에서 특별한 손님이 내방했으니 담양 추성주를 내오게나. 찬도 좀 다양하게 차리고…… 탁주도 한 동이 내와서 돌리면 좋겠어."

"아이, 여분이 있었어요? 한상 크게 차려 올리겠어요. 상다리가 휘어져불게요."

귀복보다도 몽돌과 경득이가 신바람이 났다. 모처럼 기분이 좋아져서 벙글벙글 웃음이 입가를 떠나지 않는다. 젊은 주모가 양귀비처럼 예쁘기도 했지만, 두둑한 찬거리가 굶주린 배를 충분히 채워줄 것으로 생각되었기 때문이다. 또 근처에 색주가도 있다고 하니 입맛을 다실 수밖에.

"너무 환대를 받아서 걱정이요. 한양에 올라오시면 꼭 연락을 주시요."

"배 타고 한양 한번 갈랍니다. 종로통이 대단하다는 이야기는 들었습니다. 한양 기생이 그렇게 예쁘담서요? 근다요?"

몽돌이가 말을 거든다. 세상인심이 한양으로 몰려든다는 소문이 있다고 전한다. 전국의 물산이 모여들고 심지어 청나라 물건까지 유입되어 없는 것이 없다고 말한다. 술집도 점차 고급스러워지고 있으니 행수 어른이 올라올 때쯤은 대단한 볼거리가 많이 생길 것이라고 흥을 부추긴다. 마침 주모가 술상을 차려 마루로 올라온다.

"담양의 추성주(秋成酒)는 양반 사대부가의 대감들만 마시는 고급주라요. 다들 한잔 합시다."

영조임금의 탕평책 이후 장시의 상인들도 통이 커져 신분 구별도 없이 비싼 술을 마셔대고 투전을 해서 크게 돈을 잃기도 했다. 추성주는 담양의 전통주이다. 무등산의 정기를 이어받은 담양사람들은 자긍심이 높기로 소문나 있다. 특히 송강 정철과 김성원, 고경명 등이 형성한 누정문화는 전통주의 생산을 유도했다. 그래서 나온 것이 '제세팔선주(濟世八仙酒)'라는 별명으로도 불리는 추성주다. 담양 인근에서 자생하는 약초 등을 캐다가 술을 빚어 마셨다. 신선주로 통용되어 애주가들이 음미하는 술이다. 별칭 '제선팔선주'에서 '팔'은 '팔보회춘(八寶回春)'의 뜻이고, '선'은 '신선'과 같다는 데에서 유래한 것이다. 많은 약재가 들어가서 마치 보약을 함께 먹는 것이나 다름없고, 또 증류주이면서도 독하지 않아 마시기에도 좋은 술이다. 특히 불그스름한 빛깔과 은근한 향취는 한번 마셔도 사람들이 빠져들게 하는 마력이 있다. 술잔이 몇 배 도니까 모두가 취해서 신선이 된 느낌이 들었다.

"남원으로 들어오는 풍경이 아름답지 않았소? 고창에서 순창, 임실 쪽으로 들어와서 그렇지 남원은 지리산 줄기에 있어서 풍광이 유려한 고장입니다. 폭포와 계곡의 깎아지른 듯한 돌·풀·나무와 산과 물의 불균형은 신에 의한 조화의 섭리라고 할 수 있습죠."

양덕이 고향 자랑으로 시간 가는 줄 모른다. 일행
모두는 고개를 끄덕거려 동감이라는 의견을 표시한다.
벌써 얼굴이 불그스레하게 변한 귀복이 꼬부라진 혀
로 질문을 던진다.

"어째서 남원에는 이리도 많은 장시가 만들어진 것
이다요? 단순히 인구가 많다고 장사가 잘 되는 것은
아닐 텐데?"

"남원 근처의 순창, 임실 그리고 지리산 자락의 구
례와 인접한 함양 등 인근지역이 모두 농산물이 풍부
하고 한약재도 많이 채취되는 지역이라 중심 상권이
돼가고 있지요."

"참, 경상도 하고 붙어 있어서 경상도와 전라도를
이어주는 교통의 요충지라는 특성도 있지요."

오랜만에 몽돌이 입을 떼었다. 남원이 전주 못지않
게 사람 살기에 좋은 고장이란 생각이 들었다. 남원에
는 남원읍내장과 오수·아산·산동·번암·동화 등
6~7개의 정기시장이 형성되었다. 이렇게 여러 개의
장시가 만들어질 수 있었던 배경은 인구 밀도가 높은
것도 한 가지 요인이었지만, 정기장의 개시 일을 모두
다르게 잡은 것이 또 다른 요인이었다. 전국에서 보부

상들이 밀려 들어올 수 있는 요인을 제공한 것이다. 남원 지역은 17세기 말 개별적, 독립적으로 장시가 개설되다가 18세기 말과 19세기 초에 이르러서는 장시 사이에 좀 더 연계성을 갖는 장시권이 형성된 것이다. 한마디로 남원은 마을과 마을을 이어주는 유통망의 고리역할을 했던 것이다.

〈2권에서 계속〉

장편대하소설

사랑의 향기 ❶

초판 1쇄 발행 • 2014년 6월 9일
2판 1쇄 발행 • 2014년 11월 7일
3판 2쇄 발행 • 2018년 9월 17일

저 자/ 박태상
발행인 / 박성복
발행처 / 도서출판 월인
서울특별시 강북구 노해로25길 61(수유2동 252-9)
등록 / 제6-0364호
등록일 / 1998년 5월 4일
전화 / (02) 912-5000
팩스 / (02) 900-5036
www.worin.net

ⓒ 박태상, 2014

ISBN 978-89-8477-566-4 04810
978-89-8477-565-7 (세트)

값 13,000원